和牙医谈恋爱是什么体验？

木一杨柳 著

时代文艺出版社
SHIDAI WENYI CHUBANSHE

图书在版编目（CIP）数据

和牙医谈恋爱是什么体验 / 木一杨柳著. -- 长春 : 时代文艺出版社, 2023.4
ISBN 978-7-5387-7059-9

Ⅰ. ①和… Ⅱ. ①木… Ⅲ. ①短篇小说－小说集－中国－当代 Ⅳ. ①I247.7

中国版本图书馆CIP数据核字(2022)第180517号

和牙医谈恋爱是什么体验
HE YAYI TAN LIAN'AI SHI SHENME TIYAN
木一杨柳　著

出 品 人：吴　刚
责任编辑：孟宇婷
装帧设计：陈　阳　青空工作室
排版制作：隋淑凤

出版发行：时代文艺出版社
地　　址：长春市福祉大路5788号　龙腾国际大厦A座15层　（130118）
电　　话：0431-81629751（总编办）　0431-81629758（发行部）
官方微博：weibo.com/tlapress
开　　本：880mm × 1230mm　1/32
字　　数：210千字
印　　张：10
印　　刷：三河市万龙印装有限公司
版　　次：2023年4月第1版
印　　次：2023年4月第1次印刷
定　　价：45.00元

CONTENTS

目 录

拜金牙医与流浪狗

丁克牙医与熊孩子

谈笑牙医与谢耳朵

拜金牙医
与流浪狗

01 拜金牙医

钱鑫穿着白大褂站在一楼收费窗口前的队伍里，总觉得周围的无数双眼睛都在看着她，早知道厚着脸皮插个队好了，反正收费员早就认识她了。

终于，轮到了她，收费员接过就诊卡一划，说："叶芭黎？钱医生又亲自替病人缴费啊，VIP 科的服务做得也太好了吧？"

钱鑫尴尬地笑了笑，又想起自己的笑容在口罩的遮掩下根本就看不到，于是用轻松的语气说："这个患者是我朋友。"

回到诊室，叶芭黎的冷光美白也快做完了，该收尾了，站在一边做助手的本科实习生谭笑说："钱老师，接下来的操作难度比较小，可以让我试试吗？"

冷光美白的收尾操作，一般的本科实习生都能独立完成，但钱鑫看了看叶芭黎，见她在用眼睛说"不"，于是说道："小谭，这个患者是我的好朋友，她比较敏感，还是我来吧。"

做完全部操作后，钱鑫将叶芭黎扶起来，拉着她自拍了好几张，发朋友圈配文："希尔顿三小姐美出了新高度。"又发微信把她的司机叫了进来，亲自送她坐上了车。汽车发动前，她再次确认了一遍：“芭黎，今晚的宴会是九点开始对吧？”

叶芭黎点了点头，戴上太阳镜说：“你也该考驾照了，要不然就让你爸给你请个司机。算了，现在说这些也来不及了，晚上我去你家接你。三金，打扮漂亮点儿哈。”

“我那不是科目二考了三次都没过嘛，我可能天生就不适合开车。”钱鑫嘴上这样说着，其实她活了二十六年连方向盘都没摸过。但一个技术精湛的牙医怎么可能学不会开车呢，只是没有驾照，就可以为自己没车找到最完美的借口。

叶芭黎，G 城人尽皆知的酒店集团的继承人，人称“希尔顿三小姐”，这个昵称本意是说她像社交名媛 Paris Hilton（帕丽斯 · 希尔顿）一样是个玩得开的“富二代”，简直就像希尔顿家的三女儿一样。因为能和希尔顿大小姐这种响当当的人物挂上钩，叶芭黎本人也很乐意用这个“黑称”。

送走这位“三小姐”，钱鑫回到诊室，请护士叫最后一位病人的号。钱鑫所在的科室叫“特需门诊”，来这里就诊的人都需要医务科的特批或院领导的介绍，患者群体非富即贵，因此院内也将这个科室称为“VIP 科”。医院虽是名校附属公立医院，可特需门诊的服务对象都是达官显贵，因此特别注重隐私和服务，叫患者号都不用呼叫器，而是由护士亲自去请。

进来的是一位和自己年纪相仿的女子，钱鑫看了看她的病历本，上面写的名字是“金鑫”。

“您好，我叫钱鑫，请问您这次就诊的主要诉求是什么呢?”

患者“扑哧”一笑:“钱医生，你名字里的 xin 字，该不会也是‘三金’那个‘鑫’吧。”

钱鑫点点头。

“看来咱俩的爸妈一样，都是希望这个名字能为我们招来财运。”

钱鑫见金鑫手上戴的是江诗丹顿手表，说道:“看来您父母的希望没有落空。”

姓钱名鑫，钱鑫的父母给她取名时还真是这么想的。只是钱家的金和钱，似乎全都在名字里了，钱包一直都是干瘪的，父母至今还住在五线小城，住在九十年代建造的工厂家属楼一间五十余平的小房子里。

所以，钱鑫本人自十二岁起，生日愿望一直都是“希望我们家早日发大财”。到了十八岁，钱鑫发现父母此生已经可以一眼看到头了，发财的希望只能由自己接力，所以高考后，大多数同学都开始尽情玩乐，或是听从父母亲友的建议报志愿，钱鑫却每天坚持去网吧查资料，最终选定了“口腔医学”这个听上去能赚钱的专业。

可惜五线小城的教学质量和资源终究有限，钱鑫也只考上了一所位于中南部的“211”大学，但大学五年的历练让钱鑫有了更广阔的视野。考研时，她把目标锁定在了位于一线城市G城的“top10”名校Z大，并选择了Z大附属口腔医院特需门诊的周主任作为导师。

读研的三年里，她下了狠心，在规培轮转的同时，还发了三篇SCI文章，写了两项国家自然科学基金的标书，为导师做了数不清的杂事，终于以硕士学历留在了这个知名三甲医院的特需门诊。

其实定科室时，导师知道钱鑫的家境，好心提议她去其他科，因为特需门诊的病人一般不会找年轻医生，除非是基础的简单治疗，年轻医生在这里拿不到太多工作量，因此也就拿不到高收入。

可钱鑫还是坚持要留在特需门诊，因为她知道做口腔医生固然收入可观，但如果要想实现阶层跃升，还是要在婚姻大事上下功夫，力争实现跨越阶层的“二次投胎”。

下班回家后，钱鑫洗了个澡，换上一件黑色背心棉布裙——这衣服说是裙子，实际上是淘宝九块九包邮的男式 XXXL 码棉背心，钱鑫买了两条做睡裙。

衣柜里还有两套从未穿过的真丝睡裙，某超模代言的牌子，两套加起来小一万块，钱鑫把它们买来是预备在某些特殊的夜晚做“战袍”用的，可新款都快放成旧款了，钱鑫还是没有遇到值得她穿上“战袍”的男人。

派对现场除了甜点就是酒，晚上九点才开始。钱鑫从冰箱拈了一枚鸡蛋，放进白水里煮了起来。她的身材是靠四位数的健身卡和五位数的私教课塑造出来的，将好身材送给甜食这个魔鬼，简直是对金钱的亵渎。

吃完水煮蛋后，钱鑫从写着“衣帽间”三个字的防尘袋里拿出一条玫瑰金色裙子——这是她熬夜从租衣APP（手机软件）上抢来的。换上裙子后，她从丝绒软包里拿出一只宝格丽蟒蛇皮流苏手拿包——这是她在奢侈品交换群里借来的，只可惜她在群里等级不高，借不到爱马仕。从头到脚，只有项链和鞋子是自己的，而项链上面还是人工培育的假钻。

走出单元门后，那只垂着大耳朵的棕脸白腿流浪狗凑了过来，舔着她的鞋跟摇尾乞怜。钱鑫对着那狗说：“连你也嫌贫爱富吗？平时你怎么对我爱搭不理的，你也认得这鞋子是Jimmy Choo[①]吗？”

远处的小区管家大概是听到了她的声音，走上前来说：“不好意思，这流浪狗打扰到您了。其实我们也不想把流浪动物放进来的，但这狗待在咱们小区门口一直不愿意走，最后还是业委会开会决定放它进来的。”

有钱人的爱心还真是难以捉摸，同意将流浪狗放进来，却没有人愿意收养它。钱鑫向管家微微一笑，迈步离开了。

到了小区门口，远远地就听到鸣笛声，钱鑫循声走过去，上了叶芭黎的车。

“三金，你们这个小区竟然不让我进去！”叶芭黎抱怨着，向开车人道：“阿楠你帮我查查，这小区还有没有房源，这地方

---

① Jimmy Choo：英国奢侈品品牌，以世界著名华裔鞋类设计师周仰杰的英文名命名。

闹中取静，位置极佳，我也想买一套，搬来和钱医生做邻居。”

说完又转头向钱鑫道：“帮我问一下你们业主委员会，看看有没有谁要卖房。”

钱鑫之所以能住到这个每平方米十余万元的高档小区，是因为房主是个牙科恐惧症患者，同时又是个独居女性，钱鑫耐心地帮其克服了恐惧，和她成了好朋友，才被邀请免费住了进来。可这事不能让叶芭黎知道，钱鑫笑笑说：“我听管家说了，这里的房子售罄后无一人出手，我猜大家住得舒服，应该没人打算卖房。”

车子刚刚行驶到派对所在的别墅门口，钱鑫的手机就响了，是母亲打来的微信视频电话。她刚接起来，猛然想到上周母亲发了个朋友圈，说是要和父亲一起去日本游玩，钱鑫心里一慌，连忙挂断了电话。

02 虚荣是种遗传病

钱鑫挂掉微信电话，两分钟后，一个六十秒的长语音发了过来，钱鑫长按点击了语音转文字按钮，母亲普通话不是很好，转出来的文字不通，但钱鑫看明白了她的意思：父母二人马上就要去日本游玩了，但没有购物基金，希望事业有成的牙医女儿能资助一笔钱。

钱鑫打开支付宝看了一眼余额，转了两千块给母亲。转账后，手机又“叮叮叮”地响了起来，还是几十秒的长语音，钱鑫不用听就知道母亲说了些什么。

今晚的派对有一项重要任务要完成，钱鑫将手机调到静音，在心里对自己说：你是富家女，你是富家女，你是富家女，自信点儿！

叶芭黎从别墅内蹦出来，拖着她的手说：“钱三金大小姐，您在这儿矜持什么呢？快进去啊。”

派对上挤满了形形色色的人，有人打扮得像阳春三月的花蝴蝶，也有人打扮得像寒冬腊月的富士山，这些人有个共同点，那就是看上去都很有钱。

在这群有钱人里，钱鑫一眼就锁定了一个穿白T恤黑运动裤的男子，她在叶芭黎耳边说道：“两点钟方向，穿白衣服的那个男生，是不是你朋友圈里发过照片的‘酸奶哥’？”

“没错，那位就是著名的孟氏乳业的二公子孟真元，你看上他了？我来做你的僚机，让你们认识一下。”叶芭黎说完这话，就径直向孟真元走去，假装不小心将鱼子酱洒到了他身上。

“啊呀，酸奶靓仔，你也在啊？不好意思啦，弄脏你衣服了。”叶芭黎转身向钱鑫说道：“我记得你包里一直都带着应急去污纸，拿出来给我们酸奶哥擦擦。”

钱鑫拿出去污纸正要递给她，叶芭黎从侍者的盘子里拿了一杯酒和一份甜点，摊手示意她自己动手。钱鑫走上前去，拿起去污纸擦拭了起来，那污渍正好在孟真元胸口处，现场的灯光又有些昏暗，她不得不靠得很近，才能看清楚污渍。处理完之后，钱鑫方才注意到叶芭黎暧昧的眼神，原来她是在给自己和孟真元创造近距离接触的机会。

钱鑫退后一步，什么都没说。

叶芭黎上前一步说道：“介绍一下，这是我朋友钱鑫，口腔医学硕士，单身小美人。”又指着孟真元说：“这位叫孟真元，是孟氏乳业分管酸奶品牌的二公子，人称‘酸奶哥’。”

“我们见过的。”孟真元伸出手道，“我们在同一家健身房锻炼。”

钱鑫伸手和他握了一下，故作淡定道：“啊，抱歉，我有点儿脸盲，所以没什么印象。”

其实钱鑫早在去年就听另一个富二代患者说过孟真元这个人了，这位不仅是上市公司的继承人，而且风评极好，最大的爱好就是健身，历任前女友也都是颇具才气的高学历女子。

孟真元这样的人，自然就排在了钱鑫猎物名单第一顺位。所以，她特意选了孟真元常去的卡恩健身房，又通过给前台妹子免费洗牙换取了孟真元的健身时间表。接着，她又在另一家健身房苦练到人鱼线出现，还综合五位美妆博主的经验，琢磨出了最适合健身房的防水裸妆。这一切准备就绪后，钱鑫才转战卡恩健身房，掐着时间点和孟真元偶遇。但她不想就这么简单地走进他的视野，所以在健身房与他擦肩而过的时候，钱鑫总是假装毫不在意，从未和孟真元有过眼神交流。直到半个月前，她在叶芭黎的朋友圈看到了孟真元的照片，知道对方会参加这个派对，才决定借此机会和孟真元正式相识。

“学医很辛苦，做医生也不容易，钱医生还真是个不一样的女生。”孟真元变着法儿夸她，想来是有几分兴趣的。

钱鑫淡淡道：“是挺累的，不过我习惯了。”

叶芭黎拍拍她的肩膀说：“三金，你就是太低调。酸奶哥，你知不知道钱医生他们家是做什么的？”

国内最大的民营口腔集团雅尔的老板姓钱，他的独生女儿叫钱欣，和钱鑫年纪相仿，所以业内常常有人误以为钱鑫就是雅尔集团的大小姐，而叶芭黎也是听了这个传言后，才和钱鑫成为朋友的。钱鑫知道，叶芭黎接下来要说的一定是这件事，于是打断她说：“你们先聊，我去趟洗手间。”

我没有说谎，我只是恰好不在传言现场，没办法澄清误会罢了。钱鑫站在卫生间镜前，暗自安慰着自己。

镜中的脸，美丽端正，最重要的是没有一点儿攻击性。按照网络上的十分制来打分的话，钱鑫应该算是个七分美女，不像八分九分美女那样过分惹眼，又比五六分美女精致些。男人如果娶了长着这种脸的女人，面上有光的同时，也不会被认为是个以貌取人的肤浅男人。这样的脸，最适合嫁豪门。

关于家世的对话应该已经结束了，钱鑫可以返场了。可手机里却跳出一条来自导师周主任的消息：钱鑫你在哪儿？你妈妈打不通你电话很着急。

母亲总是这样，达不到目的就发信息找周主任，可钱鑫怎么好意思让自己的家事打扰到导师，所以她常常因为顾虑母亲会告状，而只能任由母亲摆布。

花园里应该没什么人，钱鑫想了想，走到院子里，拨通了母亲的电话。

“妈，我这个月工资还没发，实在是没钱了。”

“又跟我哭穷，我听你李婶说，你们做牙医的，一个月最少也能挣个两万。怎么，爸爸妈妈好吃好喝养了你二十几年，你就拿十分之一的工资来敷衍我们？”

“我才刚工作，赚不到那么多。再说去日本的团费不是已经交过了嘛，你和老爸少买点儿东西不就行了。”

钱妈妈道：“我和你爸出趟国，怎么也得给你姑你姨她们带点儿礼物吧？我自己也半年没买包了，听说在日本买很便宜，妈妈想买一个。”

母亲退休前月收入五千块，退休后三千块，可她却有不少一线品牌包包；父亲月收入七千块，明年退休后估计只能拿四千块，可他的抽屉里却放着六只名牌手表。真真是极其相配的一对夫妻，如果要说父母二人有什么不同，那就是开口要求的总是母亲，父亲只是不声不响地跟在母亲后面罢了。

“妈，你们要是看病着急用钱，我就是借钱也会给的，但买包就没有必要了吧？”钱鑫知道母亲油盐不进，但她总得试试。

母亲在电话那头用尖利的声音喊道："你这是咒你妈得病吗？再说了，你自己买包买鞋花的钱还少吗？只顾自己享受，不顾父母死活，我怎么会养出这么虚荣自私的女儿！"

虚荣自私的母亲自然会养出虚荣自私的女儿，但你女儿我比你强，我才不会把赚钱的担子全撂给女儿。钱鑫在心里抱怨着，又在大脑里飞速计算了这个月的收支，说道："妈，你等我几天，下礼拜天之前我一定给你转钱。"

人前吃鲍鱼龙虾，人后吃白菜豆腐。鞋子永远是当季流行款，袜子一直是陈年破洞款。钱鑫母亲的口头禅是：包包是女人的脸面，手表是男人的脸面。钱鑫父亲的口头禅是：钱要花在别人看得见的地方。钱家人虚荣地打肿脸充胖子的毛病，大概是种家族遗传病吧。

03 她好像一条狗哦

钱鑫万万没想到，一条价值六千元的裙子，就足以毁掉她费尽心力建立起来的生活。她抚摸着流浪狗温热绵软的大耳朵，说道："你知不知道，我觉得我好像一条狗啊。"

流浪狗把脸从饭盆里抬起来看着钱鑫，像是在抗议她用"狗"来贬低自己。

钱鑫苦心经营的世界观，好像连同那条裙子一起被撕裂了，而裂痕带来的情绪崩塌，她却只能和一条流浪狗倾诉。

事情是怎么发生的呢?

在钱鑫承诺给钱之后，总算是“送”走了母亲这尊大神。她坐在花园的长凳上呆呆地发起愣来，她离开太久，早就该回到派对现场了，但是每次与母亲的交锋都会消耗巨大的精神能量，手机显示才十点多，钱鑫却早已身心俱疲。

呆坐在原地也许过了十几分钟吧，钱鑫听到了靠近的脚步声，她抬起眼，看到孟真元已经走到她面前不足一米了。

按照钱鑫的计划，她应该以一个高知优雅女性的形象出现在孟真元面前，用自己的人格魅力而不只是美貌，来征服这个男人。然而母亲的夺命连环电话打乱了钱鑫的计划，让她一时手足无措。钱鑫向后退了一步，只觉后背处被什么东西扎了一下，想转身回头看时，却发现裙子被花枝扯住了。

孟真元说:“看来，连玫瑰也想留你多陪它一会儿。别动！你的裙子被花勾住了，我来帮你。”

糟糕，这条裙子可是价值六千多块的当季新款，而且还是租来的。钱鑫在心中暗暗地祈祷：千万不要勾破，千万不要勾破。

“玫瑰没事，但是你的裙子毁了。”说着，孟真元抓起钱鑫的手腕，朝屋内走去，“去给你找一条新裙子换上。”

钱鑫低头看了看，她的感官并没有出错，孟真元抓的果然只是她的手腕，不是她的手掌。这样的男人是真绅士还是套路深，钱鑫一时分辨不出来。

孟真元把钱鑫拉进别墅主卧衣帽间，打开挂满裙子的柜子说："随你挑，你们应该是同样的尺码。"

钱鑫读过的霸道总裁小说里，一般在这种情况下，男主角总会拿出一堆新裙子摔在女主角面前，说这些裙子被你承包了。可现实不是小说，钱鑫现在出演的也不是王子和灰姑娘的故事，而应该是王子和公主的故事。再霸道的王子，也不会用那种隐含着轻视的举动来宠爱公主。

钱鑫挑了件应该不是特别贵的森林绿裙子，拿出来给孟真元看了一眼，获得对方的认可后，钱鑫回到了衣帽间。衣帽间与主卧之间并没有门，只有一张华丽的波斯挂毯作为门帘挡在其间。钱鑫躲在主卧视野的盲区里，褪下了自己的裙子。

森林绿很衬她的肤色，裙子也完全就是她的尺码。人靠衣装，钱鑫站在镜前，看着这条更显贵气的裙子，眼里的怯懦也消散了几分。

走出衣帽间后，钱鑫方才注意到主卧里挂着一张年轻女子的肖像，猛然想到孟真元既然能够未经允许就进入女主人的卧室，那么他和这间卧室的主人该不会是情侣吧？钱鑫在心里暗叫不好，自己竟然因为母亲的打搅而昏了头，进来之前完全没有想到这一点。

钱鑫笑着说道："我先斩后奏，穿了别人的裙子，总该向人家道个谢吧，麻烦真元哥介绍我们认识一下。"

孟真元回说："没事儿，刚刚没来得及和你说，这别墅的主人是我表姐。她有三个助理，一个工作助理，一个生活助理，还有一个是只做穿衣打扮的造型助理。那个助理每年都会从米兰、巴黎、纽约和东京这些时装之都带回数不清的衣服。你现在就算大摇大摆地穿着这条裙子走出去，我想她也认不出这是她自己的衣服。"

是表姐就好，是表姐就好。可这不会是他说的谎吧？等等，你在想什么呢？清醒一点儿，专注一点儿。钱鑫都快被自己气笑了，看来今天还真不在状态。

钱鑫和孟真元前后脚刚走出卧室，就撞见了来寻他们的叶芭黎。"这么快就发展进卧室了？三金裙子也换了。我说酸奶哥，你该不会是太着急把人家的裙子扯破了吧？我可警告你，我这三金妹妹一向很矜持，我和她认识这么久了，从来没见过她带男人回家，你可要珍惜她。"

"芭黎你别乱讲，我的裙子是被花园里的玫瑰花刺勾破的。"钱鑫急急解释道。

"所以是从花园密会一路发展到卧室的吗？有情调，有情调。"叶芭黎这人向来想什么说什么。

事件的男主角站出来说道："三小姐别乱说，我可是连钱医生的手都没敢牵。你们女人的名声重要，我们男人的名声就无所谓了吗？我可告诉你啊，以后我要是听到什么关于我和钱医生的流言，你就开个新闻发布会给我澄清。"

叶芭黎挑着眉说："好好好，我怕了你了，以后再也不和你开玩笑了，真没劲。"

钱鑫觉得今晚诸事不顺，向裙子的主人道过谢后，就坐着叶芭黎的车离开了。

路上，钱鑫打开了租衣 APP，查看了关于衣物损坏的细则，条约规定如果衣物损毁以至于不能再次出租，承租人则必须以衣物的市场价买下这件损毁的衣服。钱鑫是黄金会员，可以享受七折优惠价，算下来就是四千块。幸而叶芭黎还在派对现场，只是请司机先送钱鑫离开，要不然钱鑫还得焦灼地等到回住处后，才能打开这个被她隐藏起来的租衣软件。

四千块，正好是钱鑫打算下周发薪后给母亲的钱数。钱鑫能拿到手的每一分钱，早在收入囊中之前就已经定好了流向。或是某花呗，或是某白条，或是信用卡，又或是母亲的口袋。

她再次在脑子里做了计算，发现这四千元的缺口一旦撕开，她的个人财务计划就会整个被打乱，无论怎么腾挪都躲不了逾期还款的结果。要不然，就把给母亲的四千块砍掉吧。这个想法只在她脑子里停留了一秒钟就被她否决了。对钱鑫来说，母亲远比"资本家"难对付。

回到家后，钱鑫打开了电脑桌面上名为"小猪罐头"的电子表格，仔细核对了每一个单项，发现自己无欠薪可讨要。她叹了一口气，打开 QQ 小号，发布了一条动态：有需要论文的吗？八五折接稿。

等待了半小时，只等到了一个动物医学的中译英订单，价值两千块。钱鑫并不熟悉动物医学的专业术语，英文就更别说了。放平时，钱鑫不会接这种性价比极低的单子，可现在急用钱，也只能接了。

忙到夜里一点钟，钱鑫才勉强完成了一千字中文的翻译——价值一百元的工作。也就是说，近两个小时的埋头苦干，才换来四十分之一条裙子。

钱鑫八点钟就要去医院上班，上午预约了三个来复诊的病人，下午导师周主任牵头的一项全国学术会议要开筹备会，她作为科室科教秘书，不仅不能缺席，还有大量工作必须要做。看着衣柜里这条害她不能入睡的裙子，钱鑫心中升起一股邪火，她真想拽出那条裙子，徒手将它撕成破布条。

朋友圈里，叶芭黎分享了九张派对现场的照片，每一张里的她笑容都灿若朝阳。本科生谭笑晒出了吃火锅喝奶茶的照片，配文：今日份开心 1/1。

每个人都在自己配得上的生活里活得安然自若，只有钱鑫自己，在她配不上的生活里活得像条狗。

身处在不属于自己的房子里，即使房主不在家，钱鑫也没办法毫无顾虑地卸下假面，输出情绪。她想到了在这个富人区里，有一条和自己一样摇尾乞怜的流浪狗，便拿起午餐肉罐头，下楼去找这位同病相怜的“朋友”。

04 原来你是实验犬

“我知道我有些拜金，我也知道用婚姻当作交换资本不是很高尚。但生而为人，就免不了要追求物质上的富足，我就是喜欢钱，有错吗?”深夜两点钟，钱鑫裹着毯子坐在小区的凉亭里，对着一只不知道有没有名字的狗狗说道。

那狗狗脸埋在饭盆里大快朵颐，只是动了动它垂耳兔一样的大耳朵，像是给钱鑫的回应。

“吃吧，吃吧。”钱鑫抚着它的背毛，这可怜的小东西大概连饭也吃不饱，才会在半夜两点大嚼自己带来的肉罐头。

钱鑫家乡流传着一句俗语，叫“人嫌狗不爱”，说的就是连狗都会嫌弃的人和事。钱鑫想，自己的抱怨大概也是不受欢迎的吧，于是把话都咽进肚子里，只在脑海里慢慢说给自己听。

流浪狗倒是很亲人，吃饱后就歪在钱鑫身边，静静地汲取着她的温暖。

钱鑫抚摸着它顺滑的皮毛，突然在它脖颈处触到了一块小小的金属片，钱鑫打开手机自带手电筒，看到牌子上写着一行字：××大学动物实验中心。

看到这个牌子，钱鑫坐直了身子，把狗狗抱起来仔细端详了一番，没错，这狗长着一副猎犬的模样，但体形较小，毛色棕白相间，尤其是那一对标志性的蒲扇形垂耳，它分明就是一只比格犬——医学界公认的最佳实验用犬。

钱鑫记得读研做实验时，班上的同学把导师分为三个派系：人系、犬系和鼠系。犬系指的就是用这种比格犬做实验动物，它的购买价格大约是千余元一只，饲养成本也高一些；鼠系则是指用鼠类做实验的，实验用大鼠的价格普遍不足百元，饲养成本也低；而人系，则是指用人类患者做一些临床观察和研究，取人类样本做实验，一般只需让受试者知情并取得受试者同意即可，通常不需要花费金钱。所以，钱鑫的同学们把自己的导师按照这个标准排了序，犬系自然就因为实验经费充足而排到了首位。

按照这个标准，钱鑫的导师周主任是个“鼠系导师”，所以钱鑫做实验用的也是SD大鼠。但钱鑫的研究生室友中，有一位是犬系科研名导的学生，她做实验用的就是这种比格犬，所以钱鑫有机会见识过这种高级实验动物。

钱鑫抱着流浪狗，在它耳边轻声说道：“你知道你们比格犬为什么被广泛用于医学实验吗？因为你们遗传性能稳定，不容易产生基因突变，也不太容易生病。生殖能力也强，一窝能生不少小狗崽子。虽然是猎犬，但体型小，还不爱咬人。性格活泼乐观，就算被做多次实验，也不会变暴躁。你们比格犬明明就是因为脾气太好，所以才被当成实验用犬的。真是人善被人欺，狗善被人做实验。”

一只原本应该待在医学院实验室里的比格犬，是怎么逃出来，又是怎么出现在这里的呢？钱鑫不得而知。但是对这个毛绒绒的小可爱，钱鑫生出了一种怜悯之心，她很想把它带回家养，但是房子都不是自己的，怎么好自作主张养狗呢。

“你呀，待在我们小区不要乱跑，我每天都会给你带肉肉吃的。”也不知道狗狗能不能听得懂，钱鑫强调了好几遍才上楼睡觉去了。

才睡了不到五个小时，就又要上班接诊。往日的钱鑫，一定会用大杯黑咖啡把自己唤醒，强打起精神做一个积极热情的好医生，可她今天就像是丢了魂儿似的，精气神是绵软的。刚到诊室，她就去翻看了科室几位主任的预约本，并拜托他们接手自己预约好的患者。从年轻医生换到主任手上，患者们自然是乐意的。

钱鑫坐在自己的隔间里，漫不经心地摁着圆珠笔。

一只手落在了她的脑袋上，钱鑫听见有人说：“钱三金，大早上的坐在这里什么都不干，也不怕被领导看见。”

钱鑫抬头一看，是和她同期进医院工作的石榴，就回答说：“我累了，想歇歇。”

“怎么蔫成这样了？这不像我认识的‘鸡血三金’啊。”

“穷的，钱三金没钱啊。”

石榴虽然大她几岁，而且还是留美归来的博士，但两人因为同年进医院，所以一来二去就成了好朋友，钱鑫求她道：“我最爱的石博士，可以借我点儿钱吗？”

“你要多少？出什么事了吗？”石榴问道。

“四千块。”钱鑫当然不敢说急用钱赔昨晚弄坏的裙子，她想了想，说，“家里有点儿事，我妈找我拿点儿钱。”

石榴“嗯”了一声，半分钟后，钱鑫的手机跳出一条收到五千元转账的提醒。

“谢谢石榴姐。”

“石榴”有多子多福的寓意，可石榴本人却是个不喜欢小孩子的“丁克族”，“钱鑫”这个名字充满着对金钱的渴望，可她自己却常常入不敷出。钱鑫感叹道：“老一辈的人说，名贱人贵。我常常觉得，是不是我这个名字起得太多金了，所以反而没什么财运。石榴姐你呢，你喜欢你的名字吗？”

“名字就是个代号而已，不太难听就行。”石榴顿了顿，又说，“只是，给名字赋予寓意的爸妈，倒还真让我有些苦恼。”

不用多说，钱鑫就知道她一定又被家里催婚催育了，感叹道：“钱鑫没有钱，石榴不要子，我们还真是一对患难姐妹呢。”

“行了行了，说正事。”石榴把电脑打开，放在她身边，说，“你们周主任不是说要我帮忙牵线，从宾大请两三位教授过来做讲座嘛，我联系了几个，这两位有意向来，你看合适吗？”

钱鑫看着两位教授的论文列表，注意到了“beagle dog（比格犬）”这个词，自然而然地就想起了小区里的那只流浪狗。石榴是博士，到医院以后做的工作也是科研多于临床，这件事的确该问她：“石榴姐，咱们学校的动物实验中心有比格犬对吧，最近有没有丢过狗狗？”

石榴说：“你最近都忙什么呢，那么大的新闻你都没听说吗？张扬，我同门师弟，上礼拜失踪了，到现在都还没找到呢。他失踪之前，放生了三条实验犬，到现在才找回来两只，还有一只不知道跑到哪里去了。”

原来如此，石榴的硕士是在本院李副院长门下读的，李副院长手握数个国家自然基金项目，是名副其实的“犬系”多金导师。没想到他门下居然出了研究生失踪这样的大事件。

石榴翻着手机说：“正好你提起来了，我把我师弟的照片发给你，你最近也留心注意一下，要是看到他，一定一定要和我联系。”

钱鑫看着照片答应了，她很好奇，照片里这个看上去阳光帅气的学弟，为什么会出走呢？然而遇到流浪狗的事，她却一个字也没提。

微信消息列表里，又蹦出了一个小红点，是孟真元。

——钱医生，能预约个时间帮我检查下牙齿吗？

05 真心长什么样

摁着计算器凑满一百九十九元的产品，下载好商家做活动用的小众支付软件，加上发聊天群推广，一番操作下来，钱鑫花费九十六元购买了价值一百九十九元的狗粮和中小型犬罐头食品。

走出宠物店后，钱鑫在“羊毛群”里发了条信息：“昨晚群主说的那家宠物店顾客不多，我问了店员，前一百名满减活动还有六十多个名额，需要的速来。”这个羊毛群里主要分享一些线上线下优惠信息，群里的成员都是“薅资本家羊毛”的省钱爱好者。

现在是中午十二点半，还来得及回小区给“白鼠”喂食午餐。白鼠是她给流浪狗起的名字，因为它曾经是一只实验犬，和那些实验室里的小白鼠一样是人类科学研究的牺牲品，所以钱鑫给它选了这个名字。“白鼠”好像也不介意它自己一只狗被叫作“鼠”，一听到钱鑫呼唤这个名字就会撒丫子跑过来。

回到小区，钱鑫在白鼠常去的几个地方转了几圈，都没找到它的身影，难道它已经走了？还是被人赶出去了？正当钱鑫伤心失落时，她听见远处传来骂声：“这谁家的狗？都没人管管，快把我家兔兔给吓死了！”

钱鑫循声望去，远远地就看到垂着大耳朵的白鼠怯生生地缩在花坛里，它对面是个抱着宠物兔的女人。

“白鼠，快到姐姐这儿来。”听到她的呼唤，白鼠奔了过去，躲在了钱鑫身后。

钱鑫知道这种狗又名米格鲁猎兔犬，是一种擅长捕猎兔子的猎犬。白鼠今天大概是天性爆发，惊着别人家养的宠物兔了。钱鑫想，如果说它是无主的流浪狗，白鼠一定会被赶出去，还好她前天把白鼠带回家洗了个澡，所以它现在看上去还真不像一只无家可归的流浪狗。钱鑫硬着头皮走上前去，对那女人说："不好意思，我的狗狗惊着您的爱宠了，我向您赔礼道歉。"

"我说你这人懂不懂规矩，怎么能让狗自己跑出来呢？你都不知道，这死狗把我家白雪追得上蹿下跳，都把我的白雪公主给累虚脱了！"那女人厉声说道。

钱鑫自知理亏，也顾不上心疼钱，说："您看这样行不行，咱们带兔兔去宠物医院检查一下，费用由我负责。"

"小姑娘看不起人啊，以为我要讹你钱吗？你看我像缺钱的人吗？"

钱鑫哭笑不得，只能另想办法，她掏出一张工作名片来，递给那女人，说："姐，您误会了，我只是想替狗狗补偿您一下。这是我的名片，您要是需要看牙齿，欢迎随时来找我。"

那女人接过名片看了看，马上换了张脸皮，说道："钱医生，幸会幸会，你和你们医院的韩院长熟吗？我想约他给我儿子做矫正。"

钱鑫道："韩院长的号确实很难挂，但您放心，我一定帮您预约他的门诊。"

高质量的医疗服务的确是稀缺资源，钱鑫早就知道三甲医院医生的身份可以帮到自己很多，只是又要拉下脸来求人办事了。

那女人心满意足地走了，钱鑫叫上白鼠，说："白鼠，走，跟姐姐回家。"

回到住处给白鼠添好狗粮之后，钱鑫字斟句酌了五分钟，才把带狗回家的消息告诉了房主。她想了想，对白鼠说："乖，卖个萌，拍个视频给咱们的房主姐姐看看。"

视频发过去十分钟后，钱鑫终于等到了回复：狗狗很可爱，养着吧，别让它上二楼就是了。

这套房子是一个两百余平的顶层复式，钱鑫揉着白鼠的头，说道："记住了，可千万不能上二楼哦。"

白鼠似懂非懂地看了她一眼，继续埋头吃东西。钱鑫早就发现，白鼠吃饭一直都很慢，想到它是口腔专业的研究生放生的实验犬，钱鑫说道："啊——张嘴，给姐姐看看你的牙齿。"

果然如她所料，白鼠的下颌双侧犬齿有四颗被拔掉了，看来是已经被作为实验样本取走了。上颌因为没有口镜的帮助，钱鑫一时还看不完全，但这样的牙齿状况，咀嚼功能一定是不足的。

白鼠你放心，姐姐一定会给你解决牙齿的问题，让你吃什么都香。心里这样想着，钱鑫却不敢说出来，毕竟给狗狗做假牙这种事，也不知道有没有人尝试过，不知道操作难度有多大。

回到医院后，钱鑫按部就班地看完了前三个病人，终于等到了最后一个——预约来做检查的孟真元。

其实钱鑫完全可以把他排到第一个来看，可她有私心，约到下午五点钟来检查，随便聊聊就到下班的时间了，正好可以顺水推舟一起去吃个饭，岂不是又创造了一次单独相处的机会。

孟真元进诊室寒暄了几句，之后说："我有点儿怕被人围观，你们这个科还不错，没那么多实习生。"

特需门诊的护士都是很会看人眼色行事的，钱鑫的配台护士看了他一眼，悄悄出去了。

钱鑫戴上口罩手套，仔仔细细地检查了起来。孟真元的牙齿保养得很好，果然没看到有什么问题。为了拖延到下班时间，钱鑫沉下心来，再一次检查了起来。她发现，孟真元的左上颌第一磨牙的颌面，隐约有补过的痕迹，她仔细确认了一下，自己的判断没有错，只是那位医生的技术很好，补的外形和颜色都能以假乱真，如果不是钱鑫特意又做了一次检查，是很难被发现的。

“你左边靠里面的大牙，是不是补过？”

“对，那个医生用你们牙科的口腔显微镜看着补的，说是绝对不会被看出来。没想到钱医生你这么厉害，这都看出来了。”孟真元答道。

钱鑫笑道：“倒不是那位医生技术不好，是我看得比较细致。对了，你这牙齿是刚补的吧，你该不会是不信任我的技术，才去找别的医生吧？”

“不是不是，钱医生你别误会。”孟真元解释道，“这牙确实是今天上午才补的，但我不是不信任你，只是不愿意被你看到我有蛀牙的样子。”

他肯特意花这个心思，看来的确是对自己有好感，钱鑫的嘴角在口罩的掩盖下悄悄上扬了。

检查完毕，孟真元果然邀钱鑫去吃饭。

晚饭间，钱鑫一直在寻找一个安全又有趣的话题。既要给孟真元留下好印象，又要避免说太多自己的生活，暴露自己只是个拜金穷家女的本质，思来想去，钱鑫最后选择了流浪狗白鼠的事。

“所以，我现在最头疼的事，就是怎么才能解决白鼠的牙齿问题。”

孟真元说：“你既然会做人类的假牙，那么照猫画虎，狗狗的假牙应该也能做出来吧？”

“理论上来说，应该可以做到。”钱鑫说，“只是……只是白鼠它是我们医院的研究生放走的，我怕直接把它带回去，它又会被送回动物实验中心去。”说到这里，钱鑫心里有了个一举两得的好谋算，她知道，和一个人拉近关系最好的方法，那就是创造共同拥有的特别记忆。而绝大多数人心里，都潜藏着一个冒险家，于是，钱鑫打算邀请孟真元和她一起来一场大冒险。

“我有一个主意，但是需要你的配合。”钱鑫见孟真元没有拒绝，继续说道，“周五晚上，你和我带着白鼠去医院，我们悄悄给它做牙。白鼠虽然很乖，但它毕竟听不懂话，我一个人搞不定。”

孟真元说：“好，周五晚上，我们一起夜闯口腔医院。”

“低调低调，怎么能说是‘闯’呢，我们只能算是夜潜口腔医院！”

回到家后，钱鑫在心里盘算着，孟真元这个人目前看来还真是真心诚意在和她相处，像是要发展一段认真的关系。可钱鑫同时也在想，这会不会只是另一种追女生的套路？

钱鑫自己用惯了套路，已经不大分得清真心长什么样了。

06 夜潜口腔医院

在决定夜潜口腔医院，为实验犬白鼠做假牙之后，钱鑫接连主动加了三次班，总算是摸清了夜班保安的工作轨迹。

行动之夜的中午，钱鑫再一次和孟真元开了个简短的碰头会，商议晚上的行动细节。

孟真元走后，钱鑫摆弄着吸管，心想这次临时决定的行动，有两个意料之外的事情。一是在医院一向谨小慎微的自己，居然提议做半夜潜入医院给狗看牙这样不合规的事情，这个变化连她自己也有些意外。二是孟真元快三十岁的人了，在这件事情上居然像个大男孩儿一样兴奋，为了圆满完成计划，他甚至坚持每天早晨都来钱鑫住处接白鼠，带它去公园遛弯儿，说是让它提前熟悉一下自己这个“临时牙科助理”。

晚上十点，钱鑫、孟真元、白鼠，两人一狗到达了医学院的停车场。下车前，孟真元右手握拳，左手牵着白鼠的前腿，示意钱鑫也和他们碰一碰，一男一女一狗的拳头碰在一起，钱鑫听到孟真元一本正经地喊道：“夜闯口腔医院计划，代号零零七，开始执行！”

“都说了不能闯，只能潜。酸奶哥，你好像对‘夜闯’这个词有什么执念吧。”钱鑫被这个幼稚又认真的大男孩儿逗乐了。

孟真元回答说：“我最近在豆瓣阅读追一部小说——《夜闯布达拉宫》，那本书写得真挺好，所以我特别喜欢‘夜闯’这个词。”

“哦哦，原来是这样啊。”钱鑫自己也在用豆瓣阅读，她说，“我偶尔也用豆瓣阅读看书，因为我有个本科同学在那里写小说，她的笔名叫木一杨柳，她去年写了本中篇，叫《第三瓣唇》，写的是专做唇腭裂的颌面外科女医生和男护士的故事。那是她的处女作，说实话，写得不算太好，但是很少有人写关于口腔医生的故事，所以去年年底的时候我们这个小圈子里都在传看那部小说。”

孟真元笑笑说：“是吗，那你们牙医圈子还真是藏龙卧虎啊，我觉得写小说这件事吧，先不说写得好不好，只要能写出来，就值得佩服。”

说到这里时，离医院已经很近了，为了不引人注意，钱鑫没再说下去，她只是在心里盘算着，自己这位写小说的本科同学，从四月份开始连载她的第一部长篇小说《自己买房的女人》，但最近却断更好些天了，也不知道是不是出了什么事，钱鑫在心里暗暗想，改天得找个时间关心下老同学。

口腔医院有一个后门，是从医学院通向医院的，方便实习生和研究生进出，这扇门只需输入六位数的密码就能进。钱鑫输入密码，轻轻推开了门。

小门往前走十米就是员工电梯，但电梯里有摄像头，要想避开监控，就必须从一楼大厅走另一侧的楼梯上楼。通过前三天的观察，钱鑫发现保安每天晚上十点钟以后就会回保安室打盹儿。另外，因为口腔医院的急症比较少，所以急诊科的医生护士也不会整夜坐在科室里等患者，大多是躺在休息室里睡觉。所以他们只需假装成患者悄悄走过一楼大厅，就不会惹人注意。

可进了医院之后才发现，今天的一楼格外热闹，大厅里站着好几个人，就连住院部的黄医生也被急诊科叫下来了，钱鑫听到急诊科的护士说："来了几个打群架的，啤酒瓶划伤了面部，需要做清创缝合，我们人手少忙不过来。"

夜潜计划出师不利，钱鑫示意孟真元抱着白鼠原路返回。

回到孟真元的车里，钱鑫将座椅靠背往后调了调，闭目养神。

过了好一会儿，钱鑫迷迷糊糊中听到孟真元说："我刚刚偷偷跑去你们医院看了一下，一楼那些人还没走呢，要不，今晚就算了吧？我看你也累了，我们去旁边休息一下吧？"

钱鑫看着他递过来的酒店房卡，又看了看自己的手表，原来她已经睡了五十分钟了。

钱鑫睡意未消，一时反应不过来该说些什么。

孟真元见她没说话，忙说道："你看，我开了两间房，你别误会，我没有那个意思。"

哪个意思？哦，那个意思。钱鑫的脑袋有点儿迟钝，等她反应过来，却还是不知道该如何回应。

孟真元拍拍脑袋，说："我是没有那个意思，但并不是说钱医生你对男人没有吸引力，你这么漂亮，性格又好，我想只要是个直男都愿意。”

“是个直男？”钱鑫稍微清醒一点儿了。

孟真元拍着大腿道：“哎呀，我怎么这么不会说话，越描越黑了。我想说的是，”他停顿了一下，大概是在整理语言，继续说道，“我当然是直男，你也很有魅力，但我尊重你，所以希望你不要产生什么误解。”

钱鑫哈哈大笑起来，就连不知道他们在说什么的白鼠，也从后座跑过来，晃着脑袋蹦来跳去。

就这么一件简简单单的事，竟被孟真元说成这样，看来他也累了吧。可钱鑫不愿意就这样放弃行动计划，她说：“我们再去看一看，如果还是过不去，那我们就去休息吧。”

这回竟出乎意料地顺利，他们很快就到了特需门诊门口，钱鑫掏出偷偷配的钥匙，打开了门。

准备器械的时候，钱鑫偷偷瞄了一眼，孟真元脸上非但没有一丝一毫的惋惜，反而写满了兴奋。看来他积极参与夜潜计划，真的不是打她的主意，原来醉翁之意本就在酒啊。

准备好所需材料之后，钱鑫让孟真元抱着白鼠躺在治疗椅上，像儿童口腔科固定年纪小的孩子那样固定住狗狗。

“白鼠，乖，张嘴。”

听到指示的白鼠，却并没有乖乖张开嘴，而是从孟真元的怀抱挣了出来，跑到科室门口挠门。

“不是说这种狗很适合做医学实验，配合度很高吗？”孟真元坐起来，无奈地说道。

钱鑫想了想，说：“我想，可能是这些唤醒了它在实验室里任人摆布的记忆吧。从前它生活在实验室里，没人疼没人爱，也没见过外面的世界。现在它出来了，还有人宠爱它、陪它玩，经历过好日子之后，又怎么能接受过去那样的苦日子呢。”

“有道理，那现在我们怎么办呢？”

钱鑫说：“要不，试着安抚它一下？”

只见孟真元开口唱道：

“Soft Kitty warm Kitty， little ball of fur.

（软软的小猫咪，暖暖的小猫咪，就像一团小毛球。）

Happy Kitty sleepy Kitty，pur pur pur.”

（快乐的小猫咪，瞌睡的小猫咪，呼噜呼噜呼噜。）

“唱得倒是不错，可是人家白鼠是狗狗又不是猫。”钱鑫笑道。

“Soft Doggie warm Doggie， little ball of fur.

（软软的小狗，暖暖的小狗，就像一团小毛球。）

Happy Doggie sleepy Doggie，pur pur pur.”

（快乐的小狗，瞌睡的小狗，呼噜呼噜呼噜。）

孟真元唱的歌好像真的让白鼠平静了下来，它终于肯躺下来张开嘴了。钱鑫仔细检查了一番，按照给人类做假牙的理论，再结合自己最近看的动物医学相关文献资料，心中暗暗拟定了一个治疗方案。

刚要动手，却听到诊室门口传来一个熟悉的声音：“今晚谁最后一个下的班，没关灯吗?”

不好，潜伏失败，“夜潜”真的要变“夜闯”了。

07 不是贼，是“狗男女”

“今晚谁最后一个下的班，没关灯吗?”

听到这句话，钱鑫立即停止动作，孟真元用手捂住白鼠的狗嘴，用眼神询问钱鑫是什么情况。

“周主任，我导师，谁能想到他半夜会过来。”钱鑫低语道。

孟真元指着狗，示意钱鑫拿主意。

钱鑫思考了几秒钟，端起治疗盘，示意孟真元跟着她走，躲进了特需门诊最内侧的休息室。

幸好钱鑫进了科室之后就锁了门，给自己争取了一点儿躲藏的时间。夜里太过安静了，钱鑫能清晰地听见周主任在门外用钥匙一个一个地试着开锁，一边开一边抱怨着：“全院的备用钥匙都在这儿，好几十把，也不贴个标签区分一下。”

“我们之前是贴了的，但是韩院长上次检查的时候，说标签旧了脏了，让换一下。我们新来的保安也不知道脑子哪根筋搭错了，把旧标签一口气全撕了。撕完还跑过来跟我邀功，说他撕得干净不留痕迹。干净倒真是干净，就是分不清哪把钥匙开哪个门了。

这几天我们正一个一个试呢。”在一旁解释的应该是保卫科的。

“咱们韩副院长啊，死抠细节，我平常叫他一声‘韩院长’他都不乐意，每次都要纠正我，说他不是正院长，是副院长。你们保卫科抓紧点儿，这事要碰到他手里，准能给你们臭骂一顿。”这是周主任的声音。

“实在是不好意思，周主任，大半夜的给您添麻烦了。”竟然还有第三个男人的声音。

钱鑫和孟真元对望了一眼，心里暗叫今天运气不行，选错日子了。还好进来之前，为了保证白鼠的配合度，钱鑫给它喂了少量的镇静药，白鼠现在已经趴在她身边睡着了。

过了大约三五分钟，周主任一行人终于进来了，又过了三分钟，诊室里响起了钻磨牙齿的声音。听他们的对话，原来这位病人是在外地做了根管治疗之后突发诊间急症，需要紧急处理。可这人是什么来头，居然没有去急诊科，而是劳动特需门诊科主任的大驾，半夜爬起来给他看牙？

钱鑫知道周主任是个细心又聪明的人，所以一直在盘算着，万一被他发现自己带了一个男人和一只狗，大半夜躲在科室里，该作何解释。如果只有孟真元在，那还可以解释说自己和主任一样，都是半夜起来给朋友看牙的，可是万一周主任起了疑心，要亲自检查孟真元的牙齿，他那一口好牙岂不就暴露了。钱鑫看着孟真元想着，但凡你还有一颗蛀牙，那我们就有可以圆过去的借口了。

在黑暗中，钱鑫仔细确认了两遍，发现孟真元已经歪在一边睡着了。心真大，这种情况下居然也睡得着，不过睡觉不打呼也算是个优点。

看牙这条路，本来就解释不通，更何况还有一条狗，钱鑫最担心的不是自己被发现，而是白鼠被发现。石榴的师弟放生实验犬之后失踪的事，已经传到全院人尽皆知的程度了，要是让周主任看到白鼠，难免会将两件事联系起来，得出白鼠就是实验犬的结论。

到底如何才能解释得通呢，钱鑫苦苦思索着。偷偷跑进来，如果是被保安发现了，会被当成偷东西的贼。钱鑫突然想到，三毛在《撒哈拉的故事》中写过，三毛搬到撒哈拉沙漠居住之后，为了给自己的家增添点儿绿植，就和丈夫荷西一起半夜潜入西班牙总督府，偷挖总督的植物，被保卫发现之后，三毛灵机一动，假装和丈夫亲热，被保卫误以为是追求刺激的情侣，放走了他们。

钱鑫对孟真元本来就有好感，而且她的原计划就是攻略这个人，和他交往并结婚，通过他拿到通往上层社会的门票。所以，如果真的被主任发现了，万般无奈之下假装成一对追求刺激的“狗男女”也不是不可以。想到这里，钱鑫拍拍自己的脑袋，在心里骂自己：想什么呢，闹这么一出以后还怎么有脸在医院做人。

钱鑫实在是想不到该怎么办，于是推醒孟真元，用自己的手机在备忘录里打了一行字给他看：万一被发现了该怎么说？

孟真元指着床底，在她的手机上打下一行字：钻床底。

你好歹也是上市乳业公司分管整个酸奶业务的高层，想出来的办法怎么和我一样不靠谱。钱鑫又打下了这句话。

孟真元接过手机，打了一会儿字，又删掉了。

钱鑫正要继续用手机“说话”，却听到周主任的声音说：“今天的治疗做完了，您下周四下午六点来，我给您做下一步。”

预约到下班后看牙，看来周主任的这个病人还真是个大人物。

钱鑫竖着耳朵听了好半天，终于等到了周主任离开时的锁门声。

“警报解除，行动继续。”孟真元又开始模仿谍战片说话了。

钱鑫看了看手表，才凌晨两点多钟，如果现在开始给白鼠做治疗的话，应该能赶在早上五点之前结束。她站起来，准备走出休息室。

“门怎么反锁了，是你锁的吗?”钱鑫打不开房门。

孟真元得意地说道：“看我心思多缜密，那么惊险的情况下还记得锁门。”

“完了完了，这回彻底完了。”钱鑫退后一步，栽倒在椅子里，说，“这个休息室的门锁有问题，反锁之后必须要用钥匙才能打开，但是我没有钥匙。”

“那就是说，我们被困在这里了，只能等你同事们上班之后才能救我们出去?”

钱鑫点点头：“对，但这还不是最糟糕的。我们门诊周末不开诊，除非有人预约了周末的复诊，否则，我们大概率要在这待儿到周一早上才能出去。”

两个人面面相觑，相对无言。

过了好一会儿，孟真元提议道：“我给我助理打个电话，让她找个开锁公司的人来吧。”

“那就真是强闯口腔医院了，你让我再想想，实在不行我就找石榴过来，让她去保卫科偷钥匙。”石榴因为坚持丁克，所以一直也没谈恋爱，倒是浪费了她那张甜美的脸了，让她去保卫科的话，说不定都不用偷，可以直接要到钥匙。

钱鑫打开手机，想了想，还是等五点钟以后再给石榴打电话吧。

刚放下手机，却听到了锁孔转动的声音，周主任打开门大喊道：“无耻小贼，竟然偷到我的科室来了！”

事已至此，也只能正面应对了，钱鑫抬起头，讪讪地说道：“周老师，是我。”

“原来不是贼，是‘狗男女’呀。”周主任的语气放松了下来，玩笑道。

“不是，老师，我们不是那种关系。”钱鑫急忙解释道。

“一狗、一男、一女，不正是狗男女吗？我有说你们是什么关系吗？”周主任笑道，“小钱，你是不是心虚了，不打自招了？”

“不是，老师，我是……”钱鑫想不出来该怎么编一个能自圆其说的谎话，于是看向孟真元。

孟真元没有说话，只是把自己的手机递给了周主任。

周主任看过之后说："小钱，以后这种事不用躲躲藏藏的，直接和我说一声就行了。行了，今天的事就到这儿吧，我也要回家补觉去了，你们继续忙你们的。"

周主任走后，钱鑫问道："孟真元，你使了什么魔法？居然这么容易就搞定了主任。"

"我给他看的是这个。"孟真元将自己的手机递了过去。

08 白鼠：我是大哥大

钱鑫接过手机，只见手机里打开了一个PDF格式的文档，上面写着：您好！我是孟真元，如果我给您看这条信息，那就说明我做了什么事给您造成了麻烦，首先向您说一声抱歉。我是一个重度社交恐惧症患者，当处于人员密集的场合，或进行高强度的社交活动时，我会恐慌发作。因此给您带来的不便，敬请谅解。另外，我身边带的狗不是普通的宠物犬，它是一只经过训练的安抚犬，它的工作就是在我恐慌发作的时候陪伴我。因此，在必要的时候，请允许我的安抚犬陪同我进入公共场合，或是乘坐公共交通设施。以下是我的诊断证明书。

钱鑫看过之后，终于明白了，舒了口气问："有这样的大杀器，你怎么不早说？"

孟真元说："其实我自己也并不确定这个有没有用，毕竟你说过，白鼠这个品种的狗是医学院常用的实验犬，我怕你们主任一眼就认出它了。"

孟真元说着话，同时已经把白鼠唤醒，抱着它坐在了治疗椅上，说："时间不早了，咱们继续吧。"

钱鑫再次摆好器械，脚踩踏板，牙科涡轮机才刚转动起来，她又将脚抬起，问道："你那份诊断证明书，看上去不像是伪造的。你，真的有社交恐惧症吗?"

孟真元点点头，继而又摇摇头："有过，三年前确诊的，那时候很严重，现在已经好多了。"

钱鑫想安慰他几句，但又不知道该怎么说才好，只好继续给白鼠做治疗。

给白鼠做牙齿预备，是在用开口器撑开它的嘴的前提下进行的，因此难度也不算太大。但接下来，钱鑫需要给白鼠取口腔印模，需要让它闭上嘴，待到印模定型后，才能张开嘴取出。可白鼠不光喜欢乱动，而且它肥厚的狗舌头也很碍事。这还真是难倒了钱鑫，光是取上下两个印模这件事，她就用了一个多小时。

忙完第一期准备工作，已经是早上五点一刻了，钱鑫用手机拍了几张白鼠的口内照片，又拍了印模，这才调超硬石膏灌注了印模。

"你先带白鼠去休息吧，石膏模还要再等等才能挪动。"钱鑫对孟真元说道。

“我们仨是‘狗男女’特别行动小组，我要是带着白鼠先走了，那不就成‘狗男人’了，我等你一起走。”孟真元抱着白鼠说道。

他愿意陪她熬一整夜，也愿意继续等她，钱鑫自然很感动，但还是一脸黑线地说道：“谢谢，但是拜托不要再玩‘狗男女’这个梗了。”

早上七点，钱鑫给一个接私活的义齿加工厂技工发了先前拍的照片，问他狗牙能不能做，几分钟后，对方回复说：理论上也能做出来，但我没接过这种活。我有两个要求：一是，加价百分之五十；二是，你得再给我取个牙齿完整的比格犬印模，我参考着做义齿形态。

这两个要求，一个要出钱，一个要出力，两个要求对于钱鑫来说都不简单，但看着身边的白鼠，她还是答应了。

孟真元看过这两个要求后，说：“我知道你不缺钱，但是给白鼠做假牙的钱，能不能让我出，我也很喜欢白鼠，想为它做点儿事。”

钱鑫像小时候推辞压岁钱那样假意推诿了一番，最后还是答应了由孟真元出钱。

“那，取别的狗牙齿模型的事，怎么解决？”

钱鑫有了个方案，只是不知道是否可行：“医学院动物实验中心有很多比格犬，但是我去那里取模要事先申请，容易引起别人的怀疑，所以那里去不得。这样吧，今天下午，我去宠物市场看看，如果能找到和白鼠同品种、体型大小差不多的狗，给店主一点儿钱应该就能取模型了。”

说完这话，钱鑫拿了一整套取模用的器械和材料，放进了包里。

孟真元坚持说下午宠物市场行动他也要参加，于是两人只好去酒店补觉。

下午两点钟，钱鑫刚睡醒十分钟，孟真元就发来了信息：我在酒店大堂等你。

他就住在隔壁房间，竟连她的门都没有敲。是真绅士呢？还是对钱鑫本人毫无兴趣呢？钱鑫给不出这个问题的答案。

到达宠物市场后，颇费了一番功夫，才找到了市场上唯一一家出售比格犬的商家。

那店主说：“比格犬虽是实验犬，但在宠物市场没什么知名度，也很少有人买回去养。我这批原本是一个医学公司培育的实验动物，据说是饲养过程出了什么问题，导致这批狗不能拿来做实验，所以才卖给了我。但狗狗的健康是没有任何问题的，你们要的话，可以给你们算便宜点儿。”

钱鑫说明了来意，并表示愿意出一百元钱，借一只狗用来取口腔模型。

店主和钱鑫讨价还价：“给一百五，随便你挑哪只狗都行。”

付过钱后，钱鑫进入了关着六只比格犬的小房间。这六只中有四只和白鼠的体型相当，估计犬龄差不了多少，都可以用来取模型。但是这些狗都没有经历过实验，不懂得配合医生，钱鑫试了试，想让它们张大嘴都很难。

一向不爱叫的白鼠，却“汪汪”狂吠了起来，只见它在屋子中央叫了好半天，又绕着所有狗笼子走了一圈，停在了某一只狗面前。

“白鼠，你是想让我选这只吗？”钱鑫打开笼子，抱出了那条狗。白鼠自己选的狗果然很温顺，钱鑫只是顺着它的毛抚摸了一会儿，那狗狗就安静了下来。

钱鑫试着想让它张开嘴，但还是做不到，她看着一旁的白鼠，说：“白鼠你帮帮姐姐，用你们汪星语告诉它，让它张大嘴给我看看。”

白鼠又“汪汪”叫了一会儿，那狗竟真的张开了嘴。

“你注意到没有，”孟真元插了一句，“咱们刚进来的时候每只狗都在狂叫，白鼠叫了几声之后，它们全都不出声了。你说，咱们白鼠是不是已经驯服了它们，做了狗界大哥大了？”

白鼠是不是大哥大，钱鑫不得而知，只是有了它的帮助，那只狗确实配合得还比较好，取陌生比格犬牙齿印模这件事，竟比她想象中要容易许多。

刚走出宠物店，钱鑫就收到了叶芭黎的微信：你和酸奶哥发展得怎么样？

钱鑫回复：还只是朋友。

叶芭黎又发来一条信息：那就好，我有一个朋友，看了你的照片后缠着让我把你介绍给他，他是独子，他们家比酸奶哥家更厉害，你要不要见一面？

09 黄金饭票要不要？

叶芭黎提议要给钱鑫介绍另一个男人，一个比孟真元更有钱的男人。

按照钱鑫这样一个拜金女的计划来说，有个超级富二代对自己感兴趣，她应该立即答应见面才对，可看着在一旁逗狗的酸奶哥，即使他并不知道自己在和叶芭黎聊些什么，钱鑫也没办法给叶芭黎一个肯定的答复。

“我现在正忙，晚上再给你答复吧。”

回到小区后，钱鑫发现孟真元竟自顾自地和她一起走了进去，而门口的保安居然也没拦着他。是不是该邀请他上楼坐坐呢？但这样的邀请会不会被误认为有特殊的暗示？最重要的是，自己真的想要和孟真元发展下去吗？这些问题盘桓在钱鑫心头，每一个问题都没有确切的答案。

钱鑫的脑内辩论还没有定论，已经走到楼下了，她从孟真元手里接过牵着白鼠的绳子，一时不知道该开口道别还是该发出邀约。

反而是孟真元先开口："快回家休息吧，做个好梦。"说完便要向旁边的另一栋楼走去。

"你也住这儿？我之前怎么没见过你？"钱金略带惊讶地问。

孟真元答道："我哥在隔壁那栋有一套房子，我有电子锁密码。"

原来如此。

上楼之后，钱鑫拿出刚刚在宠物店里取好的模型，又拿出从医院偷偷带出来的材料调了石膏，灌注了模型，这才匆匆洗了澡睡下了。再次醒来时，已经是周日上午十点半了。

打开手机，"叮叮叮"跳出一排来自叶芭黎的消息，全部都是在催她答复昨天说的事。

钱鑫在心里盘算着到底该不该去见那个男人，手却不自知地翻开了朋友圈，她的视线被两个包所吸引，定睛一看，母亲在日本旅游期间居然花费三万多元买了一个背包和一个钱包。

钱鑫连忙拨通了母亲的电话："妈，你怎么又买包了？你哪来的钱？"

"你个没良心的碎女子，妈妈给你买了钱包做礼物，你怎么都不知道感谢妈妈几句。"母亲停顿了一下，说道，"刷信用卡买的。"

"刷卡买！那这三万块岂不是又要我来还？"

母亲笑呵呵地说道："这不是到了论文季了嘛，我记得我的硕士女儿每年这时候都能靠写论文赚不少钱。"

钱鑫欲哭无泪："妈，你以为写论文很容易吗？那都是我用脑细胞换来的呀，更何况代写论文还是不能放在明面上的灰色收入，万一哪天严查起来，这一行就做不成了。"

母亲调笑着说："那你就多看几个病人，多给人做点儿牙嘛，你那个 VIP 科的病人不都是有钱人嘛，你就给他们都做最贵的假牙。"

"君子爱财取之有道，你女儿虽然拜金，但还是有医德的，不能为了钱给每个病人都做最贵的。更何况，我一天也只有八小时上班时间，撑死也就只能看八个病人，你拿你女儿当赚钱机器吗？"

母亲没接这个话茬儿，说道："妈妈给你寄礼物去，信用卡的钱，就拜托我的宝贝女儿了。"

比起孟真元这个不一定抓得住的优质男人，选择一个原本就对自己很有兴趣的多金男子，显然更适合钱鑫目前的处境。钱鑫拿起手机，回复了叶芭黎：我今天起晚了，刚看到消息，拜托帮我安排和他见面吧。

和孟真元正式认识的那天晚上，钱鑫去理发店吹了造型，去美容室做了脸，精心挑选了服饰和香水。为了那场计划中的会面，她足足花了三个小时打扮自己。

今晚的见面定在了七点，可直到六点钟，钱鑫才懒懒地爬起来，花十分钟画了个日常妆，又随手拿了件裙子换上，连香水都没有喷就出了门。

到了餐厅之后，钱鑫收到了叶芭黎的新消息：他在顶层月光厅，你们自己聊吧，我就不去了。

跟着侍者走进去，钱鑫远远地就看到一个约莫三十出头的男子，拿着一束以帝王花作为主花材的鲜花朝自己走了过来："是钱医生吧，我是王臻。"

两人说了几句客套话，就坐下了。

侍者走上前说："您二位预订的是我们的春江花月夜套餐，请问这位女士，您选哪种酒佐餐？"

钱鑫正要接过菜单，王臻大手一挥，说："不用看了，就选和我一样的。"

侍者走后，王臻对钱鑫说道："这家餐厅我常来，所以就自作主张为你点好了餐。我过去在法国读商科的时候研习过品酒，所以，酒我也替你选了。"

王臻的言辞，让钱鑫心里隐隐有些不舒服，但对方毕竟是做房地产起家的胡润榜富豪之子，这样的男人，对于钱鑫这种女人来说，是一张难得的黄金饭票，如果能成功得到这个饭票，那钱鑫的后半辈子都不愁了。所以，在王臻面前，钱鑫并没有提出异议的底气。

两人聊了一会儿欧洲，话题又转到了钱鑫这里，王臻问道："我记得叶芭黎和我说过，你是硕士学历，有没有想过读博士？"

第一次见面，钱鑫还没有摸清楚这人的脾性，所以也不知道他对女生读博的看法是赞成还是反对，于是做了最简单的回答：

“我暂时还没有考虑这件事。”

王臻点点头，说道：“硕士就很好，女人一旦读了博士，大多会变得不男不女，会失去女人温婉顾家的天性。”

原来他想找的是一位温顺听话的花瓶妻子，而这样的角色是最好扮演的。

菜上来了，两人的话题自然而然就转移到了美食上。钱鑫特意顺着王臻的思路说话，坚持多听少说的原则，只是偶尔插几句自己学做饭时的趣事，尽力打造出一个宜室宜家的贤惠女子形象。

这家餐厅做的是中餐，但却照搬了法餐的模式，菜都是吃过一道才上下一道，一顿饭吃下来，已经是晚上十点了。可王臻并没有要离开的意思，反而走到长桌的另一侧，和钱鑫坐在一起，给她看自己在国外学习开直升机时录的视频。

“旁边这个是飞行员教练吧？好帅呀。”钱鑫故意这么说，用意就是要激起这位霸道总裁的醋意。

果然，激将法奏效了，王臻说道：“有我帅吗？”

钱鑫还没来得及回答，就看到他的脸凑得越来越近，在这样的气氛下，钱鑫只需要配合一下，一段意料之中的恋情就会顺理成章地走下去。就在王臻的唇离她只有三厘米不到的时候，钱鑫心中突然生出一股力量推开了他：“我去下洗手间。”

王臻在她身后说道：“需要漱口水吗？我有。”

他竟自负到认为钱鑫是要去卫生间漱口，钱鑫笑笑说：“不需要。”

钱鑫看着镜中的自己，低声说道："你低三下四的样子可真丑陋。"

钱鑫打开手机，给孟真元发了实时定位，发了一句：你在忙吗？可不可以来这里接我？

钱鑫把自己锁在卫生间，直到孟真元回复说"我到楼下了"，才回到餐厅，向王臻道别。

"我送你回去。"

"不了，有个朋友来接我。"

"你等等。"王臻打了个电话，对着电话说道："你查一下我的日程表，看我下周哪天有空，帮我和钱医生定个约会时间。"

"不用了，我下周没空。"那束帝王花很美，钱鑫忍不住多看了两眼，但她还是没有带走花束，直接离开了。

坐在孟真元的车里，钱鑫说："你知道吗？直到二十岁生日那天，我的初吻都还在。"

孟真元显然是不知道她为什么冷不丁地说这个，于是只静静地听着。

"我一直很好奇，和人亲吻是一种什么样的感觉，但是追我的男生，我一个也看不上。所以，在我二十岁生日的那一天，我亲了我最好的朋友，林悠然，一个女生。"

"所以，你想说，你是……"

"不，不是你想的那个意思。我想说的是，直到现在我还是不知道和一个男人亲吻是什么样的感觉。"

10 气场十足

这句话，仅仅是撕开了钱鑫真实一面的一角，她就觉得自己眼前隐形的玻璃罩子少了一层，可以嗅到一丝由谎言之外传来的自由空气了。

“所以，我们是要聊初吻吗？”孟真元愣愣地问了一句，“我的初吻，是十六岁的时候，但体验并不是很好，因为当时我和我初恋女友都戴着牙套。”

“你……”怎么就这么不解风情呢，看来还得我主动，钱鑫这样想着，说，“靠边停车。”

车停下来之后，钱鑫看到前方的绿灯倒计时由 03 跳成 02、01，又跳出红灯来，开始了下一轮 99 秒的倒计时。

就是现在。钱鑫解开安全带，左手揽过孟真元的脖颈，右手捏住他的下颌，将自己的唇贴了上去。电视里的霸道总裁都是这么做的，没什么不对。

小说里常常说，人们在亲密接触时，大脑里都是一片空白，但钱鑫不同，在他们唇齿相接的那一秒，她的记忆开关就被打开了。

六年前的生日，钱鑫是和几个同班同学一起过的。吃过饭后，大家借着酒意，玩起了“真心话大冒险”游戏，钱鑫抽到了和左手边第二个人亲一下的卡牌，而那个人恰好是当时在死缠烂打追求她的赵学长。钱鑫心一横，要求换真心话。众人都起哄说亲一下脸就好，可即便是亲脸，钱鑫也不愿意将自己的初吻分享给这个人。钱鑫转头看看坐在自己右手边的林悠然，她至今保留着初吻这件事，只有悠然知道。她向悠然发出了求助的眼神，在得到肯定的眼神交流后，钱鑫说：“换一个人亲，可以吗？”

从记忆中回过神之后，钱鑫发现，在当下这场甜蜜的交锋中，自己已然处于下风。她轻咬了他的唇，趁着他慌乱的那一瞬间，重新夺回了掌控。她说不清自己为何会在这种事上有这么强的攻击性和控制欲，只是一秒接一秒地攻占着他的唇和他的呼吸。这攻城略地的吻，终于也攻占了她自己的心和脑，一种从未体会过的感受贯穿了她的大脑，击穿了她的心脏。

当交警敲响车窗时，她的手已经触到了他的胸大肌。钱鑫醒过神来，理了理凌乱的头发，正当她要放下车窗时，孟真元却踩了一脚油门，在交警面前逃逸了。

“你跑什么呀，咱们刚刚停的那个地方应该是可以停车的。”钱鑫笑道。

“我刚刚……有点儿蒙。”

交警的警笛声越来越近了，孟真元终于缓缓地把车停在了路边。

执勤的是一位女交警，她暧昧地笑道：“我看你停在路边好半天了，就想过去看看是不是出了事。你们跑什么呀，我只查违章，又不管你们在车里干啥。”

交警虽然这么说，但当面逃逸既然已经发生，就不得不给他们做酒驾测试了。孟真元吹完气，交警也没有换吹气嘴，而是直接递给钱鑫，说：“副驾驶也吹一下。”

临走之前，交警姐姐留下一句话：“你这车虽然是豪车，但我看着地方也不够大，直行两公里左转，那边有个酒店。”

行驶到交警说的那个酒店旁边时，钱鑫明显感觉到车速减慢了许多，但很快又加速驶离了酒店门口。

“你说你不知道和男人亲吻是什么感觉，你该不会……那方面也没有经验，还是说……也和女生一起练习过？”

一吻之后的第一句话，竟然如此脑洞大开，钱鑫慌忙摆手道：“没有没有，悠然她是纯纯的‘直’女，才不会和我练习呢。”

到了钱鑫居住的小区之后，孟真元拿出通行卡，径直开进了地下车库，看来他是要常住这里了。

在楼下分别前，孟真元问道：“我们……现在算是男女朋友了吧？”

钱鑫点点头，心里暗想着，你怎么总是抢我的台词。

她走出两步后，孟真元又追上来问道：“我还是想问问你，亲我和亲女生，有什么不同？”

钱鑫想了想，说：“和悠然那次，就像是吃便利店里的盒饭一样，味道说不出哪里不好，但吃完之后也不会想着再吃一次了。

和你，就像是吃了一餐烟火气十足的街头小吃，吃完还想吃。”

“那就再吃几口。”

吃完第二轮之后，孟真元在钱鑫耳边轻轻说道：“还好我问了你，要不然以后你身边的女朋友我都得防备着。”

回房间后，钱鑫打开手机，发现有六个来自叶芭黎的未接来电，她回拨过去，听到了叶芭黎嗔怨的声音：“你怎么回事啊，怎么在人家王臻面前甩脸子走了，搞得我好没面子。”

“这个王臻，你熟吗？”

叶芭黎说道：“都是一个圈子的，我早就听说过他，但我和他没怎么打过交道，他和我男朋友混得比较熟，前几天通过我男朋友的手机看到了我发的合照，就非要见你不可。”

钱鑫说：“我就知道你不了解他，这人控制欲超强，你要是知道的话，肯定不会介绍给我。”在叶芭黎面前，钱鑫仍然要维持一个傲娇富家女的形象。

“这样啊，那倒是我不对，没提前考察好。”

“没事，我今天高兴，不在乎了。”钱鑫笑道。

“我的三金大小姐，什么事乐成这样？”

“和王臻吃完饭之后，我把孟真元叫出来，把他给办了。”

叶芭黎在电话那头兴奋地喊道：“这么快就睡了？怎么样？好使吗？”

“你说什么呢，就是亲了一下，不对，亲了两下。”

“亲个嘴就高兴成这样，至于吗？等哪天把大事办了，再给我打电话。”

过去这些年里，钱鑫从来都不缺追求者，可那些男人大多是工薪阶层出身，根本就入不了她的眼。而含着金钥匙的二代们，大多都会选择同阶层的女子结婚。想要追求一张长期优质饭票的钱鑫，就这么高不成低不就地拖了下去，拖到二十六岁，才终于开始了迟到的初恋。

母亲又发微信过来，明示自己缺钱花。钱鑫无奈地摇了摇头，打开电脑，开始写署名不是自己的论文。

和孟真元的相识，原本是钱鑫费尽心机制造的巧合。但现在，她想和他建立起单纯而平等的感情。

11 说真心话是场大冒险

按照钱鑫原本的计划，她应该以家境优渥的女医生形象走进孟真元的视野，待到感情成熟稳定之后，再假装不经意间透露出自己其实并不是雅尔口腔医疗集团老板的独生女。

这样一个计划，似乎把所有的牌都押在了“真爱”这个赌注上，但钱鑫单枪匹马闯进这个金砖堆砌起来的世界，她可以用来换取利益的也只有自己的美貌和爱情了。

到如今，钱鑫和孟真元交往已经快一个月，她发现这个男人在感情上有一种近乎偏执的单纯，他固执地相信着人世间存在无关利益的真爱，而他也开始把这份真爱投射到了钱鑫身上。

如果依照原定的计划走下去，钱鑫只需维持现状，等待孟真元无可救药地爱上自己即可。可最近，每当面对在感情上真诚又简单的孟真元时，钱鑫总觉得自己配不上他，这种不配的感觉，主要不是来自于她的真实家庭状况，而是因为她一直戴着虚伪的假面在和他恋爱。

是不是该主动告诉孟真元，自己与他的相识其实是一局步步为营的棋，而执棋子的人却在不经意间爱上了自己选中的棋子，想要用自己真实的一面来回应他的爱。这样的真心话，钱鑫在脑海里已经打了无数次腹稿了，可她渐渐发现，说真心话这种事，难点不在于说什么话，而在于如何才能说出口。

正思忖间，钱鑫今日预约的最后一位病人吴奶奶来了。

这位吴奶奶只是个普普通通的退休幼儿园老师，她能来特需门诊看牙，是因为她年轻时照看过的一个孩子在海外创业有成，归国之后认吴奶奶做了干妈。

钱鑫扶着吴奶奶坐上治疗椅，说道："上次李总不是给您买了好些新衣服吗，怎么没见您穿？"

吴奶奶摸摸自己穿在身上的棉布花衣裳，说："小李买的那些衣服虽然值钱，但我穿着总觉着别扭，还是穿我自己的旧衣服做个普通老太太自在。"

吴奶奶这次是来试戴活动义齿的。调试完成之后，钱鑫又教了吴奶奶取戴和清洗的方法。最后，钱鑫扶着她下了楼，目送她坐上了公交车。

钱鑫早就听那位李总说过，她给吴奶奶买了新房，请了保姆，雇了司机，可吴奶奶只在新房住了三天，就坚持搬回了自己住了快四十年的老公房。因为吴奶奶觉得，从天而降的富贵生活，不是自己挣来的，享受那样的生活会折损福气。

“如果我爸我妈也是吴奶奶这样的人就好了。”钱鑫自言自语着。

“你这话是什么意思？你爸妈出什么事了吗？”是石榴，她从钱鑫身后绕过来问道。

工薪阶层的父母沉迷买奢侈品这件事，钱鑫和谁都没说过：“没事，我只是想，人一辈子得赚多少钱才够呢？”

石榴说道：“你们科的病人，要么是富豪，要么是权贵，但你看他们的生活轻松吗？还不是一样拼死拼活地为物质打工。喜欢钱没有问题，但如果物质欲望超越了自身能力，那不管赚多少钱，都会成为金钱的奴隶。”

钱鑫何尝不明白这个道理，但是她要填满的不只是自己的物欲，还有大后方那两位老年吞金兽的物欲。只要那两位吞金兽一日不被制服，那么不管钱鑫是否愿意，她都必须要做一个一切向钱看的拜金女。

孟真元这几天陪同他母亲去国外参加世界乳制品行业大会了，钱鑫看了看自己字迹稀疏的预约本，打电话将之后两天的患者的预约时间推后，又向领导请了假，打算回一趟老家。

回到家门口时，已经是第二天早上了，钱鑫在心里默念了一遍此次回家的目标：尽量劝老爸老妈降低消费，量入为出。如果实在劝不动他们，那就切断对他们的经济支持，强行扭转他们的消费习惯。办完这些事之后，就回去向孟真元坦白，希望他能原谅自己的谎言。

如果孟真元无法接受女友是个伪装成富家女的心机拜金女，那……钱鑫不敢再想下去，用她好不容易鼓起来的勇气敲开了家门。

进门之后，钱鑫发现母亲正站在镜子前顾影自怜，一见到钱鑫，母亲就说："今晚我和你爸要去王子饭店吃饭，你也一起去吧。"说着，她接过钱鑫的行李箱，自顾自打开来翻出一条裙子，说，"看你穿的这一身，卫衣牛仔裤帆布鞋，一看就是穷人家的女儿，去，把这条裙子换上。"

钱鑫已经不再像过去那样要求自己每时每刻都要保持精致，她解释道："我坐红眼航班回来的，到了机场又要转大巴车，穿成这样舒服。再说了，咱们本来就是穷人家。"

母亲白了她一眼，回自己卧室去了，家里房子小，钱鑫清清楚楚地听到母亲说："也不戴个首饰回来，我这条项链款式简单，适合年轻女孩子，我拿出去给鑫鑫戴。"

父亲走过来，撸起自己的袖子，亮出手表来说道："鑫鑫，你看爸的新手表怎么样？"

“爸，你怎么又买了表？这得花多少钱呀！”

父亲甩手说：“就知道钱，花多少钱重要吗？手表是男人身份的象征。”

“身份？”钱鑫哭笑不得，“您是什么身份？您是火炬机械厂201车间主任，您的身份需要这么贵的表来陪衬吗？”

“车间主任？那只是你爸我最不值得一提的身份了，在外面，你爸是人人尊敬的炒股大神钱老师。”父亲倒是振振有词。

钱鑫不禁失笑：“炒股大神？您赚多少赔多少您自己不清楚吗？您别当我什么都不知道，零几年那会儿，你们厂效益好，年年都发好几万的分红，但那些钱，要么换了手表，要么赔进了股市。我上大学的学费都是我自己高三暑假一天做七个小时家教换来的。”

母亲走出来，把自己的项链系在钱鑫颈上，悠悠道：“那是你爸用心良苦，锻炼你的生存能力呢。”

钱鑫甩开母亲的手说，喊道：“锻炼我？我高中班主任知道咱们家没钱，特意帮我申请了五千块的助学金。是我爸开着租来的车，跑到学校去，和老师说咱们家不缺钱，他女儿每天在学校省吃俭用只是为了发扬勤俭节约的美德！”说着说着，钱鑫的声音里有了哭腔，她恨自己，连愤怒都这样狼狈，“我十八岁开始养我自己，从二十岁开始养你们，这就是你们所谓的锻炼吗？”

父亲听了钱鑫的控诉，竟然是一副痛心疾首的表情：“我印象中，我女儿一向是个孝顺懂事的好孩子，今天是怎么了，怎么说出这么叛逆的话来?”

母亲笑了笑，说:“老钱，孩子就是累了，让她在家睡会儿，宴会快开始了，咱们俩该走了。”

临走前，父亲补了一句:“你自己不也是打肿脸充胖子，在外面冒充富二代搞社交？你没有资格说我和你妈。”

“长大后我就成了你”，原本是一句积极正面的歌词，但在钱鑫身上竟成了最具讽刺意味的家族传承。

父母离家后，钱鑫独自坐在客厅许久，终于冷静了下来。看来，父母的虚荣病必须要下猛药才能治。她随手拿了一个塑料袋，从厨房和卫生间挑选了几样东西，走出了家门……

钱鑫拎着塑料袋，坐公交车到了王子饭店，走到门口却被门童拦住了:“您一个人？还是有预订?”

钱鑫低头看看自己这一身打扮，又看看自己手里的塑料袋，也难怪门童暗示她不适合进这里就餐。

钱鑫想了想，说:“你们饭店的厨师长姓周，是淮阳人，甜点师是从法国蓝带学习回来的。你们的包间都用西方皇室王子的名字来命名，比如查尔斯、亨利、哈里。”

门童微微欠身，为钱鑫推开了大门。

钱鑫推开包厢门挨个儿查看，终于在“亨利厅”看到了父母的身影，母亲正端着红酒杯说:“Bon appétit！(祝您好胃口!)”一个英语单词都说不利索的“60后”，竟然为了装腔作势学了几句法语，真是“精神可嘉”。

钱鑫的夺门而入，显然让正与人推杯换盏的父母有些意外。只见母亲站起来，略带尴尬地说：“这是我闺女，钱鑫，孩子刚飞回来，没顾得上打扮。”说完，又招呼钱鑫道：“快过来，和叔叔阿姨们打个招呼。”

没等钱鑫说什么，母亲已经滔滔不绝地介绍了起来，这位是某某长，那位是某某总，另一位又是某某家。钱鑫全然听不进这些话，她心一横，端起母亲的红酒杯，也顾不得什么品酒的礼仪，将小半杯酒一饮而尽。

“啪！”酒杯落地，所有人的目光都聚焦在了钱鑫身上。

“这孩子，今天怎么冒冒失失的，她平常不是这样的。”父亲还在一边打圆场。

钱鑫没有理会，而是直接把塑料袋放在饭桌上，开始一件一件地往外掏东西。

“这个，是我们家的毛巾。”钱鑫拎着一个破布条子在宴会厅里转了个圈，“爸，我记得这是我大二那年你们厂组织羽毛球赛，赛后发的福利小奖品吧。”

“这个，是我妈的牙刷。”钱鑫举起一个刷毛早已经倒伏如杂草的旧牙刷，“妈，自从我学了口腔之后，你逢年过节都买上千块的电动牙刷送人，怎么自己连一个几块钱的牙刷都不舍得换呢？”

“这个，是我们家厨房的料酒。”钱鑫拿出一个装着红棕色液体的矿泉水瓶，“瓶装料酒八九块钱，袋装的只要两块多钱，所以我们家一直是买袋装料酒，拿回家灌进空瓶子里用。”

在座的众人哑口无言，看得出来他们很想和其他人聊聊这事，但碍于钱家三人都在场，所以都没说什么。

父母二人大眼瞪小眼地看着对方，一时都不知道该如何自处。钱鑫认得坐在母亲旁边那位是她的好姐妹刘阿姨，只见刘阿姨笑着说："老钱，你们家的家教家风还真不错，把女儿教得很好，懂得勤俭节约。我儿子才十七，整天只知道买球鞋，我看哪，该把他送到你们家去，向你们家鑫鑫多学习学习。"

父亲像是抓到救命稻草一样，顺着刘阿姨的话笑了起来："没错，我从小就教育鑫鑫，要懂得勤俭。你知道，我最近不是又买了块表嘛，孩子知道了之后，嫌我不够节俭，来之前还和我吵了几句。女儿大了，有主意了，会教育当爹的了。"

宴会厅里凝重的气氛又活跃了起来，大家都像无事发生一样，开始继续谈笑风生。作为医生，钱鑫知道，治病不光得用对药，还得用足药量。她想了想，用自己的手机连接了放音乐用的蓝牙音箱，打开微信，开始播放母亲给自己发的语音消息：

"鑫鑫，我的乖乖女儿，后天就到还款日了，妈妈还缺六千块钱，宝贝女儿发工资了吧，给妈妈转点儿钱吧。"

"鑫鑫，快，帮妈妈点一下砍价链接，还差一个人妈妈就可以五折买'神仙水'了。"

"鑫鑫啊，你张叔叔的儿子考上大学了，过几天要办升学宴，咱们少不了要给人家包个大红包。不过你也不用心疼钱，这钱将来你结婚的时候，人家都是还礼，你给妈妈转点儿钱过来，就当是妈妈帮你存着。”

母亲的声音响彻整个包间，厅内众人放下筷子，仿佛“好奇”二字都写在脸上了。就连进来上菜的服务生都假装忙活起来，慢吞吞地端茶倒水，一点儿也没有要出去的意思。

母亲拉起钱鑫，说：“孩子酒量不好，喝了一点儿酒就醉了，在这儿胡言乱语，扫了大家的兴。老钱，我先带她回家，你们大家继续，继续。”

“我清醒得很。”钱鑫甩开母亲的手，说道，“我今天来，是想告诉各位，我爸钱建军，根本就不是什么炒股大神，他就是一个资本市场的韭菜和消费主义的傀儡。我爸，是火炬机械厂 201 车间主任，一个月挣七千块钱。我妈，是红兴卷烟厂的合同工，退休前一个月挣五千块钱。他们两个买的包、戴的表，都是省吃俭用，从一家人的嘴里抠出来的。在你们看不见的背后，我们家的生活，就和这毛巾、牙刷、料酒一模一样。他们在人前光鲜亮丽，在人后抠抠搜搜，就是为了混进你们这些有钱人的圈子，满足自己的虚荣心。”

想了两天的话终于说出口了，钱鑫也松了一口气，转头对自己的父母说：“爸，妈，我今天这事做得是有些绝了。但是我真心希望，你们能直面自己平凡的人生，能抛下折磨了你们半辈子的虚荣心，能用真实的一面生活下去。”

说完这些，钱鑫冲出饭店，在路边扫码开了一辆共享单车，朝着回家的路飞驰而去。

一路上，也许是有车速与风速的助力，钱鑫觉得自己的呼吸前所未有地顺畅起来。

回到G城，钱鑫下飞机后的第一件事就是给孟真元打电话，她下定决心，今天一定要向他坦白自己的家世。

电话响了好半天，一直无人接听，钱鑫知道，他一定是在健身。于是拿起自己的健身包，来到了健身房。

在更衣室换好衣服，钱鑫打开手机，用前置摄像头照了照自己，连续两天的红眼航班让她生出了黑眼圈，看上去有些疲惫，但她的眼睛却是闪亮的。

正要走出更衣间时，她听到旁边的隔间传来年轻女子的声音："你听说了没，孟氏乳业的酸奶哥最近谈了个新女友，我看到别人偷拍的照片了，长得很漂亮。"

另一个女子的声音说："说起来，我和酸奶哥还是大学校友呢，可一直都不熟。他上学那会儿就沉迷健身，整天就知道举铁，也不知道是不是把脑子都练成肌肉了，前年居然被一个中韩混血的捞女给骗了，差点儿和那个白菜妹订了婚。"

"白菜妹"是G城富家女给穷家女孩儿起的绰号，说起来，钱鑫自己也是个戴着黄金假面的白菜妹。

钱鑫走出隔间，静等着隔壁间的女生出来。那女子见了她，惊叫了一声，拉着她的闺蜜跑了，钱鑫听到她低声说道："刚才那个就是酸奶哥现任，听说家里是开口腔医院的。"

钱鑫苦笑一声，走出了更衣室。到了力量训练区，果然看到孟真元躺在卧推架下哼哧哼哧地举铁。钱鑫站在一旁，看着他做完一组卧推，才走过去递上了水瓶。

“你怎么都有黑眼圈了？”

“怎么，嫌我变丑了？不想要我了？”

孟真元灌了一大口水，说道：“哪有变丑，我的钱大医生一直都很美。我这不是担心你嘛，怕你累着了。”

“我回了趟家，有点儿累了。”见孟真元又躺下去继续举铁，钱鑫也知道健身房不是个适合谈话的地方，说，“晚上有空吗？我有话和你说。”

得到肯定的答复后，钱鑫看到哈克深蹲的架子空了出来，说：“我也去练会儿。”

才刚站起来，钱鑫就听到孟真元的手机响了。只听他接起电话说：“王律师，这个案子就正常打吧，没必要姑息，要让他付出代价。我平生最恨骗子。”

钱鑫记得他说过，公司最近出了件大事，他亲自挖过来的高管竟然是受竞争对手委派，潜伏在他手下，暗地里盗取商业机密，给公司造成了不小的损失。

钱鑫冲到跑步机旁，将速度调到 7 档，一直奔跑到汗水掩盖了泪水，才慢慢停了下来。她打开手机，给孟真元发了条信息：我累了，先回去了。

12 逃避可耻但有用

如果最初的动机是不纯良的，是不是就不配拥有一个美好的结局？钱鑫站在露台上，思考着这个她不敢去寻找答案的问题。

冲动这种事，必须一冲到底，如果途中泄了气，那就很难再重拾勇气了。如果今天下午钱鑫没有顾虑太多，而是直截了当地告诉孟真元自己的真实面目，那么现在，无论结局如何，至少可以落锤定音，无须再面对两难的处境了。

钱鑫眼前闪过一道光，晃了她的眼，她抬眼望去，果然看见对面楼的露台上站着一个人，远远地朝她招手，她知道那是孟真元。自从两人正式交往以后，孟真元就搬进了他哥的房子，和钱鑫做起了邻居。于是，睡前在露台遥遥相会就成了两人心照不宣的约定。

钱鑫打开手机手电筒，晃了几下，以示自己看到了他。

钱鑫的手机振动了一下，跳出一条来自孟真元的消息：我原本想用摩斯电码给你发一条信息，研究了半天，才想到你不一定懂。

所以你那边露台的灯开了关，关了又开。钱鑫回复道。

她想了想，又发了一条信息：.. .-.. --- ...- . -.-- --- ..-

过了好半天，钱鑫收到了回复：我也爱你。你居然懂这个！

钱鑫打了一行字：上上个月和叶芭黎她们去玩密室逃脱，在那儿现学的。

对面回复说：不是说累了吗？怎么还不睡？对了，你下午说有话和我说，是什么事呢？

钱鑫下意识地回复了一句：没什么很重要的事，我困了，去睡了，晚安。

对着天花板发呆的钱鑫在想，如果刚刚勇敢一点儿就好了，应该直接冲过去告诉他的。可即便是一分钟的路程，钱鑫也没有勇气迈出第一步。

“要不，就先告诉叶芭黎吧。”自说自话的时候，已经是夜里两点了，钱鑫打定主意，先和闺蜜叶芭黎坦白，就当是个演习，先看看叶芭黎的反应，之后再找准机会和孟真元坦白。

有了具体的行动方案后，钱鑫终于睡着了 。

第二天一早的科室周会上，周主任说最近有个无界牙医组织正在G城召开宣讲会，招募志愿者。预备两个月后开始一项全国巡回的偏远地区口腔义诊。周主任强调，这项公益活动虽然是社会慈善家组织的，但省卫健委对这个活动极力推崇，如果有人愿意去，医院将会为其发放差旅补贴和全院平均奖，以示支持。

钱鑫很清楚，参加这种官方认可的公益活动，会为自己的简历添上光彩的一笔，可这个项目要求医生至少参加六个月，热恋中的钱鑫不忍抛却温柔乡，所以就假装没有领会到周主任希望她去报名的暗示。

“既然暂时没有人报名，那我再强调一下，报名截止日期是下个月二十号。”周主任说完这一句之后，就宣布散会了。

下个月十八号正是钱鑫的二十七岁生日，她一面好奇结束单身状态的自己将会过一个怎样的生日，一面又暗下决心，一定要在生日之前完成自己的坦白计划，她不想把虚假的自己带向人生的下一年。

下班后，钱鑫打卡走出医院，一眼就看到了在门口等待的叶芭黎，钱鑫问：“今天怎么这么早？你可从没准时赴过约。”

叶芭黎冲过来愤愤地说道：“我怀疑大林背着我在外面有别的女人了。”

钱鑫连忙安抚她，等她平静下来，总算问清了前因后果。原来叶芭黎发现自己的男朋友大林一直在和一个网友聊天，还约了今晚见面。

叶芭黎在处理感情问题时一向不会拖泥带水，钱鑫懂她的个性，说：“那你把他一脚踢了不就完了。”

“甩是一定要甩的，但我就是要看看，到底是哪个小贱人有本事抢我的男人。”叶芭黎示意钱鑫系好安全带，像开火箭一样把车弹了出去。

没过多久，车子却停在了钱鑫小区门口，钱鑫试探着问道：“你男朋友，不会是在这里偷偷约人见面吧？”

叶芭黎翻着白眼说：“你去把白鼠抱出来，捉奸这种事，就是要人多势众才好。”

钱鑫吐吐舌：“捉奸这种事，就是要人仗狗势才好。”

白鼠第一次见叶芭黎，就暴露了自己的小色痞本性，围着她不住地嗅来嗅去，叶芭黎感叹一声：“这就是传说中的猎犬？这小奶狗有什么势可依仗的？”

“要不，我把它抱回去吧。”

叶芭黎摆摆手：“算啦，凑个数吧。”说完再次把车飞弹而出。

车子驶出城区，停到了一个位于郊区的花卉公园旁的园子门口，钱鑫知道叶芭黎的男朋友大林是一位园艺大师，常年窝在这个园子里侍花弄草。她也知道大林视自己的花园为圣地，甚少带叶芭黎过来。可他竟让别的女人来这里和自己幽会，显然对那个人动了真情。钱鑫转过身，静静地抱了抱叶芭黎。

叶芭黎输入密码“890403”进入了园子，钱鑫心里暗忖：这个六位密码像是谁的生日，可她明明得大林是90年的，叶芭黎是94的。但她没有说出口，而是选择闭着嘴默默前行。

花园的中央，是一座灯火通明的玻璃穹顶大花房，钱鑫一行穿过长长的月季花廊，走进了温室。原来这透明玻璃花房中间还套着一个小一号的花色玻璃房，钱鑫见叶芭黎站在门口迟迟不敢推门，心想，做闺蜜的在这种时候必须发挥排头兵作用，于是一把推开门闯了进去。

只见一个齐耳卷发男子站在室内长桌前修剪鲜花，浑身上下只穿了一件豆绿色背带帆布围裙，钱鑫不敢细看他是否穿了裤子，招呼着白鼠跟上来，心想大林就交给叶芭黎自己处理吧，她还是尽快揪出那个“小三”比较好。

卧室的床和地板上只有几件被随意丢下的男式衣服，钱鑫指挥着白鼠，冲进了卫生间。

拉开浴帘，钱鑫惊叫了一声，又把浴帘合上，惊诧道：“不是吧，怎么会是你?！”钱鑫再次小心翼翼地拉开浴帘的上半段，反复确认过，那人就是她一个多月前见过面的王臻。

“钱医生多次拒绝我的约会邀请，想必是对我没有兴趣吧，今晚怎么主动冲进来？是想和我洗鸳鸯浴吗？”说着，他伸出手来拿了浴巾。

钱鑫背过身去，怒斥道：“你明明知道大林和芭黎已经在一起好几年了，居然还不知廉耻地插足他们的感情。”

“我插足？你搞清楚了，你的好姐妹叶芭黎才是我们之间的第三者。”王臻在她耳边说着，钱鑫能感觉到后背有一股湿热之气，这个男人明明喜欢男人，却还是随时随地都在撩拨女人，钱鑫心里十分不适，转身就给了他一个耳光。

打完耳光之后，钱鑫却有些后怕，她本能地向后退了两步，却见白鼠的影子飞了过去，几秒钟后就传来了王臻凄厉的叫喊，钱鑫望去，只见浴巾散落在一旁，王臻人体中间的那个位置已经被鲜血染红了。

卧室外的大林和叶芭黎也闻声赶来，大林吼道：“臻哥，你怎么样了?！”

钱鑫解释道:“白鼠可能是看到我们起了冲突，救主心切，就，就咬了他那里。”

“伤得重不重?”叶芭黎的语气里有难以掩饰的幸灾乐祸。

“我……没好意思细看。”钱鑫悻悻道。

叶芭黎拿出手机拨打了120，挂掉电话后，她对大林说道:“救护车二十分钟后就到，在医生来之前，可不可以麻烦你先把裤子穿上。”

一小时后，医院急诊室门口，孟真元大步跑过来，抱着钱鑫安慰道:“吓着你了吧?没事，有我在呢。”

“白鼠闯了大祸了，它咬了王臻的那个东西。医生说伤害不严重，恢复好了之后还可以正常使用。可是我害怕，我会不会被告上法庭?”

孟真元拍拍她的头，说道:“王臻这个人我有些了解，是个极其爱面子的人，你放心吧，这种事对男人来说是奇耻大辱，他不会声张的。就算真打官司，那还有我在呢。”

叶芭黎已然遭遇男友的背叛，显然不适合再听到“闺蜜是个利用她进入富人圈子的拜金女”这种消息，钱鑫也只好晚些再向她坦白了。

至于孟真元，还是等告诉叶芭黎之后再和他说吧。说真心话的计划再一次被推迟，钱鑫觉得压在心里的大石头也好像被搬开了，心情舒畅了许多。逃避虽然可耻，但的确是有用的。

13 我知道我想要什么

离开医院急诊室回到小区后，钱鑫压住在胸腔里蹦极的心脏，假装淡定地走进了孟真元所住的那一栋楼。

电梯是一户一梯的，没有旁人在，可两个人非但没有语言沟通，甚至在逃避彼此的眼神交流。

进门之后，钱鑫发现，这套客厅六米挑高的顶层复式，竟然被装修成了温暖清新的日式风格。

她说："很温馨，但是和大房子不太搭，很难想象这是你哥的房子。"

孟真元说："这是他前未婚妻装修的，后来他们分手了，这房子就一直空着。"

细细看来，这套房子的确充满了温柔娴静的女性气质，看得出曾经的女主人在装修上花了不少心思。

"看得出他们曾经感情很好，怎么就分手了呢？"

"那个女孩儿是个丁克，没打算生小孩儿。但我妈呢，肯定是想抱孙子的，而且她还有个小毛病，喜欢智商高的儿媳妇，认为高智商的妈妈能生出聪明的孩子，所以就常常拿一些侦探小说来考察我哥的女朋友，还明里暗里催她生孩子。时间久了，就把人家给吓跑了。”

孟真元的解释让钱鑫有些高兴，孩子她是想要的，考察智商她也没在怕，倒是拿侦探小说考验人的智商这一点，让钱鑫觉得这位母亲有些可爱。

参观到主卧的时候，钱鑫走进衣帽间，拿出一件睡袍来：“这件我应该可以穿。”

孟真元挠着头说：“这是我的尺码，你要是喜欢，改天我买几件你的尺寸送你。”

钱鑫笑了一声，将睡袍丢在床上，把头发拨到胸前，背对着孟真元说：“帮我解扣子。”

她今天穿的是一条后背有将近二十个扣子的裙子，早上穿的时候，是她自己扣好之后硬生生挤进裙子的，而现在，她能感觉到他的手微微有些颤抖，耳边的呼吸也渐渐变沉了。

扣子松解到腰间，他的手却停了下来，在她耳边轻声问：“你确定你准备好了？我知道，你还没有经验。”

第一次亲密体验，如果是要拿来做利益交换，自然是要权衡思虑的。但如果只是发于情爱，那便不需要想太多，只需要确定眼前这个人是自己想要的就够了。

“我知道我在做什么，我想要你，要你的全部。”

听到了肯定的答复，腻在一起的两个人开始向浴室移动。钱鑫刚打开莲蓬头，孟真元却跑出去翻腾着什么，钱鑫走出去，只见他翻出一个写满日语的盒子，还感叹道：“还好没过期，谢谢老哥。”

“不是说男人都是下半身动物吗?”钱鑫用湿淋淋的手臂环着他。

“因为喜欢你，所以是下半身动物。因为爱你，所以不能让下半身完全掌控上半身。”

“什么时候学会说这种……”还没等钱鑫说完这句，她的嘴就被堵上了。

……

第二天醒来时，钱鑫发现，原来习惯一个枕边人只需要十个小时。她拿起手机，在叶芭黎的微信对话框里打下一行字：用过了，好使。

还没点发送键，她自己就忍不住笑了起来，枕边人睁开睡眼，问:“什么事笑得这么开心?”

钱鑫把手机递给他:“本来想在芭黎面前秀个恩爱，酸她一下。但想想还是算了，她刚刚分手，而且还是被男人抢了男朋友，我这么做好像太过分了点儿，删了吧，不发了。”

“好，我删了。”

两分钟后，见孟真元在憋笑，钱鑫夺过手机，发现刚刚编辑的那条消息已经发出去了，而且已经过了撤回的时间。正当她拿着手机拍打孟真元时，叶芭黎回复了一句古早网络流行语：有异性没人性!

两个人吃过一同煮的早餐后，钱鑫被拉到门口录指纹。

“我后天就要去新西兰了，去那边谈一个供应合作，至少要去十天，今天你就待在这里等我回家，好不好？”

“好。”

这个新住所，钱鑫适应得很快，可白鼠好像还不习惯，在屋里狂躁地打转，钱鑫换了衣服，牵着白鼠说：“走，咱们回家吃罐头去。”

回到隔壁栋后，钱鑫意外地发现房主陈墨居然在家，除了她之外，客厅里还坐着一个与陈墨年龄相仿的女子，和一个约莫三四岁的小女孩儿。

陈墨介绍道：“这是我室友，钱鑫，是口腔医院的医生。这位……是我朋友小慧，还有她女儿茗茗。”

虽然陈墨从未向钱鑫示好，只是邀请她住进她家，彼此做个伴，但钱鑫早就从侧面了解到，陈墨曾经有一位女友，五年前离开她和一个男人结了婚。虽然不知道这个小慧是不是那位女朋友，也不知道她来是要常住还是坐坐就走，钱鑫还是强调说：“我男朋友就住隔壁那栋，我过来拿点儿狗粮喂一下我的狗。你们聊，你们聊。”

白鼠在卧室吃完饭，钱鑫才牵着狗绳把它带了出来。

陈墨呼唤着白鼠：“白鼠，快过来，和茗茗去玩一会儿吧。”

钱鑫知道她有话要说，于是在一旁的单人沙发上坐了下来。

陈墨定定地说道：“鑫鑫，小慧她……不是我的普通朋友，她是我的爱人。”

“我知道。”钱鑫给了她们一个支持的眼神。

小慧开口道：“是我不好，扛不住压力，离开她结了婚，结果婚后过得也不幸福，犹豫了很久还是离了婚。”

“小慧姐，那种压力扛不住也是可以理解的。现在你回来了，我是真心替你们高兴。”

现在陈墨有了爱人在侧，自然不需要她的陪伴，看来自己必须搬出去了，可想想自己的账户余额，钱鑫又觉得愁云压满了心头，但她还是假装兴奋地说：“恭喜二位，重拾旧爱，开启新生活。我呢，现在也有男朋友了，下个月应该就会搬出去住。”

陈墨连忙说道：“鑫鑫，我和你说这事，不是要赶你走。我是真心拿你当朋友，家里房间也够住，你想住到什么时候都可以。我和小慧，其实是有事要拜托你。我们打算去做公证，成为彼此的意向监护人，这样以后我们就能为对方住院手术签字，也能相互继承财产。只是，我们的家人都不太支持这件事，所以，我想请你做见证人，和我们一起去做公证。”

钱鑫自然答应了。

下楼后，白鼠在牵引绳允许的范围内肆意地奔跑着，钱鑫跟在后面心不在焉地想着自己的住宿问题。虽然陈墨姐不赶她走，但她自己也不愿意打扰一对爱侣的生活，搬家是一定要搬的。只是，该搬到哪里去呢？搬到孟真元家里吗？可她既不喜欢整天黏在一起的同居生活，也不愿在自己未坦白之前就搬过去和他一起住。想来想去，最好还是搬出去自己租房住。

钱鑫下载了一款租房软件，越看心里越发愁。在这个城市，租一个交通便利的一居室，至少也要三千块，按照押一付三的付款方式来算，至少也需要准备四个月的房租。她过去一直是提前消费，净资产算下来是负数。一个马上要过二十七岁生日的人，竟拿不出四个月的房租来，这让钱鑫十分沮丧，更不要说，三千块钱租来的房子，和现在免费住的豪宅相比完全不是一个档次。

“白鼠，怎么办呢？这样下去，咱俩就要变成流浪牙医和流浪狗了。”钱鑫心里那个名为“拜金”的小火苗，快要死灰复燃了。

14 奶香味的霸道总裁

钱鑫的手机铃声响了，她接起这个陌生号码的来电，听到这样一句话：“钱医生您好！请问您前一阵子是不是给一只狗做过固定义齿？”

“你是哪位？”

电话那头说道：“我是毛球球动物医院的，是这样的，我们医院打算开展宠物牙齿治疗，希望能和您合作，您这两天有空吗？方便的话，想请您见面聊一下合作。”

钱鑫早就听人说过，很多宠物医院也开始做猫猫狗狗的牙齿治疗了，而且收费普遍高于人类牙科治疗。如果能和宠物医院合作，那自然能解决她目前的缺钱大难题。只是要想提高身价，还是免不了要端着点儿，钱鑫笑着说："可我最近很忙的，时间上恐怕不允许。"

对方马上说道："您什么时候方便，我们就什么时候见面，周末或是工作日的晚上都可以的。像您这样的三甲医院专家，我们自然不能让您白跑一趟，只要您愿意来谈谈，不管能不能达成合作，我们都会给您一笔车马费。"

钱鑫想了想，说："这样吧，我的狗狗也有一阵子没做体检了，我今天下午本来给它约了别家的体检，要不，我就去您那儿？"

对方一口答应，连连保证会给白鼠安排最好的宠物医生来接待，钱鑫这才答应了下来。但既然想顺利赚到这笔钱，就少不了要做些准备工作，钱鑫回到房间打开电脑，开始狂啃动物医学与口腔医学相交叉的论文。

下午三点钟，钱鑫如约到达毛毛球宠物医院，把白鼠交给宠物医生后，她就随接待人员去见院长了。

双方礼貌性地商业互捧了一阵子，又相互试探了财力和能力，终于进入了正题。院长提出以日薪一千元的底薪聘请钱鑫作为宠物牙医，月绩效达到三万元以上后，还会按比例支付绩效奖金，如果她愿意真人出镜，参加宠物医院的新媒体宣传活动，还有五位数的出镜费。

钱鑫暗暗感叹，果然是爱宠人士的钱比较好赚，给兼职医生开出这样的薪金，是绝大多数口腔医院都做不到的。按照院长的说法，她在这里的兼职收入甚至可以超过她现在的全职工作。对于急需用钱的钱鑫来说，这无疑是个巨大的诱惑。

可钞票再诱人，理智仍然占了上风，钱鑫还是将这件事在脑子里仔仔细细地想了又想。现行的《医师法》允许医师在多家医疗机构工作，俗称“多点执业”，所以她在别处做兼职，自家医院虽然不会鼓励，但应该也不至于反对。但法律同时也规定了医师的执业范围，就像口腔医生不能给人治疗眼睛一样，给人看牙的口腔医生当然也不能给动物看牙。如果像院长提议的那样，来这里做宠物牙医，那就属于非法行医了。钞票虽然美好，但违法的事钱鑫自然是不愿意做的。

思来想去，钱鑫最终提议以医疗顾问的身份加入这家宠物医院，从口腔医学专业的角度给予相关技术支持。至于出镜参与新媒体宣传一事，钱鑫知道对方看中的是她三甲医院医生的身份，还有她年轻漂亮的脸蛋。医院职工的身份自然是不能随便拿来为私企做宣传的，而美女医生这个花瓶角色，也不是钱鑫想要扮演的，所以她只答应做几场线下活动，并且要求宣讲的内容要由自己来把关。

院长看她态度坚定，所以退让了一步，答应按照她的方式来合作，但相应的报酬也要打折扣。两人握了握手，确定了从下周五开始，钱鑫将正式入驻毛毛球宠物医院，以医疗顾问的身份帮助宠物医生尽快掌握动物口腔治疗的相关知识和技术。

抱着白鼠走出宠物医院，钱鑫惊觉此时已经是下午五点一刻了，她早上答应了要在孟真元家等他回去的。

出租车才刚启动，钱鑫就接到了叶芭黎的电话："你晚上到医院来一趟吧，王臻叫我们过去，说是要处理他受伤的事。"

和王臻这样的人打交道，钱鑫心里千万个不乐意，可毕竟是自己的狗咬了人家的命根子，她这个做主人的也有些愧疚。

"好，几点到？"

"八点，你吃过饭再来吧，我没心思吃饭。"叶芭黎说，"对了，狗咬"鸡蛋"这件事，你和酸奶哥也说过吧？晚上把他也带过来吧，王臻要求要见所有的知情人。"

虽然不知道王臻葫芦里卖的是什么药，但叶芭黎已经强忍着被背叛的怒气在处理这些事了，钱鑫不愿意给她添堵，一口答应了会带孟真元过去。

晚上八点，钱鑫带着孟真元准时出现在了王臻的病房里，叶芭黎和大林也在。钱鑫默默和叶芭黎对视了一眼，捏紧了孟真元的手。

王臻这个人，惯会装腔作势，此时竟然旁若无人地坐在病床边吃饭，全然不顾余下都在等着他的四个人。钱鑫低声抱怨了两句，却被大林犀利的眼神吓了回去，这个大林，自从和王臻的地下情暴露后，就已经完全放弃了掩饰自己，甚至连叶芭黎这个昨天刚分手的前女友都不顾情面了。

几人默默等了近半小时，王臻才慢条斯理地放下了碗筷，说：

“今天请大家来，是要处理下我意外受伤的事。”

为了大事化小，钱鑫愿意忍气吞声，可正当她要开口道歉的时候，叶芭黎向前一步，挡在她前面说：“伤害你不是我们的本意，但事已至此，我也没办法挽回了，说吧，你要多少赔偿金?”

“呵呵，幼稚。”王臻丢掉擦手巾，说道，“想拿钱打发我，也不想想，你们几个的财产加起来还没有我多呢。”

叶芭黎家的酒店集团是她爸爸在打理，孟真元家的孟氏乳业也是由他母亲掌舵的，他只负责两个酸奶品牌线。至于钱鑫本人，根本就是个冒牌千金。而王臻却是真正接管了家族企业，论起钱与权，他们几个确实无法和他相提并论。

“那你说怎么办?”叶芭黎问道。

只见王臻甩出一个文件夹，说：“这里是一份和解协议，协议主要有两条。第一，你们所有人都必须对这件事保密；第二，年底我们集团年会上，你们三个要来表演节目，包括这位酸奶小哥。”

钱鑫心想，自己丢人现眼也就算了，可是王臻竟然把孟真元也扯进来了，如果自己真的是雅尔口腔医疗集团的钱欣，那她一定要跳上去把王臻暴打一顿。

叶芭黎也说：“王臻，这事因我而起，你别牵扯无关的人。保密协议我们可以签，但表演节目，我自己来，不要牵扯他们俩。”

“哦?”王臻饶有趣味地看着叶芭黎，说，“你一个人表演，精彩程度怎么比得过三个人呢？那表演的尺度，是不是该更放开一点儿呢?”

叶芭黎狠狠地说道:“行，姐姐我认栽，年底去你家年会上跳热舞，够有诚意吗?”

王臻浮夸地拍了拍手，称赞道:“果然是大名鼎鼎的三小姐，佩服！佩服！那就按你说的来。”

此时此刻的钱鑫，简直想再次放白鼠出来咬他一口，可她也知道自己没有惹事的底气，所以只能在心里生闷气。

正当叶芭黎要签字时，孟真元拦下她，说:“王臻，欺负女孩子算什么本事，保密协议可以签，但要求年会表演就欺人太甚了吧。我听说你最近要上一个新的水上乐园项目，你看这样行不行，我用我旗下最畅销的产品，在包装上印制你家水上乐园的广告，免费为你做宣传。我家产品的市场占有率你是知道的，这样的机会，别人求都求不来。”

王臻歪着脑袋想了想，放弃了要叶芭黎去年会上表演的要求，答应了孟真元的提议。

走出病房后，叶芭黎深鞠一躬，说道:“孟哥，谢谢你帮我。这个人情债，您看肉偿怎么样?”

钱鑫笑了好几声，才反应过来哪里有些不对劲儿。

叶芭黎指着钱鑫道:“我欠下的债，就由我的好姐妹钱三金来肉偿吧。”

回家的路上，钱鑫笑道:“想不到，你居然也是个霸道总裁。”

“喜欢吗?”

“喜欢，奶香味的霸道总裁，谁会不喜欢呢。”钱鑫看着车速越来越快，忙说道，“开慢点儿，都快超速了。”

“我着急啊，等着回去接受肉偿呢。”

15 白鼠的第六感

被窗外的阳光叫醒后，钱鑫翻了个身，懒懒地说：“早啊。”

伸出去的手落在空气里，她才清醒过来，看到了空落落的枕边有一张字条：你的奶香味霸总已经飞走了，乖乖在家等我回来，爱你。

刚爬起来吃着早餐，就接到了毛毛球宠物医院健康顾问的微信提示：您好，您为您的爱宠预约的耳螨治疗定在今天下午两点，请您按时携带爱宠就诊。

昨天下午的常规体检查出白鼠有耳螨，这家宠物医院纪律严明，要求必须在宠物主人知情并同意之后，才能为宠物做治疗。而那时，钱鑫正在与院长洽谈，洽谈完毕后，宠物医院也到了下班时间，所以她就预约了今天下午带白鼠去治疗。

钟点工阿姨还没来，钱鑫将孟真元丢进洗衣篓里的衬衫捡出来穿在身上，衣服上隐约有他的味道。

孟真元热爱运动，他哥却喜好安静，这套房子里特意留出了一间只放着坐垫的冥想室，近两天已经被钱鑫自行征用，变成了雨天的遛狗室。前些天，她看到一个宠物博主发了个拿电动老鼠逗狗的视频，昨天在宠物医院看到有这种玩具，钱鑫就随手买了一个，带回来准备和白鼠一起玩“狗拿耗子”的游戏。

白鼠果然不辜负它的天性，看到假老鼠就兴奋地追逐了起来。

钱鑫坐在蒲团上，不自觉地发起了呆。

“汪！汪！”白鼠衔着假老鼠蹲在钱鑫脚边邀功，钱鑫拿出几条牛肉干奖励给了它。

和毛孩子玩得正嗨，钱鑫的手机响了，是母亲。自从她当众揭穿了父母假装有钱人的事实之后，还没有给父母打过电话，他们也没主动联系过她。正当她考虑要不要接的时候，电话却挂断了。

钱鑫拿起手机，打开与母亲的微信对话框，点进输入框迟疑了好久，却看到屏幕上方变成了：对方正在输入……

钱鑫举着手机等了好半天，等到白鼠都不耐烦了，蹭着她的腿求她一起玩。母亲终于发来了消息：鑫鑫乖女儿，妈妈最近认识了一个阿姨，她家儿子和你同年，人稳重老实，虽然学历不如你，但是他们家马上就要拆迁了，你什么时候回家，妈妈介绍你们认识一下。

这些天，父母没有和她要过钱，也没有在朋友圈炫耀过任何奢侈品，钱鑫原本以为他们已经改过自新，踏踏实实做人了。可没想到自己还是高估了他们，很显然，他们的发财梦还没有醒，只是把希望转移到了自己的婚事上。

如果此时告诉母亲自己正在和孟真元交往，一来可以免除被安排相亲的苦恼，二来也可以让父母高兴高兴。但孟真元于她，早已不是钓上钩的金龟婿，而是放在心底珍爱的人。她不愿意为着这样的目的，把他介绍给自己的父母。

下午两点，钱鑫带着白鼠如约赶到了毛毛球宠物医院。才刚把白鼠送上治疗台，健康顾问就跑过来，拿着一件工作衣说道："钱医生，请您穿上我们的工作服，帮我们一个忙吧。"

虽然钱鑫和院长谈的是从下周五开始工作，也还没签劳务合同，但自己在这里工作毕竟只是时间问题，钱鑫接过工作衣，询问是何事需要自己帮忙。

健康顾问解释了半天，她才弄懂其中缘由。原来，本地有位豪门女婿进入不了妻子家族企业的核心管理层，但又不愿意做个全职煮夫，所以就从公益活动下手，企图成为一位慈善家。他创建的项目就是为流浪动物治疗疾病，治好后再交给爱心人士领养。现在，他带了一只流浪狗狗来做口腔治疗，而这里的宠物医生却搞不定。钱鑫想了想，不管他的初衷是真心爱护动物，还是为了博取一个公益人士的头衔，总归都是做好事，所以答应了去帮忙。

许是这两天看了些侦探小说的缘故，钱鑫总觉得没有安全感，她想了想，打开了手机的录音功能。

正在给流浪狗治疗牙齿的是一位姓张的医生，这人也是院长交代过的宠物牙医重点培养对象。钱鑫站到他身边的助手位置上，观察了好一会儿，发现这位张医生显然只是学过一些口腔理论知识，对实际操作完全不在行。

钱鑫示意健康顾问支开了宠主，轻声说道："张医生，拿棉球放在牙齿间这个操作，虽然能帮你打开口腔，但是我们一般不建议用于儿童的治疗中，以免发生误吞误咽，甚至是阻塞气管的意外。在宠物身上，我个人也不建议这么做。"

"那您说怎么做才好，动物可不能和人相比，不是你让它张嘴它就会张嘴的。"张医生问道。

"有开口器吗？"

"开口器是什么东西？"

钱鑫在他们的器械区找了半天，发现不仅没有开口器，就连其他很多常用器械都不齐全。看来这家宠物医院还没有做好准备就开展宠物牙科治疗了。钱鑫在口罩背后无奈地叹了口气，这里毕竟不是救死扶伤的地方，只是个营利性场所。

但办法总比困难多，钱鑫想了想，拿出一个单边托盘，调了些藻酸盐印模材料抹在托盘上，自制了一个单边开口器。放进狗嘴里之前，她又回忆了读研时在儿童口腔科轮转时的情形，找出一段绳子来，系在了托盘上，又将绳子的另一端，系在了自己手上。

"钱医生也太谨慎了，这么做下来，一个治疗得花多长时间哪，划不来。"张医生看着她说道。

钱鑫虽然爱财，但她始终觉得，做医生不能时时刻刻只想着付出和回报是否符合性价比。但这样的话说出来，就像是在教训别人，钱鑫笑了笑，什么都没说。

在她的指导下，张医生磕磕绊绊地开始了治疗。大概是因为刚开始学，张医生显得很笨拙，操作起来就像是自己最近在带教的本科实习生谭笑一样。可谭笑虽然手笨了些，但和这位张医生比起来，她有个值得夸赞的优点，那就是十分爱护病人。

治疗才做到一半，就已经花费了一个多小时的时间，张医生显然有些不耐烦了，甩甩手说："我干不来这个，钱医生，您来做吧。"

钱鑫笑笑说："我本科实习的时候，第一次给病人补一个最简单的颌面一类洞，就花了一个半小时。您别气馁，做多了就顺手了。"

张医生脱掉手套，站在窗边开始含沙射影地骂院长什么钱都想赚。

钱鑫默默地等了好几分钟，见他还在骂，就说："张医生，您应该知道，按照法律规定，我来做动物治疗属于非法行医，被发现是要吊销执业医师证的，您就别为难我了。"

钱鑫好话说尽，总算哄着这位张医生做完了治疗。做完之后，张医生两手一摊，说："麻烦您带狗狗给那位公益'娘炮'吧，我不想和他说话。"

钱鑫在心底鄙视了一下用"娘炮"这种词语攻击男性的行为，自己带着狗走出了诊室。不过，钱鑫也不得不承认，那位豪门女婿的穿衣风格确实比较中性。但穿着打扮这么私人的事，又何必一定要用性别去限定呢。

钱鑫正交代着狗狗的情况，白鼠也被治疗耳螨的医生带了出来，它一见这位豪门女婿就狂叫了起来，钱鑫解释道："您别在意，我家白鼠比较怕看医生。"

……

晚上十点，钱鑫合上阿加莎·克里斯蒂的侦探小说《五只小猪》，隐隐觉得脊背有些发凉。白鼠一向温顺乖巧，宠物医院的医生们也都夸它是个不闹脾气的小天使，可为什么它一见那个豪门女婿就那般狂躁狂呢？白鼠是不是嗅出了什么危险的信号？

16 医务科的传唤

中午十二点四十五分，钱鑫终于送走了最后一位病人，休息室里放着一个小时前送来的外卖，她将外卖饭盒塞进微波炉，坐在一旁发了一条动态：求求大家不要再横刷牙了，一早上补了四个病人十二个牙位的楔状缺损，累吐血！

楔状缺损，顾名思义，就是口大底小的倒三角状的楔形牙齿缺损，一般多出现在口角牙列转折处的几个牙位，主要是由患者长期横向拉锯式刷牙引起的。楔状缺损较浅时，病人会觉得牙齿敏感，遇冷遇热酸痛，此时只需简单地填充治疗即可；而缺损较深时，则有可能继发牙髓（俗称牙神经）暴露、感染，到这时大多就需要根管治疗了。

钱鑫昨夜看动物口腔论文看到凌晨两点，只睡了五个小时就来上班了。然而今日就像鬼打墙一般，她接诊的四个病人都是来治疗楔状缺损的。从早八点开始，她一连补了近五个小时，补到头晕眼花、腰酸背痛，忍不住发了一通牢骚。

吃完午饭后，休息室的床位早已经被其他同事占了，钱鑫拖着沉重的步子，从护理工作台拿了一条无菌单，铺在自己的治疗椅上，躺上去午休。

才刚迷蒙入睡，钱鑫就被护士叫了起来，她看了一眼科室的挂钟，说道："下午的病人这么快就到了吗?"

护士说："下午第一个病人约在三点钟，是医务科打电话过来叫你过去一下。"

医务科！钱鑫一个激灵爬起来，同事们平常戏称医务科为"患者报仇处"，这个科室最主要的一项工作就是处理患者投诉。因为大多情况下他们都会以息事宁人的态度处理事情，不论谁对谁错，大部分情况下医务科都会要求医生给病人退费、道歉，以迅速解决医疗纠纷。所以，这个科室还有个大家私下里叫的名字——"按着医护脑袋道歉办公室"。

钱鑫正式入职工作还不满一年，这也是她第一次被医务科传唤。她整理了一下仪容，打起十二分精神，走进了位于行政楼的医务科办公室。

推门一进去，就看到了今天接诊的第一位病人坐在沙发上，钱鑫心里“咯噔”一下，确信自己是被病人投诉了。

医务科的李科长说：“小钱，来，坐。”待钱鑫坐下后，他又说，“这个患者是你今天接诊的吧？”

钱鑫点点头，转头问病人道：“您好，请问您有什么不满意的地方吗？”

病人说：“你看你给我补的这个牙，吃了个午饭就掉了，你这技术不行啊。”

钱鑫看了一眼病人的口腔，她早上补过两处缺损，果然掉了一个。她仔细回想了自己的操作过程，整理了一下思路，说道：“您听我解释，楔状缺损填充后，的确有可能脱落，导致脱落的原因一般有两点，一是治疗中隔湿处理没做好，导致唾液和龈沟液影响了材料的粘结效果。口腔治疗中的隔湿处理，用橡皮障的效果是最好的，但楔状缺损本身就位于牙龈边缘，不适宜用橡皮障。所以，我们都用棉卷来隔湿，而您缺损的这个牙位，位于上颌，而且不在唾液腺开口处，因此棉卷隔湿的效果就足够了。”说完这些，她转头向李科长道：“李老师您也做过临床，我说得没错吧？”

李科长点了点头。

钱鑫继续说道：“第二个可能导致充填体脱落的原因就是固位力不足。为了解决这个问题，我还特意做了固位沟。您的两颗牙齿，缺损的程度基本一致，我的操作流程也是一样的，如果要脱落，那应该是两个一起脱落。”

钱鑫想来想去，都觉得这件事有点儿奇怪，同样的手法补了相邻的两颗牙，没道理只掉一个。李科长和病人大概都听出了她的意思，李科长连忙在中间打圆场：“您看这样好不好，我安排钱医生免费为您重新补一次牙。另外呢，我这边再送您一张我院特需门诊的主任专家免费检查券，您可以自己用，也可以给朋友用。”

病人不依不饶，坚持要李科长给予钱鑫全院通报批评，还要换一个医生为他补牙。李科长大概也觉得这事实在是有点儿冤，只答应了在特需门诊内部进行一次科室批评，并请钱鑫的导师周主任为病人重新补牙。

钱鑫资历尚浅，也只能把怨气咽进肚子里，换上职业假笑，给病人赔礼道歉。

好在下午的病人只有两个，其中一个检查过后就要转到专家那里做治疗，下午四点半，钱鑫就没什么事可做了，坐在电脑前打盹儿。

时钟指向五点钟，钱鑫已经收拾东西准备下班了。早退要扣工资，但她今天吃了暗亏，心里不爽快，也就顾不得什么了。

才刚换好衣服，护士长走了过来，说：“小钱，医务科叫你再去一趟。”

“之前那个病人周主任给看过之后，不是已经走了吗？”

护士长说：“李科长没说是什么事，但他让我把主任也叫过去，估计不是什么小事。”

二进医务科的钱鑫，心里有些不安。

周主任来了之后，李科长关上医务科的门，拿出一封信来，说：“是这样的，我们刚刚接到匿名投诉，说钱鑫在外面非法行医。”

周主任转头看了钱鑫一眼，抢先接过了举报信。他看完之后，严肃地说：“小钱啊，这可不是小事，你自己看看，这上面说的是真的吗？”

非法行医对医生来说可是个危及职业生涯的指控，钱鑫听到这个词之后，冷汗就已经浸透了后背。她接过举报信，果然如她所料，有人举报她在毛毛球宠物医院兼职，属于非法行医。

钱鑫解释道：“李科长，周老师，你们听我解释。我的确在这个宠物医院做兼职了，但是我是以医疗顾问的身份做事的，只是帮助那边的宠物医生熟悉口腔操作的技术，我自己并没有上手做过任何治疗。”

李科长问道：“签合同了吗？合同有明确注明你的岗位职责吗？”

钱鑫暗叫不好，她和宠物医院的院长说好了明天才签约的，而上周日她带白鼠去治疗耳螨的时候，就帮着那边的张医生做了一次治疗。

“马上就要签了。”钱鑫的声音弱了下来。

周主任说：“那也就是说，现在还没签？”

钱鑫点点头。

“你先出去一下，我和李科长商量商量。”

钱鑫知道周老师一向待她如侄女，一定会为自己说话的，但她这回的确是摊上大事了。

等了大概十分钟，周主任打开门，叫她进去。

李科长说：“我和你周老师商量了一下，这么大的事，我们也不好直接下结论。下个礼拜一下午，我们组织一个医院内部的小型听证会，来讨论一下这个问题。这件事盖棺定论之前，你就先休息一阵子吧。”

离开医务科办公室后，周主任嘱咐道：“趁着现在宠物医院那边还不知道这个情况，赶快去找他们，把合约签了。记住，尽可能签上周的日期。”

钱鑫点了点头。

“还有，”周主任犹豫了一下说，“你最近是不是得罪什么人了？今天投诉你的那个病人，我看你给他补的牙不像是吃饭掉的，倒像是自己拿什么尖锐的器械抠掉的。”

得罪过的人？钱鑫的脑海里浮现出一张脸，可那个日理万机的大忙人，真的会用这样的手段来害她吗？

17 李鬼遇李逵

钱鑫问毛毛球宠物医院的院长："说了这么多，您的意思是，不愿意和我签约了？"

院长笑笑说："不是我方要临时毁约，而是您和我们合作之前没有取得主要执业机构的许可。您看，我就一个民营小诊所，哪里敢和公立三甲医院抗衡呢。"

钱鑫是出了医院医务科之后就直奔宠物医院找院长签约的。为了防备对方得知她被人举报的消息后毁约，她连预约电话都没打，径直冲进了院长办公室。下午才刚发生了匿名举报的事，医务科李科长也再三向周主任保证过了，这件事情的处理结果未明确之前，不会向院内无关人士透露消息。可宠物医院这边竟然早就知道了，那据此推断，自己确实是被人蓄意构陷了。

钱鑫离开宠物医院，坐在不远处的花坛边上，开始听上周日她指导张医生做治疗时的录音，听到自己明确说过只能做口头指导，不能做实际操作的原话，钱鑫松了半口气。

幸而自己最近为了准备迎接孟真元母亲的智商考验，读了好几本侦探小说，学会了做事要给自己留证据。而宠物医院的院长显然没有这个意识，被钱鑫巧妙地套出了原本商定的合作协议细则，并被钱鑫录下了他们的对话作为证据。

医务科李科长的态度不明朗，但只要周主任肯支持她，李科长就会卖他一个面子。但此事还牵扯到人事科，据未经证实的风言风语相传，人事科陈科长和周主任分别属于医院派系斗争的两个阵营，不知道陈科长会不会借题发挥，趁此机会开除自己，斩断周主任的左膀右臂。

医院内部的事，不管变数多大，都在钱鑫的预料之中，也都会有回旋的余地。钱鑫不能确定的是，想要整她的那个人会不会找到上级领导插手此事。但她能确定的是，如果那个人真的要找上级主管部门，那他一定有能力影响这件事的最终走向。

钱鑫自己手头的证据可以证明，她在宠物医院没有动手做过任何医疗操作。因此，最坏的结果是被医院解聘，被上级主管部门吊销执业资格证。可这样一个结果，就足以将钱鑫作为口腔医生的职业生涯腰斩，让她过去九年的努力付之东流。一个五线小城出身的女子，所拥有的人生底牌就只有自己拼出来的硕士学位和执业资格证，失去职业资格就意味着失去了生存资本，这是她不能承受的。

想到自己摇摇欲坠的未来，钱鑫忍不住打开手机，在孟真元的微信对话框里诉苦。打完长长的一段话后，她想到新西兰和中国有四个小时的时差，现在是北京时间晚上八点半，那也就意味着，新西兰那边已经是午夜十二点半了。

她看着和孟真元的聊天界面，上面孟真元说：工作进展比我预期的要慢，我可能要晚几天才能回去，但你放心，我一定会赶在你生日那天回来。钱鑫仰望着天空，将眼泪生生憋了回去，当她低下头删除未发送的信息时，还是有一串不争气的泪水砸在了屏幕上。

周主任打来电话，说："鑫鑫，老师给你找了个律师朋友，专接医疗纠纷案件的，你和她谈谈，赶在下周一之前多搜集点儿有力的证据。"

钱鑫谢过他，联系律师预约了见面。

此后的每一天，钱鑫都在奔波的路上，算是切身体会到了什么叫疲于奔命，什么叫势单力薄。

转眼间就忙到了九月十八日——钱鑫的生日，孟真元的航班晚上七点多才会落地，恐怕要等到九点多才能到达他自己精心策划并远程指挥的生日会现场。

这次生日会，除了邀请了钱鑫的同事朋友之外，孟真元还请了他哥和几位至交好友，准备借此机会把钱鑫正式介绍给他的家人和朋友。这样重要的场合，原本是该提前做好完全的准备的，叶芭黎也提出要带钱鑫去做一件高定礼服，可钱鑫既拿不出六位数的大牌高定服装费，也抽不出时间，所以只能借口想要低调一些，拒绝了叶芭黎的邀请。

叶芭黎毕竟是每年都会去时装周看秀的名媛，她还是坚持为钱鑫请了化妆师、买了成品礼服裙，作为生日礼物送给了她。

化妆的时候，钱鑫试探着问叶芭黎："你有没有交过家境普通的朋友?”

“有啊。”叶芭黎答道,“我在 Parsons(帕森斯设计学院)念书的时候,认识一个学服装设计的姐姐,她在北服念的本科,直到三十岁才来 Parsons 读研。她家境很普通,是自己工作攒够了钱之后才出国留学的。她虽然穷,但是有志气,也有才华,我很喜欢她。去年她在上海办秀,我还去支持了一下。”

钱鑫听了她的回答,暗下决心,择日不如撞日,等孟真元回来之后,她就把他和叶芭黎约在一起,当着两人的面坦白自己就是个假装有钱的穷家女。

经过叶芭黎的打扮之后,钱鑫终于有了生日会女主角该有的光彩。她刚走出化妆间,就撞见了一个瘦削高挑的阿姨,那人将她从头到脚仔细打量了一遍,说道:“是小钱吧?果然漂亮,我家元元眼光不错。”

听起来,她应该就是孟真元的母亲了,钱鑫不知道她也要来,乍一见了还有些胆怯,只能故作镇静地自我介绍道:“阿姨您好,我就是钱鑫,最近工作太忙,还没顾得上去拜访您。”

“我听元元说你在省口腔医院上班,年轻人愿意从基层做起,而不是接老爸老妈的班,很好!”

看来孟真元的母亲也听到了钱鑫是雅尔口腔集团继承人的传言,钱鑫不禁后悔,自己应该早一点儿澄清这件事的。

孟真元的母亲从包里拿出一个盒子,说道:“这对镯子水头很不错,玉是养人的东西,阿姨把这个送给你,希望你万事合心顺意。”

钱鑫常听人说“黄金有价玉无价”，她不懂玉石，看不出这镯子价值几何，只觉得这玉冰凉透亮，应该是上等货色。钱鑫知道对方是拿她当作家世相当的富家千金来对待，所以才会送这么好的东西，她推辞了一番，最终还是心虚地收下了礼物。

送过礼后，孟真元的母亲就走了。

钱鑫作为生日会女主角，少不了要打起精神来应酬来客。正和孟真元的一位朋友聊天时，一个小麦色肌肤的女子朝她走了过来。“听人说酸奶哥的女朋友是个口腔医生，正好我也是做这一行的，咱们认识认识。”

旁边的人听了，自觉避开了，钱鑫和这女子打了声招呼，问道：“你也是学口腔的吗？”

“不是，我是学管理的，我们医院最近在招聘，也不知道钱医生有没有兴趣了解一下。”

钱鑫想了想，有周主任为自己从中斡旋，她应该不至于被吊销执业资格证，但还是很有可能被医院开除，那自己的确该找后路了，于是问道：“请问您供职于哪家医院？”

“雅尔口腔。”

钱鑫眼前一黑，用颤抖的声音问道：“请问您贵姓？”

那女子拿出名片来，说：“您好，我姓钱，单名一个欣字，欣欣向荣的‘欣’。”

18 诚实是最好的选择

钱鑫的大脑飞速运转着，眼前这个女子就是真正的雅尔口腔继承人钱欣，她既不是自己的朋友，也不会是孟真元请来的。那么，就只剩一个可能，是想要毁了她的那个人请了钱欣来，想当众揭穿她的真实身份。

虽然知道来者不善，但钱鑫此时此刻既没有心力编个谎来为自己开脱，也不再打算继续戴着假面活下去，不管今后要面对的是什么样的疾风骤雨，她都决心用诚实来面对一切。

钱鑫对钱欣说："我知道你为什么来找我，我们谈一谈吧。"说完这话，她又想了想，叶芭黎一直拿她当真朋友，自己虽然在家世上欺瞒了她很久，但她还是希望能做最后的补救，所以将三米外与人闲聊的叶芭黎也叫了过来。

三个人聚在化妆间里，钱鑫深吸一口气，说道："芭黎，有一件事我瞒了你很久，现在我想亲口向你说一声抱歉。"

她看着钱欣说："这位才是雅尔口腔医疗集团钱老板的女儿钱欣，她的名字是欣欣向荣那个'欣'。而我，只是个家境很普通的小城女生，我爸是个机械厂的车间主任，我妈是一家卷烟厂的合同工，我们一家三口住的是五十多平方米的老房子。我平时穿的用的奢侈品，要么是租衣软件上租来的，要么就是我省吃俭用攒钱买的。”

钱欣没有对钱鑫的自白表态，叶芭黎要更激动一些，她问道：“你是不是觉得我嫌贫爱富，看不起穷人，所以才假装成有钱人的？”

在这样的状况下，叶芭黎没有指责钱鑫，而是首先考虑是不是她自己的原因，钱鑫心里有了一丝暖意。“芭黎，不是你想的这样。我最开始和你做朋友，动机是不纯洁的，我希望通过你认识一些有钱的单身男，傍上富二代，嫁入豪门，满足我自己的虚荣心。”

钱欣说道：“你还挺坦诚的，和他说的不一样。”

“你说的他，是谁？”钱鑫问道，还没有得到答案，她的手机就响了，是律师打来的。

律师告诉钱鑫，她已经查明毛毛球宠物医院的实际大股东是臻致资本，而臻致资本正是王臻一手创立的。此外，前些天恶意投诉钱鑫治疗失败的患者，是臻致资本董事长秘书的助理。

挂断电话后，钱鑫问钱欣道：“你说的那个他，是王臻吧？”

钱欣回答说：“对，是他找到我，说有人冒充我，让我出面揭发你。我刚听他说的时候，的确很生气，也想过像他建议的那样，在你的生日会上当着所有来客的面揭露你的真实身份。但王臻这个人，我听过一些不太好的流言，所以我不会听信他的一面之词，我想听听你是怎么解释的。”

叶芭黎连忙插了一句：“说起来这件事我也有责任，是我听人说雅尔口腔老板的女儿叫钱欣，就想当然地认为钱鑫就是她，还到处和人说。”

钱鑫原以为得知真相的叶芭黎会愤而与她绝交，没想到她居然还在维护自己，钱鑫抱着叶芭黎，说道：“不，主要责任在我，我早就知道这个误传，但我自己从来都没有澄清，反而想利用这个误传为自己谋利，是我的错。芭黎，是我没有和你说实话，对不起。”

钱欣说道：“行了行了，现在不是姐妹情深的时候。我提前和你沟通是不想冤枉你，但并不意味着这件事就这么过去了。我自己的名誉我必须维护，所以今晚，你必须当着所有客人的面把话说清楚。你要是不愿意说，我可以帮你说。”

钱鑫并不埋怨钱欣的冷漠无情，换作自己是她，也一定会提出这样的要求，她说：“你放心，我一定会说的，但是我想等到我男朋友回来再说，你可以等一会儿吗？”

钱欣点头默许了。

叶芭黎急急地问道：“我听你俩的意思，是王臻要整你，他是不是因为被狗咬那事记恨上你了，要报复你？”

钱鑫点点头，把自己如何答应与毛毛球口腔医院合作，又如何被人蓄意投诉到医务科，又如何惹上非法行医这些事，一五一十地向叶芭黎说了。

叶芭黎拍案而起：“他要是心存怨气，完全可以告我们，走法律程序。我真是没想到，他竟然会用这么卑劣下作的手段对付你。”

“事情发展到这一步，也是因为我太拜金，才给了他坑我的机会。”

叶芭黎惊叫了一声：“不好，你今晚来之前把白鼠留在哪儿了？王臻这个死变态会不会对白鼠下手？”

“借我房子住的陈墨姐这几天和她女朋友去旅行了，我不放心白鼠自己在家里，就把它寄养在小区门口的宠物店里了。”说这话的时候，钱鑫的心里越来越乱，王臻该不会真的对一只狗下手吧？

叶芭黎拎起包，说：“我去救白鼠，你在这儿等酸奶哥回来。他不是势利眼的人，你实话告诉他，他会帮你的。”

叶芭黎前脚才刚走，王臻后脚就敲开了化妆室的门，钱欣见了他，主动离开了房间。

“你是来见证你自己的胜利时刻的吧？”钱鑫说道。

王臻放下一个精美的礼品袋，说：“不，我是来给你送生日礼物的。”

钱鑫将袋子推开，说：“我可没福气接受你的礼物，您要是高抬贵手，别用非法行医这么狠的招术来对付我，我就谢天谢地了。”

王臻点燃一支香烟，缓缓道：“我要送给你的生日礼物，不只是袋子里的戒指，我还要送你梦寐以求的下半生。”

“你这话我就听不明白了。”

王臻将烟捻灭，从袋子里拿出一个戒指，说：“钱鑫，嫁给我吧。”

钱鑫万万没想到他说的是这句话：“你脑子有病吧？”

王臻说道：“你不就是个一心想要嫁豪门的‘捞女’吗？现在我来满足你这个愿望，让你做我的合法妻子，让你后半辈子都可以过上你想要的富贵生活。”

“我看你还是直面你自己的内心吧，你喜欢男人远多于女人。”

“幼稚，”王臻说道，“但幼稚也很好。我这样的身份是不能‘出柜’的。一方面，我需要一个年轻漂亮肯为我生孩子的妻子；另一方面，让你丢掉工作、身败名裂没什么意思。把你困在没有爱的婚姻里，才是对你最好的惩罚。”

“变态！”

王臻邪恶地笑道：“我承认，我是有些变态。但你想想，让一个讨厌我的女人，为了金钱一辈子屈服在我的膝下，你不觉得这样很爽吗？”

“我……我会和孟真元坦白一切，他不是嫌贫爱富的人。”钱鑫这话，说得很没底气。刚说完这句话，钱欣就推门进来了。

“你男朋友回来了，正找你呢。”

钱鑫走出化妆间，重重地抱了孟真元一会儿，径自走向了礼台，她示意歌手停下来，接过话筒说道：

“你们知道吗？

“网上九块九包邮的男式棉背心可以拿来当睡衣穿，比买女式睡裙要便宜好几十块。

“微博上有一些发优惠信息的‘白菜号’，跟着他们买东西，能领到正常购物页面没有的优惠券。

“我手机里藏着一个叫作‘衣帽间’的软件，在那里每个月只要花三百九十九块，就可以租四套衣服来穿。

“我想你们中的绝大多数人，都不知道这些，也不需要这些，但我全都知道。

“为什么呢？因为我只是一个五线小城出身的穷家女，并不是雅尔口腔集团钱老板的女儿。

“我是一个爱慕虚荣的拜金女，是一个想要嫁入豪门的‘捞女’。

“对不起，我是个骗子。”

走下台后，人群自动为她让出一条路来，钱鑫昂起诚实的头颅，大步走出了生日会现场。

钱鑫穿着五位数的裙子，倚靠着路旁的树看表，她出来已经二十五分钟了，孟真元还是没有出现。钱鑫转身走了一步，又停下来，在心里说道：再等五分钟，就五分钟。

两分钟后，她等到的却是王臻，他说：“跟我走吧，他不会来了，没有人会接受一个心机深沉的‘捞女’，除了我。”

钱鑫瞪了他一眼，独自走向了地铁站。

19 流浪牙医与拜金狗

汪副院长走进会议室，钱鑫能感觉到他的眼神快速地将自己扫了一遍，连声招呼都没打，汪副院长就坐下了，冷冷地说道：“李科长，人都到齐了吧？可以开始了。”

医务科李科长清了清嗓子，开始介绍此次听证会的主要内容。

李科长才说了几句话，会议厅里就响起了《命运交响曲》——那是汪副院长的手机铃声——让钱鑫恍惚间有一种被命运的巨轮轧过的悲怆感。

汪副院长接起电话，“嗯嗯啊啊”了几声，挂掉电话说：“我这有点儿急事，大家等我一刻钟。”

钱鑫与周主任交换了一下眼神，两人都知道对方在想些什么，医院的三位常务副院长里，洪副院长和周主任交情最深，如果换他来主持关于钱鑫的听证会，那处理结果估计不会太严厉，可惜他最近出国访问学习去了。韩副院长是个死扣细节的完美主义者，如果是他来，虽然不会偏袒钱鑫，但一定会根据相关规定公正地处理此事。只有这个汪副院长，因为和人事科陈科长一样，同属另一个派系，很有可能借题发挥打压周主任和钱鑫。

二十分钟后，命运之神像是完全没有听到钱鑫的祈祷，还是把汪副院长送了回来，听证会按照流程继续开始了。

大约五分钟后，《命运交响曲》再次响起，钱鑫看到汪副院长站起来说道："石榴你再说一遍，你师弟当真有消息了？那个病人在哪儿看到他的？"

石榴是汪副院长的学生，她说的师弟应该就是前一阵子放生了实验犬之后失踪的张扬。学生因学习压力失踪，导师要负责任。最近医院里一直有传言，张扬失踪了快两个月了，大概率是找不回来了，汪副院长原本很有希望接替现任院长，但出了学生失踪事件后，他恐怕是不能升迁了。

"石榴你先别走，我现在马上就去找你，咱们一起去找张扬。"汪副院长在电话里安排过以后，对着会议室众人说："我有事先走一步，陈科长、李科长，你们去请老韩过来代我主持会议。"

看来命运的巨轮终究对钱鑫还是有几分慈悲之心的。

韩副院长落座后，首先看了看医务科交上来的材料，对李科长说道："李科长，这份情况说明是你让研究生写的吧？措辞不严谨，也没有列出与事件相关的规定和法条给我们大家作为参考。为了培养学生的科研能力，可以适当地让他们写一写科研相关的文章，但有的事，我认为还是该自己来做。"

韩副院长果然秉公办事，一上来就把李科长数落了一通。

一波三折的听证会终于继续开下去了，在韩副院长的主持下，医务科、人事科和钱鑫三方就此次'非法行医'举报案做了陈述和讨论，三方各持不同的观点，始终无法达成共识。

最终还是韩副院长发表了看法:“我的想法是这样的。第一,这个举报材料证据不足,靠几张钱医生在宠物医院的照片,还有宠物医院员工的谈话录音,是不能定性为‘非法行医’的。李科长这边,如果能联系到举报人,请再次核实有没有更有说服力的证据。第二,钱医生交上来的录音,能证明她在宠物医院的确没有动手操作,但未经主要执业机构批准就在其他医疗机构兼职,而且还在未签订合约的情况下做了顾问的工作,这是不合规的。对此,医院应该做出相应处理。第三,证据如果能更完善,应该交由上级主管部门,由他们来评定钱医生的行为是否构成非法行医。”

韩副院长的处理意见果然是不偏不倚,按照他的三点要求,医院是不能将钱鑫的行为定性为非法行医的,而他们是否能获得更可信的证据,这就要看王臻了。

散会后,钱鑫躲在无人处给石榴打了个电话,白鼠说不定就是被石榴的师弟张扬从实验室里放出来的,钱鑫一直很关心他的下落:“石榴,你师弟真的找到了吗?”

石榴低声道:“没有,那是我为了把汪老师从你的听证会上支走,编出来的。我前天听到他和人事科陈科长聊天了,他们想严肃处理你,还要借着这个事批评打压你们周主任。”

“谢谢石榴姐,谢谢!”钱鑫现在能做的,也只有口头感谢了。

十天后,钱鑫收拾好行装,回复了那条一周前的信息——

酸奶霸总:叶芭黎把所有的事都告诉我了,我们见面谈一谈吧。

——好，今晚八点，在小区花园凉亭等我。

钱鑫牵着白鼠走向了凉亭，远远地就看到孟真元坐在凉亭的长椅上。她走过去，坐在长椅的另一头。

“你工作的事，怎么样了？”他一开口，问的就是工作。

钱鑫尽可能不带情绪地说道：“医院给了我通报批评和罚款处分，上级主管单位的领导打电话了，说接到群众反映我的情况，他们经过核实后，认为不属于非法行医，不做处理。”

“那就好。”

是你找了卫生部门的领导吧，除你之外没人有这个能力。这句话在钱鑫的口中憋了好久，最终还是没说出来。

漫长的沉默之后，钱鑫笑笑说：“我明天就走了，参加无界牙医组织的公益活动，将功赎罪，要不然以后我在医院没办法立足。”

“这样也好，”孟真元顿了顿，“生日会那天，你为什么不和我先私下谈谈，而是选择直接当着所有人的面说出来呢？”

钱鑫等这个问题，等太久了。

“最开始，是我处心积虑博取你的好感。到后来，是我惶惶不安地担心你发现我的真面目。生日会那天晚上我在想，你的爱很好，但我不想再乞求你保留对我的爱。我想让你看到我最真实的一面，也想让你确定你爱的是我的假面，还是我的真实。”

“我懂你的用意了，只是，我想了这么久，还是不能确定我的爱投射向哪一个你。”

“正好我也要走了，你有半年的时间去思考这个问题。”

“那我们，就先分开一段时间吧。”

“好。”钱鑫喊白鼠过来，说道，“我本来想把白鼠托付给芭黎，她也愿意带。但你也知道，芭黎她感情不顺，想去国外散散心，不方便带白鼠出去。”

白鼠飞奔了过来，钱鑫揉着它的耳朵说：“白鼠，你自己选。你是想跟着姐姐去乡下流浪，还是想跟着哥哥去住大别墅？”

白鼠看了钱鑫一眼，默默地走到了孟真元脚边。

“你这狗子，跟我跟久了，也学会拜金了吗？”

……

两个月后，在辽远的祖国北疆草原上，钱鑫一行人终于做完了一整个学校全部学生的窝沟封闭（用于预防蛀牙），领队说：“最近的一个县城在二十公里外，咱们就在这学校里凑合一晚上吧，女生一人一间教室，男生睡车里。”

钱鑫打了两桶水，在简易围栏里凑合着洗了个澡，换好干净的衣服后，钱鑫坐在课桌前，托着腮想：孟真元此时应该是在健身房举铁吧？他身边会不会出现另一个女子，始终在他的视野范围内活动呢？

钱鑫的思绪正在G城上空盘旋，教室门被敲响了。

“听说这里可以洗澡。”

钱鑫愣愣地看着推开门走进来的人，半晌才故作轻松地开口道："呀，你怎么变这么黑、这么臭？不帅了。"

"你走了以后，我就把公司事务重新交还给我妈，我自己去外地，租了个城中村的小单间，在那边打了一个月工。发了工资之后，我就跟着打工认识的几个兄弟来参加自行车公路旅行了。"孟真元的声音都比过去更深沉了。说完，他拎起水桶出门打水去了。

钱鑫呆呆地站在教室门口好半天，才反应过来，自己日思夜想的那个人，竟真的出现在眼前了。

孟真元打完水回来，脱掉上衣钻进了围栏里。

钱金问："你特意去体验穷人的生活，该不会是因为我吧？"

"体验过之后才发现，在物质匮乏的环境下，人会变得贪恋金钱。我也慢慢明白了，拜金并不是原罪，而你也并没有给我造成实质性的伤害。"

钱鑫冲进围栏，舀了一瓢水浇在他身上，说："洗干净了，可以做坏事了。"

北疆十一月的夜，凉得沁骨，可她与他的身和心，早已被爱与欲的焰火燃爆。

丁克牙医
与熊孩子

01 丁克牙医

“什么？给我定科室定的是‘儿口’？韩院长，可我的专业是牙体牙髓啊！”石榴虽然是博士，但因为是学术学位，仍然免不了要参加规培。可她的规培结束后，医院却要将她分去儿童口腔科。

“叫韩副院长，我不是正院长。”韩副院长对于称谓有一种近乎偏执的坚持。

石榴嚷嚷道：“韩副院长，韩叔叔，您救救我吧，您知道我最不喜欢小孩儿了！”

韩副院长说：“这事已经定下来了，你下周一去儿口报到。”

“石敢当，一定是石敢当干的！”石敢当是石榴的老爸，“是我爸拜托韩叔叔把我安排在儿口的吧？”

“你爸的意思是让你多接触一下小孩子，培养一下母性。”

顾名思义，儿童口腔科就是专门给十四岁以下儿童看牙的地方，是一个哭闹声八小时不间断的科室。石榴实在无法接受这个安排，半开玩笑地说道：“韩副院长，您可是最照章办事的人了，按照我的科研主攻方向，我应该去牙体牙髓科。您这么办事，也不怕人说你私下收受贿赂?”

韩副院长一边看着论文，一边抱怨道:“小妮子还挺会耍小聪明的，你回去问问你爸，他给我送什么礼了？他天天跑到我家来，抱怨你不肯结婚生孩子，前天走的时候还顺走我一个珐琅彩花瓶。我都快被他烦死了，迫不得已才答应了这个事，你可别诬赖你叔。”

“那，我要辞职!”

“辞职请找人事科。”韩副院长不带情绪地说道。

石榴当然不打算辞职，她只是用辞职来威胁一下父亲的大学室友。“我可是医院引进的高级人才，难道连自己选择科室的自由都没有吗?”

韩副院长眼睛都没抬一下:“全院 41.46% 的医生都有博士学位，你不算什么高级人才。石医生，话都说完了，请你出去。”

下班回到家后，与往常一样，石敢当系着围裙在厨房忙活着。

“爸，是你让韩叔叔把我安排在儿口的对吧？爸，你明明知道我不喜欢小孩儿。”

石敢当捧出一个汤碗，说:“爸爸做了你最爱吃的牛肉汤和葱饼。”

石敢当和石榴这个两口之家，有一个约定俗成的习惯，那就是在饭桌上不能说不愉快的事情。石榴进厨房拿了两套碗筷，给自己和老爸盛了汤。

石敢当脱了围裙，坐在餐桌前，一口气吃了两块饼吞了一碗汤，擦擦嘴说：“爸爸晚上还有一台种植一期手术，爸先走了，你慢慢吃。”

“钱赚得差不多就得了，别老是加班。”石榴对着父亲的背影喊道。

晚上十点半，石榴还坐在餐桌上看文献，等到石敢当回家后，她才默默地回房休息。在客厅等待爸爸回家，让他一进家门就能看到自己，是石榴作为女儿对父亲心照不宣的承诺。

周六是石榴的“科研欺骗日”，这一天她允许自己睡懒觉，也允许自己不看论文。所以，她足足睡到上午十点半才起床。

“我家小石榴终于起来啦，快去洗漱，再打扮打扮，等下家里要来客人。”父亲举着菜刀说道。

石敢当虽然有一手好厨艺，但因为他绝大部分时间都在自己开的诊所忙碌，所以甚少请人来家里吃饭。“是谁要来，秦阿姨吗?”秦阿姨是石敢当诊所里的护士长，也是个青年丧偶的可怜人，石榴早就觉得秦阿姨和老爸两人互相喜欢，也一直在撮合他们，可他们却一直都没有确定关系。

石敢当没说什么，那来客一定是秦阿姨无疑了。石榴回到卧室挑了件裙子换上，打算吃过饭后就出去逛逛街，绝不留在家当电灯泡。

十一点半，门铃响了。

“爸，我去开门。”

打开门，来客却不是秦阿姨，而是一个五官立体深邃的青年男子，石榴不解地看着他，问:“你找错了吧?”

“请问，这里是石榴的家吗?”男子的中文语调有些奇怪，大概是长期生活在国外的混血儿。

石榴点点头，又转身叫了声“爸”，喊石敢当出来。

石敢当站在厨房门口招手说:“Andrew，快请进。这就是我女儿石榴，很漂亮吧?”

“Guava 小姐你好，我叫 Andrew，我的妈妈是中国人，爸爸是英国人，我这几年回中国念书了。”

瓜娃小姐？这孩子是不是被人给坑了，学了奇奇怪怪的中文?

“石先生说，你名字的意思是一种水果，这很有趣。”

所以，他说的不是骂人蠢笨的“瓜娃”，而是“番石榴”的英文。拒绝相亲的次数多了，石敢当竟然一声招呼都不打，直接把人请到家里来了。

可这位 Andrew，看上去也就二十四五岁，比石榴小好几岁，难道老爸也赶时髦，要给自己安排姐弟恋?

“石榴，你陪客人好好聊聊，饭一会儿就好。”

本着对这个归国华侨的关照，石榴客客气气地与他聊了起来，还没说几句话，就见他从书包里掏出一个文件夹，说:“这是我的健康报告。”

如今的相亲，第一次见面就要交换体检报告吗？不过这样也好，有利于优生优育。

虽然石榴无心恋爱，但为了缓解尴尬，她还是接过体检报告看了起来。看着看着，石榴发现这不是一份常规检查报告："精子密度？活动精子总数？精子活率？你为什么要做这些检查项目？"

"为了证明，我的生育能力很好。"

中文非母语的人说话有个难得的好处，那就是不懂得中国人含蓄的表达，只会直来直去地说出自己的意思。石榴把 Andrew 拉到阳台，问道："我爸请你来，想让你做什么？"

Andrew 回答说："石先生说，他的女儿不想结婚，但他希望能有个外孙，所以请我来帮忙，希望我能让你怀孕。"

石榴眼前闪过无形的雷电，朝客厅喊道："石敢当！哪有你这样当爹的，居然请男人到家里来和你女儿造小孩儿！"

石敢当端着一盘子菜，悠悠地说道："给你介绍那么多相亲对象，你一个也不喜欢，还发誓说这辈子都不结婚。爸爸现在想通了，也不逼你结婚了，你只要能给我生个小孙孙就行。你看这个 Andrew，多高多帅，又是名校高材生，和他生出来的宝宝一定又漂亮又聪明。生下来也不需要你管，老爸退休给你带孩子。"

石榴震惊到说不出话来，等她反应过来，石敢当已经换好鞋打开家门了。

"爸爸出去吃，今晚住诊所，你们好好熟悉一下。"

石敢当走后，Andrew 问道："石先生做的菜闻起来很香。我可以先吃饭，然后和你制造小孩子吗？"

"可以。啊，不是，不可以。"

Andrew刚拿起筷子，又放下了。

石榴一字一顿地说道："吃饭，可以。造小孩子，不可以。懂了吗?"

Andrew点点头，把早已夹起来的红烧肉塞进了嘴里。

02 三只熊与笑气泄漏

周一上午，石榴在家磨蹭到七点四十才出门，到达医院时已经是八点十二分了。她深吸一口气，走进了儿童口腔科所在的四楼，一出电梯，石榴就被高饱和度大色块的装修风格刺痛了眼睛。

石榴穿过嬉闹的小怪兽们围成的圈，推开了医生办公室的门。奇怪，四楼的门好像要比其他科室更重些，也更难推开。

进门后，科室中唯一的男性说道："石博士，我们大家都在等你开早会。"

说话的这位，很显然就是儿童口腔科的主任熊洵了，这人面颊丰润像熊，毛发旺盛像熊，腰腹突出臀部后翘也像熊，人称"大熊熊"。

"不好意思，今早睡过头了。熊老师好，各位前辈老师好，我是石榴，刚分到咱们科的，以后还请大家多多关照。"石榴不敢说自己迟到是因为不想来儿科。

大熊熊说道："石榴是宾夕法尼亚大学牙学院的博士，科研水平一流，大家以后有疑问多请教请教她。"

石榴摆摆手道："主任过奖了，我才刚毕业没多久，专业也是牙体牙髓。儿牙这方面我并不熟悉，还需要各位老师多指点。"

"科研嘛，一通百通。"大熊熊道，"你规培过吧，但我怎么没见过你来我们科？"

按照规培计划，石榴去年就要在儿童口腔科轮转四周，可她不想面对爱哭爱闹的孩童，所以就借着帮自己的硕导汪副院长的理由，逃过了这四周的轮转。

"算了，不提过去。"大熊熊可能已经看穿石榴的小心思了，"以石博士的学习能力，要不了多久就能适应咱们科了。只是儿童的行为管理方面，你可能不太熟悉，等会儿散会后我大致给你过一遍。"

石榴点点头，自己新人报到的这一关就算过了。大熊熊开始讲科室的其他事情，石榴的眼神和心绪都有点儿飘忽，她注意到毛玻璃墙的办公室外，几双又短又胖的小手扒在玻璃上，若隐若现的小脸正往里看。这种场面对石榴来说，就像是恐怖片里的丧尸出动一样让她胆寒。可大熊熊讲完话后，却伸出自己的熊掌来，隔着玻璃和孩子们击掌互动。

散会后，熊洵招呼石榴说："石博士跟我过来。"

他叫了第一个复诊号，说："这个孩子是我手下配合度最高的小患者，你来给他做个检查。"

这小孩儿长得白白胖胖，活像一个棉花人，看着十分可爱，没哭也没闹，自己主动躺上了治疗椅。石榴心里的紧张感消解了几分，她调好位置，戴上口罩手套，按照接待成年病人的流程开始问诊和检查。

问诊的时候，小胖孩儿还算配合，可当石榴把口镜放进他的口腔内时，却被小胖孩儿一口咬住了。

“啊，张大嘴，给姐姐看看。”

小胖孩儿张开了嘴，石榴才刚转动口镜，看了他左上颌的牙齿，小胖孩儿说：“我要吐口水。”

石榴无奈地拿出器械，任他吐口水。

小胖孩儿吐了好半天，还是不肯躺下。

“口水是吐不干净的，你躺下来，姐姐帮你用吸管吸好不好？”

小胖孩儿盯着熊洵喊道：“大熊熊，我不喜欢这个阿姨，她好凶。”

阿姨！很凶？石榴哭笑不得，自己这样的态度，在成人科室里是会有病人送锦旗赞颂的，可到了儿科，年仅二十九岁半的石博士怎么就变成了很凶的阿姨了呢？

石榴脱下手套，摘下口罩，用唇语向大熊熊抱怨：配合度最高？

大熊熊努努嘴，示意她看整个科室。石榴站起来环顾一圈，在此起彼伏的哭闹声中，确定了小胖孩儿的确是配合度最高的小患者了。

小胖孩儿换到大熊熊手下后，果然变得更听话了，连吸唾管都会自己拿在手里用了。石榴无奈地摇摇头，看来自己的确和儿童口腔科八字不合。

小胖孩儿走后，大熊熊道：“我下一个患者约在半小时后，趁着现在有空，我和你再过一遍儿童牙科治疗行为管理。”

趁着现在有空，我倒是想去韩副院长办公室大闹一通，看看能不能换个科室。石榴心里这样想着，但还是点了点头。

大熊熊才刚讲了两句，就接了个电话。挂掉电话后，他说：“我家熊二在学校又惹事了，我得去看看。”又嘱咐站在一旁的护士道：“后面的预约你先帮我打电话改时间，改不掉的就让李主任帮着看看。”

护士说：“要不让石博士帮忙看吧。”

石榴和大熊熊同时摇起了头。

大熊熊走后，石榴问护士：“熊二是谁？熊主任的小孩儿吗？”

护士答道：“熊主任家有一对双胞胎儿子，这你都不知道吗？哥哥叫熊一鸣，弟弟叫熊二欢。大家平常就把他俩叫作熊大和熊二。”说着，她关掉熊主任的医院管理系统界面，指着屏幕说，“哪，这就是两只小熊熊。”

两只小熊熊虽然都很像大熊熊，但细看起来还是不一样的，左边的明显更沉静，右边的则比较欢脱。

“可怜的熊妈，在家里要面对三只熊，所以在工作上才会那么拼吧。”护士说道。

熊妈想必就是熊洵的老婆大人黄教授了，这位黄教授石榴倒是听说过，她是本校基础医学院的博导，科研水准在整个 Z 大医学部都可以排进前几名，三十五岁就做了正教授。据说她有个习惯，就是白天工作的时候从不开手机，所以才是大熊熊去学校处理熊二的事吧。

石榴被童声立体环绕一整天后，终于等到了大熊熊的归来，她远远地就看到，大熊熊身后还跟着两只小熊熊。一只穿衬衫打领带踩皮鞋，活像只古板老白熊；另一只穿 T 恤和球鞋，头发乱成一团草，简直就像在草地里打过滚的顽皮熊。

“二欢去我办公室写作业，我下班之前不写完今晚不许看电视。”大熊熊又指挥道：“一鸣，你跟爸爸来。”

石榴也跟着大熊小熊来到了熊主任的一号位。

“一鸣，这位是石榴石博士，你和她讲讲儿童牙科的儿童行为管理原则和方法。”

“拜托，我好歹也是个留美归国的博士，居然让一个小学四年级的小屁孩儿给我讲课。”石榴忍不住脱口而出。

大熊熊没回答石榴，反而直接鼓励熊大：“一鸣，征服她。”

“在口腔诊疗中，儿童是一个较为特殊的群体。在接受治疗时，绝大部分儿童——不包括我，我的心理年龄是二十八岁——绝大部分儿童会产生紧张、焦虑或恐惧的情绪，给医生的工作带来极大的阻碍……”

石榴目瞪口呆，看来这个熊大脑子里还真有点儿料。

……

“讲完了笑气在儿童口腔诊疗中的应用，接下来，让我为你演示一下笑气镇静的操作流程。”熊一鸣说着，就要向笑气室走去，熊洵拦住他，说：“这个必须爸爸来做。”

“好的，我去写作业了。”

“一鸣别走，爸爸需要你扮个模拟小病人。”

熊大一本正经地说：“应用笑气的小病人是紧张哭闹不能配合的，我去叫二欢来。”

“别去别去。”熊洵拉住他说，“二欢那个熊样，来了又要给我惹事，还是你来，你试着装成不配合的样子就行了。”

熊大躺在笑气室的椅子上，配合地张开嘴，大熊熊给了他一个提示的眼神，熊大才开始哼哼唧唧地捶治疗椅，但由于他的哭闹过于认真，一看就是假装的。

“石博士把面罩拿过来，注意不要开气泵，咱们演示操作流程就行。”

石榴弯腰拿起接口，找了个新的鼻面罩装好，才刚要递过去，却忍不住哈哈大笑了起来。

“有什么好笑的？”大熊熊才刚问完这句话，自己也大笑了起来。

“哈哈哈哈哈，不好，哈哈哈哈，笑气泄漏了！”熊洵站起身，从窗帘后揪出了另一只小熊，“二欢，哈哈哈哈，你干了，哈哈哈，什么？”

03 安猪好吃吗

“哈哈哈，我把，哈哈哈哈哈，阀门打，哈哈哈哈哈哈哈。”二欢笑得像个小傻瓜一样，石榴看他手指的方向，果然看到了两个倒在地上的钢瓶，上面写着“非专业人士请勿操作”几个红漆大字。

“关闭泄漏源，通风换气。”是站在窗户边大口呼吸新鲜空气的熊一鸣在说话，“被暴露人员迅速撤离现场，保持呼吸通畅。”

熊洵一边憋着笑，一边关闭阀门。石榴打开窗户和笑气室专用通风设备，拉着两只小熊，跑了出去。

在通风处静静地待了十几分钟后，石榴才感觉到好些了，而熊二欢这个没心没肺的小熊孩子，居然已经自顾自地玩耍了起来，她忍不住教育道：“二欢，你知不知道，正常使用的情况下，笑气能产生镇静作用，也不会损害人的健康，是牙科医生的好帮手。但如果一次大量吸入，则会产生过量反应，会让人体缺氧，会对神经系统产生不良影响。医院里的东西，以后不能随便乱动，记住了吗？”

二欢点了点头，继而又摇了摇头。石榴不明白他到底是什么意思，转头默默地求助熊一鸣。

这位少年老成的熊大说："二欢他没听懂你说的话，让我来翻译成儿童话。二欢，石榴姐姐的意思是，那个气罐不能随便拧开，吸多了会死人的。"

二欢终于点了点头，也好像明白自己又闯了祸，蔫在一边不玩耍了。

"我觉得有必要声明一下，我和二欢是异卵双胞胎，我们不是同一套基因的产物。"熊一鸣一本正经道。

石榴笑笑说："看出来了。"

出来了二十分钟，想必科室里已经处理得差不多了，石榴一手牵一只小熊，说："走，带你们回去找熊爸。"

刚回到科室门口，就看到熊洵摆手让他们别进去，石榴听他喊道："才刚刚疏散了整个楼层，接下来还要做检测和空气净化。我家熊妈出差做报告去了，石博士你先把两个孩子带回你家，晚上九点左右我去接他们。"

石榴注意到，他说的是祈使句，不是疑问句。一个丁克牙医，在做了一整天儿童牙医后，下班还要做儿童保姆，石榴在心里暗暗叫苦，但转念一想，石敢当一心想要做爷爷，也许只是跟风而已，如果让他带一晚上熊孩子，他说不定就能放弃逼自己生小孩儿了。

一路上，熊一鸣有板有眼地讲解如何区分地铁与轻轨，熊二欢上蹿下跳个不停，石榴好不容易把熊大熊二两兄弟带回家，却看到搬家公司的人正在往自己家搬箱子。

“安猪，你天天来蹭饭也就算了，现在还搬东西进来，你这是要闹哪样?”石榴掐着Andrew的胳膊问道。

“我喜欢石先生的菜，我已经把这里当作是寄宿家庭了。”Andrew说道。

石敢当从厨房探出头来，说:“咱们家太冷清了，多个人多点儿热闹。”

看到两个孩子，他低声说道:“老爸这两天想了想，上周末是我太仓促了，应该让你和Andrew先熟悉一下，培养培养感情。”

“二欢，你要不要陪石爷爷做饭呀?”石榴存心要让熊孩子“折磨”一下老父亲。“一鸣，石爷爷书房里有一整套百科全书，可以拿出来看。”

“小石榴，跟孩子说第三卷不要动。”第三卷里有母亲写给父亲的笔记式情书，父亲三十多年来一直视为珍宝。

石榴悄悄说:“一鸣，别听他的，第三卷是最高深的，他怕你看不懂。”

“我怎么可能看不懂。”熊一鸣噘着嘴走进了书房，踮起脚来抽出了第三卷。

安排好两个熊孩子，石榴去自己隔壁卧房找Andrew:“你要是真喜欢和我爸相处，那就认他当干爸呗。”

“我很喜欢石先生，但是，”Andrew拿着被套，示意石榴帮他一起套，“昨天学校的中国文化课里讲了一个新词汇，‘伦理道德’。”

“这事和伦理道德有什么关系呢？”

“如果我接受石先生成为我的干爸爸，你和我将会是姐姐和弟弟。”

石榴虽然没谈过恋爱，但她也知道这样的对话发展下去，难免会走向暧昧，于是转移话题说：“你这个人是怎么回事啊？居然会答应我爸爸，愿意和我生个孩子，你要知道，这种情况下生出的孩子，可能不会认你是爸爸。”

Andrew和石榴一起抖好被子，坐在床尾开始讲他自己的故事。石榴渐渐听明白了，原来他是愿意捐献自己的遗传物质给那些想要单身生育的女性。他现在才二十四岁，就已经是三个孩子的生物学父亲了。

石榴的脑海里冒出一个疑问，她尝试着用一种听起来最不直白的方式问道：“那你和她们制造小孩子的方法，用的都是传统的直接接触方式吗？”

Andrew大概是没听懂她的意思，摊了摊手。

石榴又用英语问了她用中文说不出的话：“Did you make them pregnant by having sex with them？(你是通过和她们做爱让她们怀孕的吗？)”

Andrew这回听懂了，用中文回答道：“有一个是，另外两个用的是医学辅助技术。为什么问这个问题，你现在有兴趣吗？你能等到用过晚饭之后吗？我饿了。”

因为有了熊孩子的来访，晚饭被迫推迟半小时，两个熊孩子上桌后，都扒拉着饭碗吃了起来。石榴注意到，也只有吃饭的时候，熊一鸣才表现得像个十岁的孩子。

饭吃到一半，熊二欢从饭碗里抬起头来，瞪着大眼睛问道：“石榴姐姐，这个安猪哥哥是你的弟弟吗？他也和你一样聪明吗？”

“他是我弟弟，也和我一样聪明。”这句话脱口而出之后，石榴才意识到可能伤害到了二欢，于是补充道，“他小时候很笨，长大了才变聪明的。”

二欢骄傲地抬起粘满饭粒的脸，对着一鸣说道：“我长大以后，也会变聪明的。”

一鸣低声说道：“成人的世界充满了谎言。”但二欢显然没听懂他话里的意思，乐呵呵地啃着鸡腿。

熊孩子走后，石敢当揉了揉腰就去自己卧室休息了。石榴抢先洗了澡，窝在自己的小床上睡着了。

也不知是何时，石榴感觉到身边多了些什么，又听到一句不太标准的中文：“我房间有虫子，我要睡你这里。”

“哦。”石榴翻了个身，没理他。

又过了半晌，石榴才从迷蒙中反应过来，自己床侧多了个人，还是个男人！

她转过身来，心中生出了一种恶趣味，看了 Andrew 片刻，凑过去像舔雪糕一样吃起了 Andrew 的唇。

石榴早就知道，自己既不喜欢男人，也不喜欢女人，更不偏爱高智商或高颜值的人。

可以说到目前为止的人生里，还没有任何一个人类让石榴产生过心理或生理上的兴趣。一个吻对她来说，只是捉弄对方的游戏罢了。

渐渐地，石榴能感觉到对方在回应她的吻。

“石榴，我困了，可能表现不好，但我会尽力照顾你的感受。”

石榴翻滚下床，说：“我不怕虫，我去你那屋睡。”

只留下一个姓安名猪的混血小哥在夜色里呆坐着。

04 先天性梅毒牙

石榴一夜安睡无梦，睡醒后懒懒地伸了伸懒腰，拖着步子走向了卫生间。

石敢当正在刷牙，石榴挤好牙膏，才刚把牙刷塞进嘴里，就听到身后传来一句：“昨天晚上你亲了我？为什么？”

石敢当吐掉泡沫，摇着Andrew的肩膀道：“你俩成了？小伙子很棒，叔给你点个赞。”

石榴想否认，可刷牙刷满三分钟是她作为口腔医生的强迫症，她继续用改良巴氏刷牙法刷着牙，静等着Andrew去解释。

“昨天晚上，我睡在石榴的房间里，她主动亲了我。”

石榴急匆匆刷完牙，漱了一口水道：“你说什么胡话呢，是你自己日有所思夜有所梦，做梦梦到我亲了你吧？”做梦这个借口是石榴看过的一部韩剧里用过的。

“瓜娃小姐，不是这样。”自从石榴向 Andrew 解释过番石榴的英文 Guava 听上去很像“瓜娃”，而“瓜娃”这个词在某地方言中和“笨蛋”是一个意思之后，Andrew 就常常这么叫石榴，“如果是做梦，为什么早上我睡在你的床上？”

石敢当听着两人的对话，一脸欣慰地说：“Andrew，你不懂，咱们中国人讲究含蓄保守，一般不会在父母面前讨论这样的话题。你做得很好，是石榴自己害羞不愿意承认。”

“文化差异，我明白了。”Andrew 给了石榴一个我懂得的眼神：“抱歉，在石先生面前问你问题，不正确。”

这个 Andrew，虽然有着一半的中国血统，可思维方式上却是十足的外国人，石榴被直来直去的外国友人和脑回路异于常爹的老爸气得哭笑不得，赌气说了句：“对，我是亲你了，但那只是逗你玩的。Andrew，我不喜欢你，一点儿都不。”

Andrew 原地踟蹰了一会儿，说：“我去上学校。”

石榴飞速洗漱完毕，也出了家门，关门之前，她听到石敢当在家里叹气。“我什么时候才能抱上外孙啊？”

永远不能。石榴只在心里说了这个答案。

上班后，第一件事就是和熊洵一起写昨天下午笑气泄漏事件的自我陈述和科室报告，接着又接受了医院器械科的盘问和技术指导，忙到上午十一点多，还没看过一个病号。熊洵伸展了一下熊腰，说：“下午你来上初诊班，敢不敢？”

“有什么不敢的，上。”石榴学医十年，靠的就是迎难而上的坚持才一步一步走到今天，儿童口腔科的诊疗与成人诊疗最主要的区别就在于儿童行为管理和安全防护。治疗上虽有些差异，但只需再温习一遍书就可以了。

吃过午饭后，石榴休息了一小会儿，就打开电脑不断地点击刷新按钮，查看挂号病人是否来院到诊。石榴虽然不喜欢小孩子，更不喜欢儿童牙科，但她最不喜欢的还是不能胜任工作的挫败感。

第一个小朋友是来拔松动乳牙的，拔乳牙应该算是儿童口腔科所有操作中最简单的了，用这个项目作为自己在儿童牙科的开始，也算是平顺又简单。

石榴戴上手套，在三度松动的乳牙处涂了些草莓味的表面麻醉膏。

“妈妈，这个药是甜的。”小女孩儿歪头冲着她妈妈说道。

石榴轻声道：“乖，张开嘴，一下下就好了。”一下下？石榴惊讶于自己不知什么时候就已经熟练掌握儿童用语了。

“要轻轻的哦。”小女孩儿喃喃道。

“嗯，姐姐一定轻轻的。”石榴左手持口镜撑开小朋友的上唇，右手持乳牙钳，当牙钳离她的嘴只有不到五厘米时，小女孩儿闭上了嘴，石榴连忙回手，牙钳尖端差一点儿就撞到了她幼嫩的口唇。

石榴正在想要说些什么话鼓励一下这孩子，却听到她自己说：

“我不怕，我勇敢，我是最棒的小朋友。”

能自己给自己打气，看来也不是所有的小孩儿都爱哭爱闹。

“要轻轻的哦。”小女孩儿再次嘱咐石榴道。

“嗯，姐姐一定轻轻的。”石榴再次向她保证，可当她手里的拔牙钳伸过去之后，小女孩儿却再次闭上了嘴。

“你看旁边的小朋友都没有哭，拔牙不痛的，坚持一下下就好了。”

小女孩儿从治疗椅上爬下去，在诊室里转了一圈，说：“别的小朋友都很勇敢，我也要很勇敢，我可以的。姐姐，你要轻轻的哦。”

石榴伸出去的牙钳，再一次吃了闭门羹。如此循环往复五次之后，石榴终于趁小女孩儿没防备，以最快的速度夹住乳牙拔了下来。

“天下武功，唯快不破。”石榴念叨着，开出了一张收费二十元的缴费单，抬眼看表，发现已经两点半了。

“半个小时收费二十块钱，我算一算啊，减去耗材费用，按照奖金比例，你这半小时挣了两块三毛钱，够吃一个包子了。”熊洵不知道何时已经站在石榴身后了。

“一天一个包子可吃不饱呀。”石榴感叹道。

“那就好好琢磨琢磨怎么能把工作干得又快又好。”

看来自己还远远没达到可以出师的水准，石榴拉下脸来说：“熊主任，我还是继续跟着您学习一阵子吧。”

大熊熊一脸得意地说："石大博士，总算明白儿牙的难处了吧？不过今天下午初诊号太多，你先看着，搞不定的再找我。"

石榴叹了口气，继续开始做保姆型牙医。忙到下午五点，她才看了七个号。石榴点击系统叫号按钮，呼叫了今天最后一个小朋友。石榴从隔间探出头去，远远地，就看到乌泱泱一群人簇拥着一个小男孩儿朝她走来。

石榴看了眼挂号信息，这个小孩儿八岁了，配合度应该不至于太差，看来自己的第一个工作日应该可以圆满收官。

"小朋友牙齿有什么不舒服呀？"石榴问道。

小孩子还没说话，家长们叽叽喳喳地说了起来，石榴在心里默数了一下，一对年轻男女加两对中老年男女，看来全家都出动了。

"留一个家长在这，其他人麻烦都去外面等吧。"

一行六个大人就像没听到她的话似的，全都站在原地不动。上班第一周，石榴还不想被投诉，于是指着孩子妈妈说："你来说。"

"医生，是这样的，我发现我家儿子牙齿的形状好像有些奇怪。"说着，她扒开了小朋友的嘴。

石榴看到，小朋友的门牙应该是已经换过的恒牙了，可形状确实不对，上颌中切牙（大门牙）与下颌相对的切端不是平的，反而有凹上去的新月形缺损，这样的牙齿，石榴从前只在教科书上看过。

“小朋友，你有没有摔倒磕伤过牙齿呀?”石榴心里很清楚，这样的缺损几乎不会不是因为外伤形成的，但谨慎起见，她还是要问一下。

小朋友摇了摇头。

“那你坐上椅子来，姐姐用小镜子帮你看看牙齿里面。”石榴查看发现，果然第一磨牙的形状有一些像花蕾。她的脑子瞬间就锁定了“先天性梅毒牙”这个诊断，可毕竟还没有做血液检查来确定，石榴不好说什么，她转身看了看熊洵的位置，发现他正在忙。

“爸爸妈妈平常身体怎么样？怀孕前做过体检吗?”石榴当然不好直接问家长有没有得过梅毒，只能弯弯绕绕地问。

父母两人都否认有传染病，石榴心想还是得把四位老人支出去，才能问到实话。可四位老人看这个状况，心里大概猜出来小孙子得的不是寻常疾病，越发不愿意出去了。

正苦思解决方案时，石榴听到一句奶声奶气的呼喊：“爸爸，我在石榴姐姐这里发现了一个先天性梅毒牙患者。你们是不是可以写论文了？写那个叫什么？哦，我想起来了，病例报告。”

是熊一鸣！这孩子智商虽高，但情商还是小学生水平，还是个会闯祸的熊孩子。

“啥？先天性梅毒牙？那是什么病？是不是我儿媳妇得了梅毒，又传染给我家孙子了?”家长中的一个老爷爷问道。

完了完了，这回真要被投诉了。

05 你是十岁小孩儿吗

熊一鸣一句“先天性梅毒牙”，把原本身份还未明确的两对老年夫妻分成了两个阵营。胖老头一开口就说一定是自己儿媳妇传染了小孙子，那他一定就是公公了。

另一个瘦老太太说：“我家囡囡最乖了，在你儿子之前还没有谈过男朋友呢，要我说呀，肯定是你家儿子不检点，把脏病传给了我女儿。”

看到双方都没有把矛头对准自己，石榴心里的石头落了地。可原本在自己位置上忙碌的熊洵，居然停下工作，朝自己这边走来了，石榴刚放下的心又悬了起来。

果然，婆婆开始拉架：“不要吵啦，咱们家孩子怎么会得那种病呢。刚刚那个小屁孩儿懂什么，别听他的，听听医生怎么说。”

此话一出，所有人的目光都聚焦在了石榴的身上，石榴原本想说自己也认为牙齿形状的异常是因为胎儿期就感染了梅毒，导致牙胚发育受到了影响。可她也知道，由熊一鸣口中说出这个诊断，只是在现场投放了一枚炸弹，如果自己说出来，那无异于引爆了这枚炸弹。石榴向熊洵投去求助的眼神，说：“这种情况比较少见，这位是我们科主任熊医生，请他会诊一下再说吧。”

熊洵看过之后，熊掌交叉，在原地想了好半天，说：“爷爷奶奶外公外婆不要围在这里，出去等。留下爸爸妈妈在这儿就行。”

外公不肯走：“那不行，不能让我女儿平白受这样的侮辱，我们今天必须搞清楚这件事。”

大熊熊果然有科主任的霸气，他说：“我们医生有说确定是梅毒牙吗？没有吧，刚刚那个小孩儿是我儿子，他才十岁，他懂什么？他就是闲着没事的时候翻过我的书，随口乱讲罢了。退一万步讲，就算真是梅毒牙，谁是传染源头这种事我们医生不管，那是你们家庭内部的事，回家后再说。”

四位老人悻悻地退了出去。

熊洵没和石榴说什么，而是先打了个电话，寒暄了几句，问道：“新生儿出生后，都做哪些常规检查？”

石榴听不到电话那头的回答，只听到熊洵继续问道：“那这个RPR（快速血浆反应素实验）会不会出现假阴性的情况？”

又等了好半天，熊洵说：“我总结一下，也就是说如果母亲阳性，患儿出生后阴性，那后续还是需要随访检查的。如果后续检查发现患儿的RPR转阳或上升，同时TPPA（梅毒螺旋体颗粒凝集试验）阳性，就高度怀疑是这个病了，我理解得没错吧。”

石榴虽然是博士，但毕竟只专注于自己的细分专业，对临床医学相关的知识有盲区，她查了一下医学论坛，RPR检测的是非梅毒螺旋体抗体，如果阳性，一般认为有传染病感染。TPPA是梅毒螺旋体特异性抗体的检测，是梅毒的确诊性试验。但因为这两种抗体分子量小，可以透过胎盘屏障，由母体进入新生儿体内，所以仅凭这两项指标的阳性不能诊断新生儿梅毒，还需要更多检查和观察。

问完之后，熊洵转而对石榴说：“打电话问检验科下班没。没下班的话开个血检。”

石榴去打电话了，她远远听到家长在问：“如果真的确诊是这个病，那该怎么治疗呢？”

大熊熊摊手道：“我只是个牙医，我只能给你们关于口腔治疗的建议。这个病对牙齿的影响就是会导致牙釉质发育不良，所以孩子的牙齿形态不正常。但孩子现在还小，咬合关系还不稳定，不能做冠修复。所以我的建议是：第一，带孩子去综合性医院看看，听听临床医生的建议；第二，口腔这边，去正畸科和修复科会诊一下，加上我们科，三个科室共同给出方案来。”

石榴和检验科通完电话，说：“检验科那边说，咱们医院只能测 TPPA，做不了其他相关检测。”

孩子妈妈说：“既然这样，那我明天请一天假，带孩子去儿童医院看吧。”

孩子爸爸说：“辛苦两位医生了，对了，医患之间默认有保密协议的吧，这个病情你们不会和其他人说吧？”

难得遇到一个懂医患之间默认有保密协议的家属，而且遇到这种事竟然也能这么淡定，石榴和熊洵交换了一个怀疑的眼神，说道：“您放心，我们不会和无关的人说的。”

孩子爸爸补充道："您儿子……"

"小屁孩儿一个，信口胡说的，估计现在他早就忘了这事了。"

一家三口走后，熊洵说道："一鸣呢？得把他叫过来好好教育一下。"

找了一圈之后却发现，熊一鸣不见了。与此同时，石榴收到了一条来自陌生号码的短信：石榴姐姐对不起，害你和爸爸被投诉了。相信我，我一定为你们沉冤昭雪。一鸣留。

石榴正要给熊洵看短信，却看到他接了个电话。

"四个老的把我们两个投诉到医务科了。这俩熊孩子，一个拧笑气瓶，一个乱说话，再这么下去，我这个月奖金都要被罚没了。"

石榴的好朋友钱鑫上个月才被投诉过，石榴知道这种情况下医务科一般都是息事宁人，把医生教训两句，再给病人一些好处。但眼下顾不得医务科的事，还是先找到熊一鸣要紧。

石榴给发短信的号码打了个电话，一接通就听到了不标准的中文："你好！ Andrew 在听。"

"安猪，我是石榴，刚刚是不是有个十岁左右的小男孩儿和你借手机发短信了，他还在你身边吗？"

Andrew 回答说："是的，他和我在一起。他说要去做医学侦探，很有趣。"

石榴在心里翻了个大大的白眼："你们现在在哪里？把地址发过来。"

“我是新来这里的，我不知道。”安猪果然是只呆头呆脑的猪。

“那你拍几张周围的路牌和建筑照片，发给我。”

两分钟后，熊洵看着照片，说：“我知道这地方，走，跟我去捉熊大。”

石榴拽着熊二欢，一起上了大熊熊的车。

大熊熊一边开车，一边嘶吼着唱孙楠的《你快回来》：“你快回来，我一人承受不来……”

二欢安慰他道：“爸爸再坚持两天，妈妈后天晚上就回来了。”

石榴这才反应过来，大熊熊是在用歌声控诉老婆不在家的苦。这个熊二，学习不咋样，情商还挺高。

按照安猪笨拙的指示，一行人花了好半天时间才找到了安猪和熊一鸣。

Andrew 站在一栋住宅楼的楼下，远远地向石榴招手。石榴跑过去，听到他用气声说：“看，八岁小孩儿正在传递情报。”

石榴循声望去，看到三楼丢下了一个塑料袋，袋子里装着些本子和纸。

看着安猪兴奋的表情，石榴吐槽说：“你高兴个什么劲儿呀，你是十岁小孩儿吗？”

安猪夹着嗓子，用童声说道：“Yes, I'm ten.（是的，我十岁。）”

石榴丢下这个幼稚鬼，抢过大熊熊手里的病历，借着手机灯光看了看，和大熊熊对视了一眼，说：“难怪那对夫妻都没有互相指责，原来是这样啊。”

06 夫妻就是同林鸟

石榴再次确认了一下手上的病历资料，没错，这夫妻俩差不多同一时间在两家不同的医院查出了梅毒感染。她问熊洵："主任，你怎么看?"

熊洵挺着熊肚说："同时期查出感染，说明他们两个也不知道谁传染的谁。不同医院查出来的，说明俩人都是瞒着对方去的。再加上他们听到孩子的牙是梅毒牙的时候，并没有表现得很诧异。种种证据都表明，夫妻俩早就知道对方有梅毒，而且都不认为是对方的错。"

石榴点点头："只是四个老人被蒙在鼓里，脑子一热就把咱俩投诉了。"

"听上去是个 juicy story（有趣的故事），瓜娃小姐快告诉我到底发生了什么事!"Andrew 饶有兴致地凑了过来。

石榴白了他一眼，原本想说这事关病人隐私，不宜随意讨论，但脱口而出的却是："不关你事，别这么八卦。"

"八卦？中国古代文化的那个八卦吗?"半个外国人的脑回路果然与众不同。

"是 gossip（闲话）那个八卦。"反倒是熊一鸣在向 Andrew 解释。

大熊熊打断他，问道："一鸣，你是怎么搞到这些东西的？快跟爸爸上楼，去跟人家道歉。"

熊大昂起骄傲的头颅，说："几个家长一出诊室就吵起来了，我趁着他们不注意，用一小包巧克力就收买了小屁孩儿，让他把家里地址告诉我，还告诉他如果回家后看到爸爸妈妈拿出医院的本子，就偷来丢给我，小孩子真是好骗。"

大熊熊不理会他，将他拦腰抱起，就要往住宅楼里面走。一直在一旁追逐宠物狗的二欢兴奋地呼喊："耶，熊大终于闯祸了！"

熊洵才刚进单元门，就又退出来了，连同他一起出来的还有那夫妻俩。夫妻俩拿回病历正要离开时，应该是注意到了Andrew，那丈夫问道："那是谁？你们俩下午不是向我保证了不会乱说的吗？"

石榴和熊洵的目光同时扫向Andrew，只听他用标准的伦敦腔说道："Sorry, I can't speak Chinese.（抱歉，我不会说中文。）"

原来猪也有机智的时候，石榴补充说："他是熊一鸣小朋友的外教老师，是个英国人，他不会讲中文，听不懂我们在说什么。"

夫妻俩将信将疑地对望了一眼，上了楼。

石榴长吁一口气说："总算搞定了，明天再去医务科挨一顿骂，这事就该过去了吧？"

"但愿吧。"大熊熊说完，牵起两只小熊就要走，对石榴和Andrew说，"你俩也上车，我送你们回去。"

“不用了，我们骑共享单车。”石榴答道。

回去的路上，Andrew像是与石榴较劲一样，每当她超过他时，他就会加快速度超过去。而石榴自己，平生最讨厌被一个男人比过去，她也铆足了劲儿赶上去，两人暗暗来了一场自行车竞速赛。

吃晚饭时，安猪也是猪性大发，石榴每次想要夹什么菜的时候，他总是抢先夹一筷子。这个半洋鬼子，说中文还常常夹杂着英文的语序和文法习惯，用筷子却比中国人还娴熟，搞得石榴很是恼火。

趁着石敢当去厨房盛饭的空当儿，石榴压低声音问道：“呀，你个幼稚鬼，不会因为被我亲了就记仇了吧？”

“你亲了我，又丢下我不管，奇耻大辱，我要报仇。”安猪假装出一副很凶的样子。

“会用‘奇耻大辱’这个词了呀，不错，中文有进步。”石榴笑道，“那你打算怎么报仇？”

Andrew盯着她的眼睛说：“让你爱上我，然后甩掉你。”

石榴拿着勺子柄敲打他的额角，说：“姐姐教你一个成语，‘玩火自焚’，说的是一个人想要玩火，却不小心烧伤了自己。”

Andrew抓着石榴捏勺子的手，说：“你也许比我大几岁，但在爱情的领域里，我是一个将军，你是一个士兵。”

石敢当回到了餐厅，饶有兴致地看着他俩斗嘴，石榴迅速结束了对话：“我管你是将军还是小兵，我可没兴趣加入这个战场。”

这天夜里，石榴梦到Andrew用他的英式英语朗诵着莎士比亚的情诗向自己告白，石榴在梦中说了他一句“幼稚”之后，自己却惊醒了过来，辗转难眠。

第二天刚一上班，石榴就跟在熊洵身后去了医务科，李科长一见熊洵，就招呼道：“常客，常客，坐。”

又招呼石榴说：“哎呀，石博士可是稀客呀。”

熊洵一点儿也不紧张，坐下来问道：“李科长，你上个月那篇论文怎么样了？”

李科长笑笑说：“退回来让大修呢。”

大熊熊往椅子里一瘫，说：“我们家黄教授马上就回来了，要不，我找个机会让她给你看一眼？”

李科长千恩万谢地把熊洵和石榴送了出来，提都没提昨天的投诉事件。

“熊仗妻势，可以啊主任。”石榴调侃道。

熊洵拍了拍她的肩，说：“我老婆最近太忙了，她不在的这几天那俩熊孩子又闯了祸，我不敢跟她提改论文的事，石大博士，李科长的论文就拜托你了。”

熊洵说完这句，就被叫去开中层干部会了，回到科室后，石榴一眼就看到昨天那位梅毒牙小患者的妈妈站在门口等她，这位妈妈一见了她就赔着笑说：“石医生，有件事拜托您一下。”

石榴把她带到诊室清静少人的角落，示意她说下去。

“这事吧，说起来还挺不好意思的。”

不好意思说那就不要说。石榴在心里吐槽着。

“是这样的，那个梅毒，是我传染给孩子的，也是我传染给孩子他爸的。我儿子出生两年前，我们的感情出了点儿问题。我就……就出轨了，还不小心得了这个病。”

石榴此时很庆幸口罩遮住了她不可思议的表情，她装作一本正经的样子问道：“那您来找我，是为了什么事呢？”

那女人说：“这个话，我自己不好意思和我爸妈说，但要是不说，我爸妈就以为是我老公的错。”

“所以，你是想让我来替你告诉你爸妈？”

那女人点了点头。

石榴想了想，答应了她的请求。

好不容易办完这件事，石榴听到了来自熊洵的召唤。

“昨天那事，还有后文。那个男的来找我了，承认是他在外面玩一夜情玩出了病，还让我给他爸妈打电话解释，说不能冤枉他媳妇。这男的吧，渣是渣了点儿，但至少有担当。”

“所以你就答应他了？”石榴急急地问道。

“对啊。”

“完了完了，他老婆也来找我了，咱俩干了同样的事。”

石榴和熊洵一合计，发现这对夫妻还真是绝配，不禁感叹道：“这林子大了，什么鸟都有。这对夫妻还真是同林鸟，大难临头坑了医生一起飞，绝了！”

下班打卡后，石榴经过大厅时听到了一老一少两个女人的争吵。

“我用不用避孕套关你什么事?”

“你才多大点儿，结婚了没？没结婚吧，没结婚就这么不自爱。我今天就是要替你家长教育教育你。”

“我都二十二了，用个套怎么就不自爱了，不用套才是不自爱。”

石榴和一楼的导诊护士打听了一下，原来医院一楼放着一台计生用品自助机，是某大品牌赞助的，刷身份证或就诊卡就可以免费领取。这年轻女子大概是看完牙之后随手领了一盒，没想到却被路过的老阿姨给羞辱了。

石榴自己虽然用不上计生用品，但她平生最看不惯用这种老僵尸思维来羞辱女孩子的人，她挤过人群，拿出身份证来，当着那个老阿姨的面领了一盒避孕套，高举起来，说:“我是本院的医生，各位朋友你们知道吗？在我国，做人工流产的，百分之九十多都是已婚妇女，只有很小一部分是未婚女性。有性生活不叫不自爱，仗着自己结了婚就不做好安全防护那才叫不自爱。仗着自己有点儿年纪，就去羞辱自己的女同胞，更可恶。”

围观群众一时哗然。

石榴欣慰地看到，有几个年轻的女孩子也站出来，当着众人的面领取避孕套，用自己的行动来支持那位被骂的女生。

07 试试就试试

回到家后，却看见 Andrew 靠在楼道里翘首等着：“石先生说他今晚十点才会回家，我忘记带钥匙了。”

石榴拿出包翻腾着，一个不小心把刚刚在医院领的免费计生用品掉在了地上，Andrew 抢先捡起来，说：“你怎么买这个？半夜又要偷袭我，是不是？”

石榴从包里扒拉出钥匙开了门，白了一眼，说：“你可放一百个心，我对你没兴趣。这东西你自己留着用吧，反正我也用不着。”

石榴注意到，Andrew 明显是假装仔细看了盒子之后，才说道：“不要，这个不是我的尺寸。”

石榴当然听得懂他是在借机自夸，但为了不让他的小心思得逞，石榴假装理解成相反的意思，说：“那我上淘宝帮你买点儿小号的，孩子，不要自卑。天生我材必有用，女人不用男人用。”

半个外国人的大脑运转了半天，才回应道：“我的前女友们都很喜欢用。”

讲荤段子这种事，一旦一方认真了，就没什么意思了。石榴在厨房里转了一圈，发现冰箱里全都是需要深加工的食材。石敢当不在家，石榴只能自己做饭，一想到还要煮饭给外面那个安猪吃，她心生一计，拿出两包螺蛳粉，说：“Andrew，今晚我给你做一道广西特色小吃——螺蛳粉。”

爱吃中国菜的安猪显然还不知道等待他的是什么，一脸期待地站在厨房门口呆呆地看着她煮粉。石榴将酸笋包拿出来，剪了个小口，特意将袋子凑到 Andrew 鼻子底下，让他享受这第一口的芬芳。

Andrew 带着美食家式的笑容深吸了一口，愣在原地凝滞了几秒，才冲到窗户边，大口大口地呼吸起窗外的汽车尾气来。

“食物变质了吗？好臭。”

石榴笑着说：“没有变质，这是发酵过的竹笋的味道，不吃这个不能算是大熊猫的亲戚。”石榴当然知道就算是真正的中国人，也有很大一部分人接受不了螺蛳粉的味道。但 Andrew 最近迷上了大熊猫，说自己也要成为纯粹的中国人，也就是大熊猫的亲戚。既然如此，石榴又怎么会放过捉弄他的机会。

“好，我吃。”Andrew 认真的样子，颇有壮士断腕的悲壮。

石榴将螺蛳粉盛在两个大碗里，分别端了出去。

Andrew 捏着鼻子吞了一根粉，又放开鼻子吃了一根酸笋，然后埋下头，像一只饿了三天的小猪崽一样，欢快地嗦起粉来。

“真香！中国菜万岁！”

居然没有整到这头猪，还为他打开了一扇新的美食大门，石榴心里像吃了败仗一样不爽快。

Andrew 主动收拾了碗筷，又洗了碗，石榴这才觉得心理上平衡了一些。

Andrew 从厨房出来后，擦着手说："我好臭。"

又凑上来闻了闻石榴的头发，说："你也好臭。"

石榴不理他，径自去卫生间刷牙，没想到 Andrew 也跟上来，也拿起了自己的牙刷。

刷牙的时候，石榴偷偷转动眼珠，偷瞄站在身侧的 Andrew，不得不说，混血儿的侧颜真的太优秀了，完全符合颌面外科的美容线，看久了甚至还看得出几分尊龙的影子，只是少了尊龙那种天生天养的贵气，多了几分上扬的少年气。

颜值带来的美感才持续了两分钟，安猪就冲着石榴大口哈着气，问："不臭了吧？"

"不臭了，但也不香了。"石榴也有样学样，张开嘴哈了他一脸气。

"头发还是臭的，需要洗。"

这个安猪，说话惯会讨打，石榴愤愤地拿起花洒，冲着他的脑门儿淋过去："你也臭了，你也得洗洗。"

在水流的帮助下，正常的服装也渐渐变成了皇帝的新装。原来白衬衫掩盖下是有两片厚实的胸肌的，原来吃货的肚皮也可以有棋盘格腹肌，原来英国人真的会用防滑腿夹固定衬衫下摆。

"看得这么认真，是不是对'little Andrew（小安德鲁）'很感兴趣？"

“才不是呢，我是在想，原来真有男人会用类似吊袜带这样的东西。”

“想看看长什么样吗？”Andrew 解开皮带，松开手，裤子顺着他的腿滑了下去，“长这个样子。”

石榴蹲下来细看才发现，原来是一个黑色环形带子绑在大腿上，夹住了衬衫下摆，又有一个带子捆在小腿上，固定住了袜子。

“你们英国人还真是精致呢。”说完这话，石榴在尚未被水汽模糊掉的镜子的下半截里看到了他们两人的影像，像极了好多年前看过的少儿不宜的小电影里的画面。她这才反应过来，自己的举动充满了挑逗性。

石榴站起来，慌忙逃窜：“我爸还没回家，我去主卧卫生间洗。”

“不许走。”石榴被他的大手从身后伸过来揽住了肩，“你真的不想尝试一下，所有动物都爱做的事，是什么感觉吗？”

石榴弱弱地说：“我试过。”

“试过？”

“我自己一个人试过。”

“那不一样。虽然男人每一次都有 orgasm（性高潮），但我觉得，亲密行为最让人迷醉的一点，还是两个人精神与肉体的双重融合。”Andrew 一改平常轻快的语气，换上英国人独有的低音，石榴觉得耳边有些热。但这个男人，即便是在诱惑自己，也没有将胯顶过来，只是用手臂轻轻地环着她。如果一定要试试这种自己原本没兴趣的交互运动，和这样一个男人尝试，应该是最好的选择吧。

他有体检报告，我有计生产品，两个成年人去探寻一下彼此的肉体，有什么不可以的。石榴很容易就说服了自己，她反锁上浴室门，将 Andrew 一把推到花洒下，踮起脚来吻上了那两瓣温软的唇。

唇、颊、颈、肩……一路摸索下去，情绪渐渐被触感完全掌控，石榴脚下一滑，却并没有摔倒，而是被 Andrew 的双臂托住了，他褪下已经被解开全部扣子的衬衫，说："踩着它。"

"踩了会洗不干净的。"石榴说出这句话后，才发觉自己的声音竟也有些娇嗔。

"I don't care.（我不介意。）"他也是用低沉的气声在说话。

浴室的水汽越来越浓，热量越来越厚，石榴感觉自己好像是站在火山口一般，不得不在他的唇边抢夺稀薄的氧气……

"现在，可以吗？"

"嗯。"

一个肯定的回答，让石榴被一双湿漉漉的手托举到了洗手台上……

石榴的脑海里渐渐升起了云雾，耳边开始自动播放美国室友最爱的一首深夜歌曲。

单曲循环不知道多少遍之后，终于，耳边越来越急促的呼吸声盖过了脑海中的歌声。

……

“你的头发湿了之后还有些卷呢，卷毛猪。”

“喜欢吗?”

“不喜欢。”

“Liar!（你说谎!）”

打闹着洗完澡，准备回房间的时候，石榴才注意到 Andrew 的手伸向置物架的顶层，拿了那个自己从医院带回来的盒子。“这个是什么时候拿进浴室的？我进来刷牙的时候吗?”直到这一刻之前，石榴一直以为是自己主动勾引了 Andrew。

Andrew 拿浴巾裹起自己，边走边说：“我警告过你，在这个领域，我是将军，你是士兵。”

石榴收起湿透的衣服追出去，还没说什么，就听到了锁孔转动的声音，她一把拽住 Andrew，躲进了自己的房间。石榴听到石敢当的脚步声越来越近，估摸着已经到自己卧室门口了，却又没有敲门，只听到了一声低语：“应该已经睡了吧。”

石榴躲在被子里大气都不敢出，直到手机显示十点五十分，她才探出头来，深吸一口气，说：“我爸每天都是十点四十睡觉，他躺下五分钟准能睡着，你现在可以回你房间了。”

“嘘，我们玩个寂静游戏，先发出声音的是输家。”说完，他钻进被子里，解开了石榴的睡袍。

石榴在心里无声地呼喊着：你犯规!

08 我要娶你做老婆

石榴被闹钟叫醒，赫然看到自己眼前这张俊俏的猪脸，飞速摁掉了声音越来越大的闹钟。她悄悄搬开 Andrew 沉重的手臂，套上睡裙，准备去洗漱。

“不许走。”

石榴被一只猪手拉住，跌进了温暖的被窝里。“你想不想再来一次。”

“别闹，我要去上班了。”

Andrew 翻身爬起来，用四肢做牢房困住了她，说：“回答我两个问题，不回答不许走。”

大清早的，难道要告白吗？然而石榴却鬼使神差地点头同意了让他提问。

“昨天晚上，你和我做了什么？”

竟然是这个问题，昨夜的一幕幕冲上脑海，石榴捂着脸说：“我不想回答这个问题。”

“那就不许走。”Andrew 俯下身来，将石榴整个锁死。

这个问题的答案，用母语实在是说不出口。石榴心一横，用英语说道：“OK, fine, I had sex with you.（行吧，我和你做爱了。）”

“And, how many times？（那么，做了几次？）”

“Twice.（两次。）”

“你用中文再说一遍答案。”

石榴趁着 Andrew 扬扬得意的时候，迅速钻出了“牢笼”：“你适可而止吧。”

“好吧，你承认就可以了。”

原来，是怕她像前几天的亲吻事件一样，事后就矢口否认吗？

石榴逃到卫生间，才看见自己蓬乱如草的头发，昭示着昨天那个与平常不一样的夜晚，她拿起梳子，慌乱地整理好了头发。正打算刷牙洗脸，却又瞥见那个充满回忆的洗手台，昨晚的一幕幕又开始自动播放，石榴胡乱洗了把脸，第一次刷牙没刷满三分钟，就逃也似的跑出了卫生间。

她瞥见石敢当正在阳台晾衣服，解释了一句：“爸，我怕衣服洗不干净，所以昨晚先拿水泡上了。”说完后，又觉得自己这句话有些此地无银三百两，慌忙闭上了嘴。

回到卧室后，石榴发现 Andrew 居然还睡在自己的被窝里，对他说：“你怎么还不起？我爸这会儿在晾衣服，注意不到卧室这边，你快回你房间。”

“今天上午没有课，我需要休息。”

石榴发动掀被大法赶人：“快出去，我不想让我爸知道。”

“你现在二十九岁，不是十九岁，石先生知道了也不会反对的。”

“我们中国人讲究保守含蓄，我不想让我爸知道这个事，懂吗?”

Andrew 裹上浴巾准备走，可嘴上还是不饶人：“保守？含蓄？昨天晚上，你完全不保守，也不含蓄。”

石榴瞪了他一眼，抓起手机和包逃出了家门。

到了科室之后，石榴懒懒地站在熊洵身边，看着他接专家门诊。石榴原本是可以独立接诊的，但为了学习如何与小孩子相处，熊洵要求她必须旁观自己每周两次的专家门诊。

“石榴姐姐，可以借你的手机用一下吗?”是熊一鸣。

“熊大，你今天怎么没去上学呀?”

“学校开运动会，我扭了脚，不能去。”

“我看你就是不想去吧。”石榴拿出手机丢给了他，余光瞟到熊一鸣输入密码打开手机之后，石榴才反应过来，这鬼精鬼精的孩子，什么时候连自己的手机密码都被他发现了。但想来一个十岁的孩子，也做不出什么出格的事，所以也没理会。

“石榴姐姐，你是不是要和 Andrew 结婚了?”万万没想到，这个熊大竟然没头没尾地来了这么一句。

“没有啊，我们只是朋友。”石榴的解释有些心虚。

“那你为什么要和他睡在一起?”只见熊一鸣举起手机，屏幕上是一张石榴和 Andrew 枕在同一个枕头上的照片。石榴两眼一黑，想要抢过手机来，却被熊一鸣躲过去了。

就连熊洵也停下来，看着照片说道：“是那个混血小哥吧，不错不错，看不出来我们石大博士这么会撩汉子呢。”

“我手机上怎么会有这种照片？”石榴诧异地说道。

熊一鸣终于把手机递过来了：“这是 Andrew 的手机，不是你的。”

石榴接过手机一看，果然手机壳后面有一个蝙蝠侠标志，和自己纯黑色无 logo 的手机壳不一样。情急之下居然拿错了手机，这下可好，全科室都知道自己和一个混血小哥睡了。正当石榴仰天长叹的时候，手机又被夺了过去。

“Liu Guava Shi，这个是你吧。”石榴眼睁睁看着熊一鸣用 Andrew 的手机拨通了自己的电话。

“喂，你好，我是熊一鸣，我们前几天见过的。”石榴脑补了一下电话那头搞不清状况的 Andrew，相比之下，熊一鸣在心理上倒还真是更成熟一些，“对，没错，我就是那个借你电话给石榴姐姐发短信的十岁小男孩儿。但是，十岁只是我的生理年龄，我的心理年龄有二十八岁。”

“我知道你手上拿的不是你的手机，但我就是打给你的。”熊一鸣挺起胸膛，庄严地宣誓，“请你以后远离我的石榴姐姐，不许再和她一起睡觉，那是只有夫妻才可以做的事。等我长大了，我要娶石榴做老婆。”

“你说什么？”石榴惊得手一滑，原本拿在手里的光固化灯掉下去砸痛了脚。

“一鸣，别胡闹，你小子毛都没长齐呢，好意思说要娶石榴姐姐。”大熊熊的熊掌拍在了熊大的小脑瓜上。

熊一鸣爬上椅子，平视着石榴说：“我是认真的，石榴姐姐，我现在十岁了，你再等我十年，我二十岁的时候就娶你。”

“一鸣，法律规定男子二十二岁才可以结婚。”石榴还当他是开玩笑，所以也假装认真地讨论起这个问题来。

“那我们可以先生个孩子，等我满二十二岁再去办结婚证。”

这孩子，脑子里想的都是什么呀？石榴憋着笑，问他：“你二十岁的时候，我都三十九岁了，你确定你要和我生小孩儿吗？”

熊一鸣重重地点了点头：“确定。我这几天看完了你发表的全部论文，发现你是我认识的女人中第二聪明的，我一定要和你结婚，这样我们就能生出全世界最聪明的小孩子。”

“那你怎么不和你认识的那个最聪明的女人结婚呢？”

“这个世界上最聪明的女人是我妈，她已经被那个大黑熊给霸占了。”熊一鸣指着熊洵说道。

“你真的看了我全部的论文？那你说说我都写了什么？”石榴开始尝试转移话题。

“喏，给你，这是我看完你的论文后做的小结。”

石榴接过来看了看，这份小结把石榴这些年的科研成果用最简单易懂的语言串了起来，简直比石榴自己在基金标书里写的个人学术成果简介还要好。对于一个科研爱好者来说，收到这样的小结，简直比收到情书还让人感动。石榴此时竟然也觉得有些惋惜，熊一鸣这孩子，要真是个大人就好了。她捧起熊一鸣的小脸，在他的脸颊上轻轻亲了一口，说：“这世上比我聪明的女人多了去了，你好好学习，以后一定会遇到比你还聪明的小姑娘的。”

中午下班后，石榴抓起 Andrew 的手机冲出了医院，路上她用从熊一鸣口中问出的密码解锁了 Andrew 的手机，确认了他手机里只有这张他们两人枕在一起的大头照，并没有其他见不得人的照片。石榴想了想，删除了这张同床共枕合照。

“手机换过来了，我走了。”

“不许走。”第三次，这已经是石榴二十四小时内第三次听到 Andrew 说这三个字了，一想到前两次“不许走”之后发生的事，石榴撒腿就跑。

一米六五身高的小短腿果然还是跑不过一米八五身高的大长腿，石榴又被他的臂弯给圈住了。

“下午，什么时间开始上班？”

“两点。”脱口而出之后，石榴有些后悔，应该撒个谎说一点开始上班的。

“现在是十二点五十，十三点四十放你走。”说完，他的唇就捉住了石榴的耳垂。

石榴想要推开他，却使不出力气来。

裤子口袋一阵震动，是哪个小天使在这种时候打来了救命电话，石榴掏出手机一看，是熊洵。

“老板的电话，必须接。”石榴按了接听键，说：“主任，您找我有什么事?”

“我是熊一鸣，我刚刚学到了一个新知识。在进行性行为时，人体会分泌出一种叫作催产素的物质，这种物质会使人对伴侣产生依赖感，从而让人产生相爱的错觉。”

石榴还没来得及说话，就听到电话那头大熊熊的呼喝:“熊大，你又在乱讲什么?罚你一星期不许上中国知网，也不许上PubMed[①]。”

“催产素，催产素，我可不能败给你。”自言自语过后，石榴大力推开 Andrew，离开了家。

09 爱情生理学

大脑是人体的中枢，它掌控着你的情绪和行为。这个理论，是大脑告诉你的，你有没有想过，这也许只是大脑的错觉。人类的决策与行动，看似是大脑运转的结果，但促使大脑得出“向左走而不是向右走”这种结论的，又是什么呢?

石榴思考着这些问题，学医的她知道这些问题不应该归属于哲学，而是应该划分到生理学的范畴。

---

① PubMed：一个提供生物医学方面的文献搜索的数据库，它的数据来源为MEDLINE。MEDLINE 是当今世界上一个权威的文摘类医学文献数据库之一。

正如熊一鸣所说，性行为会促使人体分泌催产素，催产素会增加双方的依赖感，依赖感促成更多的性行为，进而导向稳定的繁殖。这是人类与生俱来的一种本能，这种本能保证了一对伴侣可以稳定地生活在一起，稳定地制造出后代。

任何一个学医的人都知道，对抗自己的生理本能是幼稚且无用的。所以，石榴也并不打算用大脑这个身体的傀儡，去对抗复杂又强大的生理本能。她也无意从道德层面苛求自己，用俗世的清规约束自己的欲望。但如果这种欲望会导向对另一个人的精神依赖，那石榴就不得不权衡其中利弊了，她不喜欢爱情——一种自身情绪被他人的行为所掌控的生理反应。

在网络上搜到一篇关于爱情激素的描述，石榴看了一眼，根据文章提供的信息，检索出一篇关于苯基乙胺的综述来。

“All work and no play make Jack a dull boy.①”

这该死的英伦腔，瞬间打乱了石榴的呼吸节奏。

“呀，老是悄悄跑来我房间，你爸妈没教过你进门之前要敲门吗？”石榴嗔怪 Andrew 道。

“对不起，打扰你了。”Andrew 不爱狡辩这一点倒是很好，“你在读论文，又不是在看 porn②，不用害怕。”

我看上去是那种后偷偷躲在房间里看 porn 的女人吗？石榴在

---

① All work and no play make Jack a dull boy：是一句俗语，意为“只工作不玩耍，聪明的孩子也变傻”。

② porn：意为色情作品。

心里想着。

“对了，porn 用中文怎么说？”混血男孩儿的求知欲还真是强。

“黄书。”

“为什么要叫黄色的书呢？”石榴不想回答这么无趣的问题，安猪自己却得出了答案，“我知道了，因为中国人的皮肤是黄色的。那么，你们是不是还有叫白书、黑书、黑白书的 pornography① ？”

石榴白了他一眼，说：“还没有，想看你自己写。”

Andrew 凑过来，将下巴搁在石榴的肩上，说：“你在看关于 pheny-lethylamine（苯基乙胺）——PEA 的论文？那么，当你看着我的时候，你的身体是不是也会产生 PEA ？”

他的手已经揽上了她的腰，石榴想了想医院里的熊孩子们，努力抑制那该死的苯基乙胺产生的兴奋感，说：“没有，一点儿都没有。我把你当作纯粹的床上用品。床上用品懂吗？就是枕头、床单、被套，你对我来说，和枕头这样的东西是一样的，可以用一下，但不会产生感情。”

既然不会产生感情，那就无须解释这么多吧。既然毫不在意，又怎么会连解释都说得这样口不择言。石榴虽然和爱情不熟，但她知道自己现在的情绪不是常有的，她很希望能为自己的身体安装一个激素控制系统，能随心所欲地控制自己的激素反应。

“可是，我……”话还没有说完，Andrew 的眼神闪了一下，换成另一种轻松的神情，说，“吓死我了，我怕你会爱上我。我在

① pornography：色情片，色情描写。

中国只学习一年，不希望每一个和我睡过觉的女人都爱上我。”

“哈哈哈，我也不希望一个小我五岁的弟弟缠着我不放。”石榴尝试着用哈哈大笑来哄骗自己的生理系统。

Andrew的手，已经扣在石榴后背的内衣搭扣上了：“很晚了，不要看论文了，该休息了。”

论文里说，苯基乙胺是一种令人产生兴奋感的物质，因此会给恋爱中的男女一种心动的感觉。但与此同时，苯基乙胺还会削弱人的注意力和判断力，这也就是为什么恋爱中的人会变傻一些。

爱情，一种生理反应带来的错觉，还会使人变笨，石榴觉得怎么想都不划算，她拨开Andrew的手，说：“我来月经了，menstrual period（月经期）。”

石榴上上个礼拜才来过月经，她明明应该直接说今晚不想要的，为什么要说自己在生理期呢？口腔医学博士的大脑想不明白这个问题。

Andrew将石榴抱起来，轻轻放在被子下，掖好被角，说：“早点儿休息，晚安。”

电脑还亮着，但石榴不想离开这个被掖得平平整整的被子，她静静地躺着，任由电脑自己休眠。

第二天一早，石榴才刚刚走出卧室，就被石敢当塞了两张游乐园的票：“一个病人送给我的，周末你带Andrew去玩吧，这个游乐场有全亚洲最惊险刺激的过山车。”

过山车？石榴想起自己的好朋友钱鑫曾经说过，过山车这种惊险的游戏会引发一种名为“吊桥效应”的心理学反应，会让人错把惊险刺激的紧张感投射到对方身上，产生爱情的错觉。

钱鑫和自己说这件事的时候，石榴就断言这种心理学效应一定也可以用医学来解释，现在她明白了，过山车引起的“吊桥效应”会促使人体分泌一种叫作去甲肾上腺素的物质，导致人体血压和心率的增高，进而产生被浪漫的人类美化为“爱情”的感觉。

钱鑫对自己说的话还在耳边回响——“石榴，以后你要是遇到喜欢的人，一定要带他去坐过山车哦。”

“过山车！我不去。”石榴惊呼。

Andrew 大概也听到了他们的对话，走过来说：“瓜娃小姐，你胆子小，不敢坐过山车！”

“才不是呢，我前年还去蹦极了呢。”

“撒谎，你就是胆子小。”

“我不怕过山车，我就是不想去。”石榴明知求助父亲没有用，但她还是拿出撒娇小女儿的语气说：“爸，要去你自己带他去。”

“我去不了，老爸周末要去外地参加全口种植学术沙龙。”

石榴还没说什么，Andrew 插了一句：“太棒了，石榴，周末你可以使用床上用品了。”

这个该死的猪，居然当着石敢当的面说出这种话来，幸亏老爸不懂他们的暗号，一脸疑惑地望着他们。

石榴慌忙解释道：“我之前和安猪说，想趁你不在的时候洗一下床单被套，晒在你那屋，你那边采光好。”

只会看论文不会谈恋爱的石榴，通过论文学习到：爱情属于生理学范畴，它始于苯基乙胺，陷于多巴胺和去甲肾上腺素，固于血清素和催产素，忠于内啡肽和脑下垂体后叶荷尔蒙。

但论文没有告诉她，究竟该不该顺从自己的生理反应？

10 受制于男配角的女主角

周五下午，石榴趁着要做科室业务学习讲课PPT的良机，逃了半天的门诊，算是躲过了每周五下午的小神兽看牙高峰期。做PPT这种事原本是最枯燥最乏味的，但是和童声嘹亮的诊室相比，石榴更愿意躲在办公室敲电脑。

“石榴，我作业写完了。”熊一鸣自从说过要娶她的宏愿后，就再也不愿意叫她姐姐了。

“哦。”石榴心想，我又不是你家长，和我说什么。

“石榴，你在做什么呀？”

“我在做关于年轻恒牙牙髓血运重建的PPT。”

“有意思，你展开讲讲。”石榴常常忘记熊一鸣的属性，总是以为搬出个专业术语就能把他吓退。

“二欢呢？怎么没见他。”

“他去上乐高课了，这么大了还在玩积木，真幼稚。”熊一鸣应该不知道，他说别的孩子幼稚的时候，自己脸上也是一副幼稚的表情。

石榴听熊洵说过，小学四年级的学校教育已经完全不能满足熊一鸣高于常人的脑容量了，他刨根问底的好奇心已经迫使两个科学课老师调转岗位了，可现在一般不允许跳级，熊洵只好安排他周末去和高中生一起上补习班。石榴叹叹气，开始给他详细讲解起自己准备的讲课内容。

五分钟后，熊一鸣说："你的思路我明白了，参考文献都搜集好了吧，能不能让我来做 PPT？"

石榴乐得清闲，将电脑一推，摊手说："那你来做。"

四十分钟后，靠在一边打盹儿的石榴被叫醒了，她看了看熊一鸣的 PPT，虽然没有很华丽的炫技，但胜在条理清晰、重点明确、详略得当，引用的论文也细心地放在了页面下方。

"不错嘛，等过几年我评上硕导带学生了，我让他们认你作大师兄。"

很多电视剧里的女主角，总是能在关键时刻得到爱慕自己的 N 个男配角的帮助，石榴没想到自己居然也能享受到被生活中的"男配角"帮助的待遇，她美滋滋地查看着 PPT，赫然发现最后一页的致谢部分，配的是熊一鸣和她的合照。

熊一鸣冲她咧嘴笑："嘿嘿，这是你和我两个人的作品。"

他从著作权角度维护自己放照片的权利，这让石榴无法反驳。她喃喃自语："我这个女主当得可真憋屈，怎么总是受制于男配们呢？如果让钱鑫那个写小说的本科同学把我的故事写成小说，估计也没人爱看吧。”

下班回家后，桌子上早已摆满了热腾腾的饭菜，饭碗底下压着纸条：老爸去开会了，饭留给你和安猪吃，周末愉快！纸条右下角还画了两颗小心心。

石榴给自己盛了半碗饭，刚拿起筷子，却又瞥见了对面的空座，不自觉就放下了筷子。

石榴打开电视，转了无数个台，也没选出想看的节目，肚子却咕咕叫了起来。她冲到餐厅，扒拉了几口冷掉的饭菜，抱怨道：“我为什么要等你回来，你吃不吃饭和我有什么关系。”

吃完饭后，她端起还剩大半盘的红烩牛腩，开始往垃圾桶里拨：“你不是最爱吃这个菜吗，倒掉都不给你吃。”

“不给我吃什么？”

石榴被这个声音吓了一跳，他什么时候回来的，自己竟然都没注意到开门声。

“哦，没什么，我是说饭倒掉不给老鼠吃。”石榴终于发现，让自己气急败坏的并不是Andrew的晚归，而是自己的情绪居然轻易地被另一个人的所作所为牵制了。

“家里有老鼠？”

“有，好大的一只，你回来之前我看到它从阳台跑过去了。”说完这话，石榴发现，自己的撒谎本领好像提高了呢。

为了避免更多语言交流，石榴打开手机，随手点开了一个名叫《不伦食堂》的日剧，投屏在了电视上。

石榴眼神飘出去很久，才被电视里奇怪的声音拉了回来，这部看似人畜无害的美食剧，居然上演了大尺度情节。石榴这才反应过来，在日语里“不伦”这个词多指出轨。这部剧说的是一个已婚男子离家出差的时候，在各地搜寻美食，填饱肚子之后再和偶遇的女子发生一段露水情缘的故事。

石榴眼睁睁看着电视里少儿不宜的情节越演越激烈，想要关掉电视，又怕这么做显得自己不淡定。石榴用余光瞟了一眼正在吃饭的 Andrew，他应该是真淡定，一点儿反应都没有。

好在这部剧单集片长不足二十分钟，大尺度戏也很快就播完了。石榴紧张的神经放松了下来，神思继续乱飞。

几分钟后，电视里又传来了不可描述的声音，石榴坐起身：“怎么又来了?”石榴不禁发出了感叹，仔细查看网上的评论才发现这是一部单元剧，也就是说每一集的模式都是一样的，第二集也演到了男主角享用完美食，开始和美女共度良宵的时刻。

Andrew 终于也端着饭碗凑过来，在她耳边问：“你喜欢这种?”

石榴也不知该肯定还是该否认，干脆没有理会他。

万事不服输的精神，让石榴坚持看完了这部日式深夜剧的第一季全部四集，也感叹世界上真有不受催产素影响的人，可以只走肾不走心。

周六的暖阳照进卧室，石榴醒过来，揉着眼睛自言自语道：

“这个猪，居然没来找我。”翻过身之后，却发现那张脸居然就在眼前，石榴伸手将“啊”字捂了回去，悄悄掀开被子确认了自己的衣裙整整齐齐地穿在身上，才终于松了一口气。她一掌呼向猪脑袋，喊道：“你什么时候跑过来的?”

“半夜，你说有老鼠，我害怕。”

“这么大一只猪，居然怕老鼠!”

“我是猪，不是猫。”

石榴将被子掀开，说：“你，起来，把床单被套丢洗衣机。”

“为什么要我洗?”这个猪有点儿懒。

“还不是因为你，在我爸面前说什么床上用品，害得我说要自己洗床品。”

“OK .”

在石榴的想象里，Andrew 此时应该会凑过来，咬着她的耳朵说些什么“你该用你的床上用品了”这种话，可没想到他居然真的爬起来拆被套了，欲求不满的人设这么快就崩了吗?

晒好被单后，石榴拿出石敢当给自己的游乐园门票，问道：“你有泳裤吗？我们去这里玩吧，闲着也是闲着，再说这票还挺贵的，不用就浪费了。”

“有。石榴，我带你去买泳衣吧，商店橱窗里有一件我很喜欢。”

11 进击的石榴

橱窗模特身上那件泳衣是一件孔雀蓝色丝绒质感的分体式泳衣，大U型领口开得并不算低，穿上应该不会露出胸部，下半部分用的布料也不少，是石榴愿意穿出去的款式。

“看另一边，我喜欢这件泳装的背部设计。”

石榴跟随Andrew转过去，看到了这件泳装的背部，背部没有布料，像是欧洲古代宫装一样，是纤细的皮质交叉绑带设计，但又不像传统绑带那样需要系起来，而是缠绕到腰腹部用搭扣扣起来的。

石榴心想自己包里的那件深蓝色训练泳衣，下摆还是平角裤式的，穿上去像个运动员，的确不适合水上乐园的氛围。但如果听Andrew的话买了这件，岂不是会显得自己在刻意讨好他？想了半天，心生一念，问道：“你真的很喜欢这件泳衣吗？”

“喜欢。”

“答应我一件事，就穿给你看。”

“什么事？”

“去告诉我爸，你不愿意按照他的安排，帮我生孩子。”石榴早就想和石敢当谈谈这个问题了，但他们父女俩是彼此在这个世界上唯一的亲人了，如果由 Andrew 出面否决这件事，打消石敢当的念头，让父女俩避免起正面冲突，那是再好不过的了。

“只是告诉他，不再愿意帮你怀孕，对吧？”Andrew 把脸别过去，看着橱窗里的泳衣说，“不生孩子，是你自己的决定。但是，我有自由，追求我喜欢的一切。”

石榴不懂他没来由地说什么自由与追求，既然他答应了去和石敢当说清楚，那她的目的也就达到了。她大步走向店员，买下了那件泳衣。

臻致乐园是最近几个月才开起来的综合性游乐园，有普通游乐场，也有水上乐园。石榴走到乐园附近，远远地就看到了大屏幕上的广告，她听钱鑫说过，代言人本人就是乐园的所有者王臻，一个对钱鑫“爱恨交加”的男人。进门检票的时候，工作人员发了两瓶酸奶作为赠品，石榴一看，果然是钱鑫男友家的产品，上面还印着臻致乐园的广告。

石榴拨通了钱鑫的电话：“三金，那个王臻当初把你坑得那么惨，酸奶哥怎么还帮他做广告呢？”

“我发现是他设计举报我非法行医的时候，酸奶瓶已经下厂制作了，如果丢掉不用，损失不小。所幸我后来又托人查到，那个王臻还和一个大富豪家的女婿搞在一起了。那个女婿我和你说过的，就是在豪门找不到存在感，就做动物保护公益的那位。我家白鼠当初见到他的时候就有些躁动，现在看来，白鼠可能是闻到他身上有王臻的味道才那么不安的。”

跻身上流社会的钱鑫，果然知道不少八卦猛料，石榴看着在一旁盯着王臻的广告牌欣赏不已的年轻女孩儿们，心情很是复杂。

“那后来呢?”

“后来我们就用这些信息作为筹码，和王臻谈，让他出钱付了酸奶的广告费。”

石榴注意到，即便是自己周围人声鼎沸，也掩盖不住电话那头娇嗔的语气和急促的呼吸，石榴脸上一热，问：“你俩干啥呢?”

石榴没得到答案，在“嘟嘟”声响起之前，她听到了这样的对话：

“挂电话吧，难道你想现场直播给她听?”

“石榴她对这种事不感兴趣的。”

被秀了一脸恩爱的石榴挂掉电话后，Andrew跑过来，说：“储物柜租好了，去换衣服吧。”

在女更衣室换好衣服后，石榴才发现，这件泳衣远比她想象的要性感。她裹了个毯子，照了照镜子，裹上毯子之后倒是不暴露了，但整个人却显得畏畏缩缩的，没有美感。她环顾四周，大多数人穿得都很清凉，于是拿掉毯子，大步走了出去。

两人的储物柜并排挨着，石榴放好东西，正要关上柜子时，Andrew凑了过来。就知道你忍不了多久。石榴这样想着，竟没有躲开，任由他的脸靠得越来越近。然而和想象中的不同，他只是凑过来拿掉了一根落在石榴肩头的头发，仅此而已。石榴心中有一种说不出来的感觉，她不清楚那是什么。

所谓水上乐园，看似有十多个大项目，但实际上都是从高处向下滑的游戏，体验的是近乎失重的刺激感。石榴玩得很尽兴，却没想到 Andrew 竟有些恐高，只玩了两个项目就退缩了。

石榴第三次爬上那个二十多米高的六十度角水滑梯，毫不犹豫地滑了下去。只消十秒钟不到，石榴就落地了，借着去甲肾上腺素带来的兴奋感，她奔过去，自然而然地吻了站在一旁给她喝彩的 Andrew。

去甲肾上腺素来得快，去得也快，一分钟之后，石榴就后悔了，她不敢看 Andrew 的反应，借口要上卫生间逃掉了。

石榴站在 Andrew 看不见的角落里，打开手机，对着钱鑫的电话号码，陷入了两难。距离上次通话已经过去快一个小时了，也不知道他们还“忙不忙”，如果现在打过去，会不会打扰这对热恋中的情侣。石榴想了好半天，决定还是自己来下决定。

从不感兴趣的双人交互运动，石榴试过了，并不讨厌。从没想过的双人情感纠缠，人生至少应该尝试一次吧。

石榴这个人，一旦下了决心，就必然会拿出必胜的信念，她回到 Andrew 身边，说：“等会儿我们去旁边的陆地游乐园，去坐过山车吧。”管它是生理学反应还是心理学效应，只要有用，石榴就愿意尝试一下。

Andrew 勉为其难地答应了。

“不是吧，过山车你也怕？”

“一点点怕。”

会害怕就好，会害怕就有用。石榴在心里偷偷笑了起来。

此时，园区里的大喇叭响了起来："各位旅客朋友请注意，请问有没有医生？园内有一位小朋友跌倒撞伤牙齿需要帮助，如果您是医生，请到三号服务中心来，谢谢！"

儿童牙外伤的处理对石榴来说是小菜一碟，她拉起 Anderw，说："走，我们去行侠仗义。"

到了服务台，远远地就看到一个体型像熊的男子、一个瘦高女子，和分一对别打扮成天使和魔鬼的泳装小男孩儿。石榴疾步走过去，果然是熊洵一家。只见熊洵坐在一边不说话，倒是熊一鸣一本正经地在指导家长用常温纯牛奶将脱落的牙齿保存起来，又让家长去距离最近的口腔医院就诊。家长听完后，谢过了熊洵和熊一鸣，急匆匆地走了。

"有咱们科编外小牙医在这儿，就没我什么事了，我走了。"石榴说完，就离开了。

十分钟后，石榴才听到身后有个熟悉的声音："石榴，你今天穿得真好看。"

石榴回过身低头一看，果然是熊一鸣，石柳对他说："熊大，快回去找你爸妈，别跟着我。"

"我不，我就要跟着你。"

石榴无奈，给熊洵打电话，这个大黑熊居然也放心把儿子交给她，自己乐得清闲。因为有了熊一鸣的加入，过山车计划也调整为石榴和熊一鸣一起坐，Andrew 在地面等候。石榴利用去甲肾上腺素和吊桥效应的计划以失败告终。

回到家后，失落而归的石榴在厨房看到两大块巧克力，想起前几天查资料发现，巧克力是富含苯基乙胺的食物，而苯基乙胺则是一种可以令人产生心动的感觉的物质。她拿着巧克力，随意编了个理由，哄着 Andrew 吃完了，才说："我和你，究竟算什么关系？"

Andrew 说："我想，这个决定权在你。"

"为什么？"

"因为我喜欢你，但是，我不要求你也喜欢我。"

"我其实，不太分得清什么叫喜欢，我只知道，我想要天天和你在一起，可以吗？"

"可以"两个字之后，是绵绵密密的拥吻……

"等下，我疼。"

"我弄疼你了吗？可是，我还没有……"

"不是你，是我自己肚子疼，我得去医院。"

去医院的路上，石榴盘算着，自己腹痛的表现是下腹部坠痛，不像是急性阑尾炎。

石榴的临床医学知识虽然生疏了，但她也知道，育龄女性急性下腹部疼痛，如果不是痛经，就很有可能是宫外孕。"宫外孕"这个词，本身的可怕之处在于"宫外"，但对于立志不生孩子的石榴来说，这个词的可怕之处，在那个"孕"字。可明明之前那两次，从头到尾都做好保护措施了，应该不至于怀孕吧？石榴在心里这样安慰着自己，可她也知道任何一种避孕手段都有失败的可能。

一阵更强烈的腹痛袭来，石榴没办法再想下去了。

12 另一种意外

进了医院后，医生问过症状，在石榴腹部按压了几下，果然问的第一句话就是："上次月经是什么时候？"

"大概三周前。"石榴如实回答，却见 Andrew 站在医生身后，眼里充满了迷惑，石榴这才想起自己一周前哄骗他说自己在生理期。

医生回头看了 Andrew 一眼，问道："有性生活吗？"

石榴点点头。

医生低头操作着电脑，说："查个血，再做个 B 超（超声波检查）。"

石榴接过化验单，果然看到了"血 HCG[①]"这个检查项目，心里也知道这是在检查有没有怀孕，于是便没多问，只是在心里暗暗祈祷这个结果千万不要是阳性。

抽完血之后，也许是身在医院的安全感，石榴觉得肚子没之

---

① 血 HCG：血液中人绒毛膜促性腺激素的含量，大多数情况下用来判断是否怀孕。

前那么痛了，看着在一旁不安走动着的Andrew，想到他也不过才二十四岁，陪人看妇科这种事，他估计也是人生初体验，于是安慰他说："我感觉好一点儿了，你也别担心，坐下来休息一下。"

"我来到医院，才发现自己的中文很糟糕，很多词语都听不懂。假如你的状况突然发生变化，我不知道怎么和医生描述。"

原来他的焦虑不安是出于这样的原因，石榴心里有些暖意，她招手示意他坐下来，说："来，我来教你一些医学中文。这个'人绒毛膜促性腺激素'，后面括号里写了'HCG'，这个你应该知道，是怀孕时会升高的激素。"

Andrew点点头，问道："可是，你几乎没有可能怀孕，除非……另外，就算怀孕了，为什么会肚子痛？"

"除非，我还有除了你之外的性伴侣，你想说这个对不对？"石榴知道，他问这个不是在指责自己，纯粹是出于文化差异，在一些文化中，两个人正式确定关系之前，对彼此的忠诚度并没有要求。

"这个问题的答案是，没有，只有你一个。再说说为什么怀孕也有可能会肚子疼。孕早期发生急性腹痛，有一种可能，叫宫外孕，医学术语是'异位妊娠'，英文应该是'ectopic pregnancy'，指的是受精卵在子宫之外的地方着床并渐渐长大，异位妊娠最常见的部位就是输卵管，'uterine tube'。当这个受精卵长到一定大小之后，就会因为位置不够大而发生破裂。"

"听起来很危险。"

石榴点点头，说："的确很危险，这种破裂有可能导致腹腔大出血，如果不能及时发现就医，可能会危及生命，这也是为什么医生见到育龄女性急性腹痛，都会排查一下有没有怀孕。"

"对不起，是我的错。"Andrew 像个犯了大错的孩子一样，低头向她道歉。石榴这才反应过来，自己做惯了医生，说话时总是习惯先讲最坏的可能，竟真的把他给吓到了，正想要安慰他几句，就听到护士说："到你了，快去 B 超室。"

五分钟后，石榴拿着写着"子宫后方见一混合回声区，大小约 21.6*6.98mm，内未见明显血流信号"的报告单，从 B 超室出来。超声这种东西，是与口腔医学关系最疏远的一种影像学检查了，石榴自然是不懂的，她拿着报告单回到了医生办公室。

医生看了报告，又盯着电脑看了一会儿，说："血 HCG 阴性，结合超声结果来看，基本可以排除宫外孕，我怀疑有可能是黄体破裂。"

石榴知道卵子成熟从卵泡中排出后，卵泡就会变成黄体，不怀孕的情况下，黄体就会慢慢退化。但黄体破裂又是怎么一回事，这就属于她的知识盲区了。

医生简单地交代了几句："黄体破裂，就是黄体成熟过程中变成了囊肿，在外力作用下发生了破裂。你今晚肚子疼之前，有没有同房？"

石榴正在思考准备进行但尚未正式开始到底算不算同房，医生却继续说了下去："算了，这不重要，黄体也有可能发生自发破裂，或者说剧烈运动也可能引起黄体破裂，倒不一定是性生活导致的，也不能怪你这个混血小男朋友。从 B 超来看，破裂出血不严重，暂时不需要急诊手术，但还是要观察几天，你今晚别回去了，办住院吧。”

Andrew 虽然血统上是半个中国人，可他毕竟只在中国生活了几个月，在不熟悉的医疗环境里，他来来回回跑了好多次，才终于办好了住院手续。用了止血药和止痛药的石榴，也终于能睡着了。

第二天一早查房时，石榴问医生：“我今天下午能出院吗？”晚上石敢当就回家了，她可不想被老爸知道自己来看妇科的事。

医生却没回答她的问题，和颜悦色道：“护士说你是省口腔医院的医生，既然都是学医的，那我就直说了，昨天不是还给你做了点儿别的常规检查嘛，我们医院检验科出结果很快的。我想问一下，你的直系亲属里，有没有妇科方面的肿瘤病史？”

石榴是做医生的，她当然知道，如果医生三言两语打发了你，就说明你的病情并不严重。如果医生慈眉善目地问一堆问题，那说明你的情况不容乐观。石榴回答：“我妈妈，在我这个年纪，二十九岁半，就意外去世了。我外婆，是生我小舅的时候走的，我都没见过她。”

医生的眼神里闪过一丝抱歉，说：“外面等你那个，是你男朋友吗？”

“是，但是我们在一起还没多久，他又是在英国长大的半个华人，有什么事，您直接和我说吧。”

在口腔医院，除了颌面外科以外，其他科室几乎没有什么不治之症，石榴从医以来，对患者说过最严重的话也不过是“你的牙齿保不住了，要拔掉”这种，她无法想象应该怎么去和病人说出噩耗，更不知道作为病人此时此刻应该如何应对。

医生拍拍她的肩，说：“咱们也算同行，你应该也知道，病人虽然有知情权，但有些事情如果先告诉病人，我们会被家属怨恨的，你还是叫个家属过来吧。”

石榴自然不愿意为难医生，强忍着对自己病情的忐忑和担忧，打通了石敢当的电话。

在等待的间隙里，石榴又被安排做了诊断性刮宫，并送了病理学检查。

做完检查一刻钟后，石敢当就出现在了病房里。

“爸，你不是去外地参加学术沙龙了吗?”

“我那不是想着给你和 Andrew 创造单独相处的机会嘛。”

“那你这两天住哪儿了?”石榴说完这话就看到了捧着一束花从门外进来的秦阿姨，她瞬间就明白了，原来不知何时，石敢当和秦阿姨的关系也迈出了重要的一步。

“你秦阿姨说，她也想来看看你。”

简单说了几句各自的情况之后，Andrew 就熟门熟路地请来了石榴的主治医生方医生。

在石榴的再三要求下，方医生总算答应给他们父女俩一起讲解石榴的病情。听了半天，石榴终于明白了，因为这次黄体破裂，医院给她做了些常规防癌检查，发现了尚未出现症状的极早期子宫内膜癌。

“还好，出问题的是子宫。方医生，您直接说这病怎么治吧。”石榴问道。

听完方医生的讲解后，石榴当下就做出了决定，说：“我不接受保守治疗，直接做手术切掉子宫吧，反正我也不打算生小孩儿。”

方医生说：“也先不要急着做决定，等病理结果吧，希望是我误诊了。”

石榴倒是坦然接受了这个结果，“癌”这个字固然可怕，但是对于一个丁克女性来说，“癌”这个字与“子宫”联系在一起，算是不幸中的万幸了。

13 悬而未决的痛苦

方医生走出病房之前，又补充了一句：“咱们也算是同行，我就跟你说实话，我过去五年一直在脱产读博，临床经验不算丰富，科里主攻妇科肿瘤的几位主任都出去开会了，这两天也没办法给你会诊。而且，子宫内膜癌主要多发于绝经后的中老年女性，在你这个年纪很少见。所以，我的诊断结果不能算确诊意见，等病理结果出来以后，我会拍照给主任看。你这么年轻，希望是我自己出错了吧。”

石榴分不清方医生是自谦安慰自己，还是真的对诊断结果没有十足的把握，但自己很有可能身患恶性肿瘤这件事，在她心中开始释放寒意了。

学医太久了，以至于石榴在听到任何疾病的时候，首先想的都是这个疾病的病因、临床表现、诊断标准和治疗方法，这些冷冰冰的知识点在脑子里过了一遍之后，她才渐渐意识到，自己完全能够接受失去生育能力这件事。但一次确诊恶性肿瘤，此后终生都将生活在患癌的阴影之中。而这种恐惧并不是“一朝被蛇咬十年怕井绳”的后怕，是有医学证据做支持的。

“子宫内膜癌？这是什么病？”Andrew 能把自己第一次听到的中文医学术语完整地重复出来，也是不容易了。看他一脸忧心，显然是虽然没完全听懂方医生的话，但也知道这件事发展到一个令人难以接受的方向去了。

石榴看看低头坐在一边不说话的石敢当，他一定更焦心。可石榴身处这场旋涡的中心，根本无暇顾及这两个人的情绪。

“先别说丧气话，老爸去找找以前的同学咨询一下。”石敢当说完这话，又降低语速，慢慢地对 Andrew 说：“你待在这里陪陪她。”

“Andrew，你去帮我买冰淇淋吧。”石对 Aadrew 下指令道。

原本站在一边手足无措的 Andrew，得到指令后立即飞速跑了出去。

石榴仔细算来，自己和他认识还不满两个月，两人身体上虽然有过亲密接触，但精神上还处于相互试探、慢慢靠近的阶段。提供精神支持，本不是一个新任男友该做的事，况且他年纪小，家族中又有长寿的基因，生死考验这种事，他恐怕也是第一次接触。让 Andrew 陪伴自己抗癌，似乎对他过于残忍了。但如果现在因此和他分手，对自己又过于狠心。想来想去，也只能让他帮着做一些小事，排解一下心中的焦虑感。

两位男士走后，石榴拿出手机来，轻而易举就找到了子宫内膜癌的诊疗指南，石榴点开来，看了个开头，就关上了手机屏幕。有时候，过早地知道自己未来的命运，并不是什么值得开心的事。

“别想了，睡一会儿吧。”说话的是隔壁床位的病人。

“我睡不着。”

隔壁床那中年女子丢了一个药板过来，说：“吃一粒，你需要让你的脑子放空一下。”

早上查房的时候，石榴注意听了一下，隔壁床是一位子宫内膜癌晚期患者，因为就诊太晚，错过了最佳诊疗期，所以只能用手术结合放疗的方式来治疗，预期结果也不是很好。

石榴接过药板，看着上面“治疗失眠症”的小字，明知任何人都不应该自行服用安眠药，但还是抠出一粒来，放进了嘴里。

初次用安眠药的效果果然很好，石榴很快就睡着了，再次醒来时，已经是下午四点钟了。

石榴记得网络上曾经热烈讨论过：如果你得了绝症，你打算怎样度过余生。石榴当初看到那个问题的时候，在心里给自己列了个长长的愿望清单，也相信自己在面临绝症的时候一定会把最后的日子过得丰富多彩。而现在，她只想睡一觉，只想再次逃进睡眠中。

“11 床，再去做个 B 超，看看黄体破裂的情况。”直到护士来叫的时候，石榴才反应过来自己也是个黄体破裂的患者。

今天的 B 超医生和昨晚的不是同一位，她看着显示屏说：“黄体没有大出血，再休息两天应该就没事了。倒是你这个子宫内膜，真有点儿厚呀。你上次啥时候来的月经？这次预计什么时候？”

“上次是三周前，我的周期一直是二十六七天，按理说马上就该来了。”

B 超医生说：“月经期内膜确实会比较厚，但你这个比正常情况还是要厚一些，你是不是初潮比别人早？皮肤我看也是干性的。”

“对，我十一岁就来大姨妈了，当时应该是我们班第一个吧。”

“那可能是雌激素比较高，雌激素高会加大患宫颈癌、内膜癌和乳腺增生的风险，建议你以后每年做一次防癌筛查。”

石榴不想说已经筛查出来了，只是应付着答应了，谢过了她的好意提醒。

回病房的路上，石榴遇到了方医生，她连忙问：“我的病理报告出来了吗？”

“还没有，应该要等到明天吧。”方医生的表情有些不自然。

远处跑来一个实习生，大声喊道：“方老师，我和病理科老师说过了，11 床的样本还有多余的没处理掉，他们说会再做一次病检，明天上午就能出结果。”

石榴听到这话，马上反应过来了：“方医生，也就是说，我的病理结果已经出来了？您是觉得有什么不对，才要求病理科复检，对吗？”

方医生躲躲闪闪地说：“这么大的事，我也怕误诊了。”

石榴看到实习生手里拿着的病历夹上写着自己的床位号，她一把夺过来，找到了病检结果，一眼看见上面写着：大部分或全部未分化癌，宫颈间质受累。

“未分化癌”这个词，换成人人都能听明白的日常词汇来说，就是“恶性肿瘤”，“宫颈间质受累”则说明肿瘤已经发展到二期了。

石榴丢下病历夹，默默地走开了。

方医生追过来，说：“这就是为什么我要求复检，你目前都没有出现任何症状，和这个病理结果并不相符，这个病理结果存在疑问，所以我才没有第一时间拿给你看。”

可病理检查，就是诊断癌症的金标准，要推翻这个病检结果，石榴知道难度有多大。

回到病房后，石榴看到石敢当和一位穿白大褂的中年女子在等她。

石敢当介绍说："这位是生殖医学中心的蒋主任，爸爸想了一整天，咱们给你冷冻卵子吧。冻完之后，你想用多么激进的治疗方案，爸爸都接受。"

石榴的情绪在这一刻终于溃了："生孩子生孩子！如果说这次的癌症对我有什么好处，那就是我听到消息的第一刻，就确定我一点儿都不想要孩子。爸，你唠叨了这么多年，让我给你生个外孙，甚至都把能提供遗传物质的男人直接带回家了，我都没说什么。还不是想着咱们家人少，你孤单。但这都什么时候了，我的命都快没了，你居然还想着让我冻卵生孩子！"

"又没让你自己生，爸爸给你找个代孕的。"

"代孕！那不就是器官租赁和人口买卖！我不愿意！"

14 癌症和信息科有什么关系

石家父女关于代孕的分歧，显然让那个蒋主任无所适从。石榴看到她站在原地，走也不是，留也不是，也知道她只是个取卵做试管婴儿的医生，只是因为和石敢当是校友，才好心来帮忙，便说道："蒋主任您走吧，我不需要冻卵，辛苦您白跑一趟。"

石敢当赔着笑脸说："孩子嘛，毕竟还年轻，才刚遇上这么大的事，一时半会儿还没想清楚。你先回去忙，晚点儿我再去找你。”

石榴听着石敢当话里的意思，原来他是觉得自己还年轻，思想还不成熟，自己坚持的“不生孩子”的主意，在他看来是随时都有可能会后悔的。

这种想法，的确有些轻看年轻人的意思，可石榴在这个世界上也就父亲这一个亲人可以依靠，她还不想把父女俩的关系弄僵，于是尽可能用平静的语气说道：“爸，你静下心来听我说几句。我第一次萌生不想要孩子的想法，是大二的时候。有一天我和几个室友晚上睡不着闲聊，开始畅想未来的生活，我当时就发现，我对自己要过什么样的人生，有很多不同的想象。但这些想象有一个共同点，那就是都没有孩子的出现。那时候我还不满二十岁，现在我差几个月就满三十了。十年了，我从来没有任何一个时刻，想过要生个孩子。今天早上，方医生告诉我检查结果的时候，我的第一反应就是如果真的是恶性肿瘤，那我愿意切除子宫保命，在做这个决定的时候，我完全没有觉得有任何遗憾。所以，您要理解，不生孩子这件事，对我来说并不是一个冲动的决定。”

石敢当沉默了一会儿，说：“可老爸就是想不通，怎么会有人不想要孩子呢？”

“老爸，你还不喜欢吃西瓜呢。西瓜这么招人喜爱的水果，都会有人不喜欢，更何况是生养孩子这种影响人生走向的事。”

“生孩子怎么能和吃西瓜放在一起比呢？”

“为什么不能放在一起比，都是个人选择呀，你可以选择不吃西瓜，我可以选择不生孩子。”石榴说道，“难道说，你觉得我没有选择不生孩子的自由？难道说你生我养我就是为了给你延续后代？”

“退一步海阔天空，你看老爸这几年一直在退让。原来说让你找个人结婚，你不愿意找，老爸慢慢也就接受了。后来想着吧，如果你不愿意结婚，愿意单身生个宝宝也不错，宝宝还能跟我姓，不用跟亲家抢，所以找来了 Andrew，结果你也不愿意。”石敢当叹了一口气，“现在老爸又后退了一步，只让你提供卵子，老爸找人来生，你不用吃苦受罪，这还不行吗？”

果然，讨论的焦点又被拉回了代孕，人总是在自己的思维里打转，很难真正听进去别人的话。

但毕竟他是亲人，石榴甚至都不忍心将下午看到的病理报告结果告诉他，只能尽可能试着说服石敢当：“爸，我不想生孩子，主要不是怕吃苦受罪，而是怕我的人生不可逆转地被改变，改变到一条我不想走的路上去。那些怕苦怕疼的人，就会去寻找缓解痛苦的方法，比如无痛分娩，比如雇月嫂、保姆，甚至有些人选择了代孕这种剥削别人解放自己的方式。但我不是这类人，我是本身就没想过要一个孩子。”

“代孕在好几个国家都是合法的，那些孕妈也有钱赚，怎么能说是剥削呢？”石敢当的反问，再一次让石榴意识到，人果然只能听进去自己关注的内容。

“行，既然你执着于代孕，那我们就好好讨论一下。您肯定知道，人少一个肾也可以活下去，健康人的肝切除一部分也可以再生，那么在黑市买卖器官，那些卖肾的人也能拿到钱，所以我们是不是也应该去买卖器官呢？”

“怀孕和卖肾还是不一样。”

“您去医生办公室借一本《妇科学》看看，了解一下孕产过程中可能的并发症再说这种话吧，怀孕和生产过程中造成的损伤，很多时候是不可逆的。”

石敢当却说：“那也是那些代孕的女人自愿赚这个钱，有什么后果她们也应该自己负责。”

“自愿？”网络上关于代孕的讨论中，石榴最不能接受的一个观点就是代孕者都是自愿的，“性交易尚且不合法呢，还是有很多女人被家人逼迫去出卖身体。哪里有利益，哪里就有压迫。你怎么能保证那些女人都是自愿去代孕的呢？”

“那你总要给底层女人一条活路嘛，做这个代孕赚得还挺多的。至于像你这种处于社会中层的女孩子，就不要去考虑她们了。”

这种大大方方把人分为三六九等的行为，让石榴觉得眼前的这个人有些陌生，难道说自己的父亲一直都是这样一个人吗？但石榴也知道，从众生平等这样的大道理出发，一定说服不了他，所以切中他关心的点，说：“爸，那你如果给我找代孕妈妈，你会找什么样的人？”

石敢当想了想，说：“最好是受过一定教育的，生活习惯比较好的，我可不希望她怀着我的外孙的时候还抽烟喝酒。”

这个回答正中靶心，石榴说：“那你想想，比我们更有钱又有势的人找代孕的时候，是不是想要找条件更好的。更何况，有些女方自己不能提供卵子，就会去找代孕供卵。那人家有钱人，是不是想要个学历高、智商高，年轻又漂亮的代孕妈妈生的孩子呢？所以如果全社会都支持代孕，那搞不好有一天像我这样的女人走在大街上，会被人一棍打晕带走，拖到偏远处替别人生孩子。只要你不是社会金字塔尖上的那群人，你都有可能被上层剥削。”

本科时打辩论赛学到的技巧还算没有全部丢掉，石敢当听了这些话，也放弃反驳了，说：“你好好休息吧，我再去找那个方医生问问你的情况。”

话音刚落，方医生和捧着冰淇淋的Andrew就一起出现在了病房门口。

“好消息，好消息，我们医院信息科出大事了，被一个心理阴暗的黑客给攻击了。”方医生兴高采烈地说着。

医院的信息科其实就是为医院提供网络和通信相关技术支持的科室，信息科被攻击对医院来说肯定不是什么好事，石榴不明白方医生这话，问道：“信息科被攻击，怎么会是好消息呢？信息科和我的病，有关系？”

15 世界上最动听的话

方医生拉开石榴病床旁的凳子，坐下来一口气喝了大半杯水，说:“为这事我跑了半下午，才算是基本搞明白了，你的病变应该不是恶性的。”

此话一出，整个病房都安静了下来，就连隔壁床的大姐也立刻关上了电视，侧耳静听。

方医生继续说道:“早上不是说了嘛，我觉得你的病理报告结果和临床表现极不相符，所以就让实习生去找病理科复检。那小姑娘还挺机灵，求着病理科的老师把上午的切片也找出来看了一眼，病理科主任说就是个子宫内膜不典型增生，这种状况他们每天都要遇到好多个，所以写完报告，就直接提交系统了。”

石榴抓住了“不典型增生”这个词，问:“确定不是癌?”她注意到，自己的声调已经变高了。

“病理科对比了我打印出来的纸质版报告和他们自己存留的切片，发现结果不一致，于是就重做了一次，发现结果和第一次切片一致，都是不典型增生。然而在电子系统里输入你的报告结果之后，电脑就死机了。当时那个病理医生抱怨了一句，说‘这几天这破电脑老是死机’，我那个机灵的实习生小朋友一下子就反应过来了，电脑重启后她马上查看了你的报告，果然报告里的结果变了，又变成了未分化癌。”

“然后呢?”

“然后我们一方面请信息科来排查系统，看看为什么会出这样的问题。另一方面，我们科室内部也做了个复盘，重新回顾了一遍昨天我们给你取组织送病理的过程，发现同一时段只送了你一份子宫内膜标本，因此不会出现和其他人搞混的状况。”

“那信息科那边是怎么一回事?”石榴还是不放心，“早上那份病理报告我看了，病理切片的镜下照片显示的就是一种未分化的组织，如果是系统被攻击被篡改，总不能连图片都改了吧。”

方医生解释道：“我听尚未公布的小道消息说，这事应该是信息科即将要离职的一个员工干的，他和领导有矛盾，又精通计算机，老婆还是妇幼医院的大夫。所以他这种系统攻击不是普遍性的，而是选取了几个特定的倒霉蛋，个性化地篡改病人的检查结果，误导临床医生做出错误的诊断。”

一直在一边没说话的石敢当站起来，问方医生：“这种损人不利己的事，是哪个干的？把他的名字告诉我。”

方医生连忙摆手，说：“不好意思，这个不能告诉您。但您放心，医院会排查清楚的，之后自然会给你们一个交代。我们科主任也说了，石榴住院期间产生的全部费用都由科室承担，出院之后还会给她随访一年，免费做几次检查。至于你们这几天受到的精神压力，我也会向医院申请，给你们适当的补偿。”

“爸，你就别为难方医生了，她还是很细心的，没有被那个错误的病理结果误导，而且这两天她也被折腾得够累了。”

劝了石敢当之后，石榴在欢欣喜悦之余，还是保持着医学博士的专业头脑，她知道自己头上悬着的利刃没有完全拿开，只是悬剑的绳索没有之前想象的那么细而已，于是继续问方医生：“可是，以我的理解，子宫内膜不典型增生也是一种癌前病变吧，也是有恶变的风险的吧？”

方医生感叹着：“果然是学医的人。这种不典型增生，确实属于一种癌前病变，如果不实施干预，就有可能发展成子宫内膜癌。你最近几天做了两次B超，单子都是医生当面打出来的，所以你也应该知道，你的子宫内膜确实有不正常的增生。现有的研究显示，内膜不典型增生这种病变绝经后恶变的概率高一些，育龄期相对较低，但还是建议要用孕激素做对抗治疗，定期来医院复查。”

“孕激素？那不是避孕用的吗，用了之后我女儿就不能生孩子了吧？”石敢当的发问，让石榴再一次感到失望。

方医生自然不知道父女俩关于生孩子的分歧，所以安慰石敢当和石榴说：“没错，应用孕激素期间，是不能怀孕生宝宝的，但大部分不典型增生的病人保守治疗效果不错，治疗结束之后也是可以怀孕的，你们也不要放弃希望。”

一直像个鹌鹑一样乖乖站在一边的Andrew激动地喊道：“我听懂了，石榴，你目前还不是癌症，对不对？太好了！我爱你！”

这个小混血终于反应过来了，石榴被他逗笑了，笑了好半天之后，才和石敢当异口同声地问道：“你刚刚说什么？”

“我爱你。”他重复了一遍。

石榴从前听过一个段子：这个世界上最动听的话，不是“我爱你”，而是“你的肿瘤是良性的”。而今天，她居然有幸同时听到了这两句话。她站起来，给了Andrew和方医生一个拥抱，之后迟疑了两秒，也给了石敢当一个拥抱。

“等下，你们两个是怎么一回事？”石敢当显然是有些蒙，看来他倒还真没发现石榴和Andrew的夜间密会。

“您还记不记得，有一天晚上，您加班，晚上十点回家……”

这个安猪，竟然要从那个不可描述的晚上讲起，石榴连忙打断他，说：“你闭嘴，我来说。总之老爸你不需要知道全过程，你只要知道我们两个已经确定在一起了。都是你的功劳，高兴了吧？”

石敢当脸上的表情，和追剧“嗑CP”的那些人一模一样，石榴补充说：“你可别高兴过头哈，我可没打算和他生孩子。”

“有个伴就好，有个伴就好。”石敢当说着，居然呜呜咽咽地哭了起来，“你妈走的时候，我才二十七，要是没有你，我当时也活不下去了，老爸知道逼你生孩子不对，但我就是希望你能有个伴，我走了之后你也不会孤单。”

“那个，石叔叔，这个帅弟弟是你介绍给石榴的呀？”方医生捂着嘴说，“你还有没有资源，给我也介绍一个呗。”

石敢当冲着方医生说："小方啊，你愿意生孩子不？你要是愿意，叔叔认你做干女儿，以后帮你带孩子。"

看来石敢当想抱外孙的心，还是没死呢。

正望着门外长叹的石榴，看到一个熊一般的男人后面窜出一个小孩儿，抱着一束向日葵，边跑边哭："石榴姐姐，我不要你死！你要切子宫就切了吧，我以后去上医学院，研究人工子宫，到时候你想生几个孩子都可以。"

石榴在心里感叹，熊大这孩子，如果真是自己的同龄人，倒还真有点儿讨人喜欢呢。

情侣之间是不是真的有心有灵犀这回事，Andrew竟抢先挪动步子，站到了石榴旁边，堵住了熊一鸣的来路。

几人聊了起来，原来是熊洵听说了石榴得癌症的消息，在家里随口提了一句，熊大就闹着要来看石榴，还把他妈妈黄教授养在自家阳台的向日葵花全都剪了下来。石榴向熊家父子俩解释了病情的最新进展，接过熊一鸣手里的花，在他额头上亲了一口表示感谢。

"我也要亲亲。"安猪居然也凑过来索吻。

石榴无奈地亲了亲Andrew的脸颊，可他竟然还凑在自己眼前不肯挪开，石榴拿起向日葵挡在前面，轻轻啄了一口他的嘴唇。

嘭！熊一鸣在Andrew后背砸了一下自己的小粉拳，恶狠狠地用还没变声的嗓音说："Andrew，你别得意忘形，我在一天天长大，你在一天天变老，总有一天我会把石榴抢过来的！"

石敢当抚了抚熊一鸣的小脑袋，说：“小熊大，你知道自己的身份证号码吗？告诉我，大叔去立个遗嘱，给你留一部分财产，等大叔百年后，石榴就交给你来照顾。”

“我当然知道，我给你背，44010……”

熊洵的大熊掌拍下来：“你小子瞎凑什么热闹，你石榴姐姐没事了，走，跟爸爸去上机器人学习班。”

16 “灾”后重建

吃了好几天清汤寡水病号餐的石榴，终于出院回到了自己家，吃上了石敢当做的菜。

以往，父女俩总是在饭桌上聊一些生活中的琐事，可能因为石榴在学生时代从未恋爱过，因此父女俩一直都像是无话不谈的朋友。可经历过这次”假癌“事件之后，石榴却发现，原来自己和石敢当在观念上有着难以达成一致的分歧。

“那个生殖医学中心的蒋主任，虽然没帮到咱们，但怎么说都让人家白跑了一趟，咱是不是也该答谢人家一下啊？”石榴尝试着在饭桌上再次谈起关于生孩子的话题。

石敢当用勺子有一下没一下地搅动着鸡汤，说：“这事你就不用管了，我会安排的，你好好在家休息一阵子吧。”

看来他现在还不想再次谈起父女之间的矛盾话题，石榴想到了自己家“饭桌上不说烦心事”的家规，转移话题随意问了几句石敢当诊所最近的状况，将晚饭应付过去了。

倒是Andrew，帮着收拾了碗筷之后，就将石敢当请回饭桌前，说：“我不知道中国男人会不会介入女朋友和她的父母的关系之间。但是，我认为你们应该好好谈一谈。石先生，你应该尊重你的女儿。做父亲，意味着爱和照顾，而不是强求和控制。石榴，她是一个成年人，是否生孩子这件事，她应该自己做决定，而不是按照你的想法过她的人生。”

听了这些话，石榴很是感动，但同时她心里也有一个疑问，不得不立即问出来：“Andrew，那一开始的时候，你为什么答应我爸爸，来我家帮我造小孩儿呢？”

Andrew说：“你也许已经忘了，大约十四个月之前，在Philadelphia（费城），你陪着一个游客走了三个街区，才找到了他订的民宿。”

Andrew的意思是，他们从前见过面，可石榴却完全没印象：“我完全不记得有这么一回事了，你确定你没有认错人吗？”

“我确定。你当时还说你是牙学院的博士，你在实验室培养的细胞被污染了。”Andrew掏出手机，“这是你走后我拍的照片，我很后悔那时没有问你的名字。”

石榴看过照片，果然是自己的背影，这才想起自己当时因为实验不顺利，身边又只有同一个实验室的朋友，所以才会向一个素不相识的问路游客吐槽博士生活的艰辛。

“接下来，你该不会要告诉我，你是因为我才来的中国?”石榴想，如果是这样，那也太像老套爱情片了吧。

“如果我说是，听起来是不是更浪漫一些?”Andrew说，“但事实上，我来中国，是为了了解我外婆和母亲的东方文化。我从没想到，还能再次遇见你。可是，当我找石先生检查牙齿时，我一下子就看到了你的照片。”

“所以你就答应了我爸那个荒谬的提议?”

Andrew回答说：“实际上，我在那件事上撒了谎，我从来没有捐献过精子。我答应石先生的要求，只是想认识你。太好了，你并没有答应石先生的提议，没有答应和我制造孩子，如果真是那样，我也不知道该怎么办。”

石敢当听完，拍着大腿道：“看看你爸我多厉害，就这么促成了一段跨国情缘。”

Andrew却不买账，说：“瓜娃，你又把话题转歪了。我们说回生孩子那件事，石先生，我认为你应该放弃要求石榴生孩子。”

面对直截了当的Andrew，石敢当却反将一军，说：“Andrew你想想啊，假设你和石榴结了婚，她却不愿意生孩子，作为丈夫你能接受吗?”

尽管他们才刚刚开始交往，但石榴也很想知道这个问题的答案。

Andrew的回答是：“石先生您是牙科医生，您应该知道，生孩子不是一个卵子和一个精子结合就可以了。生育孩子这件事，需要一个子宫。所以，我的想法是，谁有子宫谁做决定。所以，我认为男人无权要求女人生孩子。”

石榴十分认同这个回答，但石敢当却说：“现在的年轻人，还真是理想主义啊。”

“这是对女性最基本的尊重，这不是什么理想主义。”Andrew的回答不卑不亢。

“哎呀，我突然发现还是中国女婿好啊，整个洋女婿，这文化差异太大了，沟通不来。”石敢当强行上纲上线，把论点升级到了文化差异层面。

Andrew紧追不放，说：“我常常不能理解中国人说话的内涵，但我想，你是不是想说，东西方文化的差异，就体现在东方的父亲不尊重女儿的想法、丈夫不尊重妻子的意愿？可我的中文老师告诉我，对待传统，应该‘取其精华去其皂白’。”

“取其精华去其糟粕，大米的‘米’字旁边一个‘白’，念‘po’，四声。另外一句，叫‘不分青红皂白’，你呀，等你什么时候学透了中国文化，再来和我辩论吧。”石敢当高高在上的态度，让石榴听着有些不舒服，他又说，“不过你这样维护我女儿，我这个做爸爸的很开心。好了，不说了，我诊所那边有点儿事，我去加个班。”

临出门之前，石敢当又回过头来，嘱咐道：“还记得方医生的出院医嘱吗？”

石榴当然记得，临走时方医生再三嘱咐，近期绝对不可以同房，当时 Andrew 这个半外国人还像个傻子一样问她："为什么不可以在同一个房间?"害得石榴在众人面前解释，"同房"这个词，在很多语境下是过性生活的委婉说法。

"记得记得。"石榴抢先回答了这个问题。

"我要听他的答案。"

Andrew 像个被老师误会的好孩子一样，带着委屈说道："我是一个男人，但不是个动物。"

石敢当走后，Andrew 向石榴抱怨道："为什么石先生对我，像是对待他的小孩儿一样，对你也是，他好像不拿我们当成年人。"

这些年来，为了结婚生育的事情，石榴常常在想，为什么家长对孩子的控制欲如此之强，以至于要安排孩子从生到死的全部生活，要求孩子要按照自己的想法过完一生。Andrew 的这个问题，给了石榴答案，她说："我也是刚刚才意识到，我爸他只知道怎么做一个小孩子的父亲，却不知道该怎么做一个成年人的父亲。"

洗漱完毕后，石榴才刚睡下，就看到 Andrew 抱着枕头站在门口："我可以睡在你旁边吗?"

石榴往旁边挪了点儿，说："过来吧。"

"对不起。"

"为什么要说对不起？那天应该是我在水上乐园玩得太'嗨'了，才会发生黄体破裂，不怪你。"

“我是想说，对不起，我把这段关系的进展拉快了。现在想想，你也许会喜欢从互相暧昧到告白，有感情后再发生亲密关系。”两人背靠着背，Andrew缓缓地说着，“可是那天晚上，你的衣服被淋湿后，我没忍住，就……”

“那天我自己也是愿意的。”石榴转过身回答说，“你知道我为什么一直排斥爱情吗？因为我不喜欢自己的情绪被他人左右。所以，如果你和我从暧昧开始，也许和从前一样，当我发现自己的情绪被你影响之后，我就会远离你。也许正是因为直接拉了进度条，跳过了暧昧阶段，我们的关系才能发展到今天吧。”说完这些，石榴又说，“为什么背靠着我，转过来吧。”

“不可以，我毕竟是个男人。”

石榴想了好半天，才明白了这句话的含义，她用被子捂着自己的脸，问道：“我其实一直想知道，上周末我爸不在家的时候，你怎么就不勾引我呢？”

“因为你说，我是你的床上用品，可我不希望只和你有床上的关系，所以我下定决心，在你承认喜欢我之前，绝对不再碰你。”

“你这只猪，竟然也有傲娇的一面。”

背后的温暖贴得更紧了一些。“等你休息好以后，我们也去约会吧。”

“好啊，我们也去吃饭、散步、看电影。这些事情，听起来无比俗气，但以后也会变成美好的回忆吧。”

癌症的威胁像一场龙卷风，来得快去得也快。这场灾难虽然像个假警报一样一闪而过，但龙卷风过后，石榴清清楚楚地明白了自己想要什么，不想要什么。灾难席卷过后的人生，有很多关系需要推倒重建，从这一天起，石榴打算与Andrew建立起普普通通的恋爱关系，也打算重新构建与石敢当的成年版父女关系。

17 角色扮演

石榴敲开韩副院长办公室门的时候，他抬头看了一眼，说："你目前就定在儿牙了，如果想换科室，年底去找人事科。"

"韩叔叔，我不是为了这事来找你的。"

"听你爸说你病了，我已经安排你们熊主任给你放假了。"

"我来找您，是想问问我爸和我妈的事。"

韩副院长翻了下桌上的台历，说："今天中午十二点，我要去机场接一位外院专家，你和我一起去。提前吃好饭，十一点五十分来正畸科找我。"

"好的长官，保证按时报到！"石榴"腾"地从椅子里站起来，憋着笑给他敬了个礼。这位韩副院长，明明是石敢当读本科时睡上下铺的兄弟，可一旦身在医院，他就会摆出一副六亲不认的高冷模样，和私下里温良谦和的韩大成叔叔完全不一样，石榴常常觉得这个人多少有些人格分裂。

中午十一点五十五分，石榴跟随着韩大成来到医院停车场，上车之前，韩大成问道：“关于你爸你妈的事，你都想知道什么？”

“全部，韩叔叔，我想知道你所知道的全部。”石榴想都没想，脱口而出。

母亲意外离世时，石榴才四岁，从那以后的二十多年间，想念妈妈的心情没有一刻停止过。然而妈妈的笑容和声音，在石榴的记忆里却越来越模糊，她试着用老照片来唤醒自己的记忆，却失落地发现通过照片脑补回来的母亲，始终像一个单薄的纸片人，没有血肉和灵魂。而每当她试图从母亲的亲人朋友口中了解她时，那些人却都讳莫如深，认为与一个幼年丧母的人谈论她的母亲，是一件不人道的事。思来想去，也只有在韩副院长这里碰碰运气了。

韩大成关上了副驾驶的门，嘱咐石榴：“你坐后排。”接着又对司机说：“你今天下午休息吧，我自己开车去机场。”

汽车驶出停车场后，韩大成才缓缓开口，说：“你爸认识你妈，是在我们大五实习的时候。你妈大你爸三岁，那时候她已经在医院工作了，是你爸的带教老师。我们实习的第一天，你妈就把你爸狠狠地骂了一顿，说他不适合做医生。你爸那时候脾气也大，一开口就骂你妈是母老虎，肯定嫁不出去。可是我们谁也没想到，毕业那天，你爸拿到毕业证之后的第一件事，就是跑到医院去向你妈表白。更没想到，你妈居然答应了。一年之后，他们就生了你，你爸也为了养家放弃了读研究生，直接退学去工作了。

你爸退学的事，是挺可惜的，但他这个人聪明又肯吃苦，很快就把诊所开起来了，日子也过得不错。说实话，我当时还挺羡慕的。可惜啊，造化弄人，谁能想到你妈妈好好地走在路上，居然会被七楼掉下来的花盆砸中。”

是啊，谁能想到一个掉落的花盆就能改变一家人的命运呢。石榴强忍着情绪，说：“韩叔叔，我很想知道我妈妈是怎么样的一个人，你能多讲一点儿关于她的事吗？”

“我这个人从小就写不好作文，也不会讲故事。”趁着等红绿灯的空隙，韩大成从前排递来一盒纸巾，“小石榴啊，你想知道什么，你就问具体一点儿，叔叔尽力回答。”

石榴冷静下来想了想，父母的恋爱过程韩大成十有八九也不清楚，所以问道：“你实习的时候，我妈带过你吗？能不能告诉我，她是一个什么样的医生？”

“这个问题，我倒还真能回答。”韩大成放慢语速，缓缓地讲起了石榴的母亲刘璃翠的往事。

从韩大成干巴巴的叙述里，石榴逐渐拼凑出了父母的往事。

终于，故事讲完了，车也停了下来，石榴知道如果自己和韩副院长一同接上外院专家，那免不了要陪着应酬一番，她抬头望了韩大成一眼，对方立刻会意，说：“你先回去吧，这边由我来接待就可以。”

回去的路上，石榴向钱鑫问了她那个写小说的朋友的微信，加上好友之后，石榴也没怎么寒暄，直接问道：你能教我怎么写小说吗？我想把我父母的故事写出来。

消息发出去后，石榴看到对话框顶端的“对方正在输入”反复出现又反复消失，她也知道对方正在思考应该如何回答。她想了想，又补了一句：我知道这个请求很唐突，但我只认识你这么一个小说家。

对方终于回复了：我也是最近这两年才开始试着写小说，水平有限，不敢教你，但我可以给你推荐几本写作指导书。

石榴正在思考如何回复时，对方又发来一句：其实如果你只是想把你父母的故事写出来，不一定需要学习什么写作技巧，有时候未经雕琢的真诚远胜于反复推敲的造作。

这句话点醒了石榴，她谢过这位名叫杨柳的业余小说作者，打开了自己的手机备忘录，开始记录一个名为“石敢当与刘璃翠”的故事。

回到家后，石榴看到玄关处的日历上，这个月的二十三号被蓝色记号笔圈了起来，上面写着：家和小区。

自从母亲因为高空坠物离世后，父亲一直在做高空坠物相关的安全宣讲工作。每个月下旬，他都会选定一个小区，背着宣传单去小区门口分发。石榴曾经问过：“难道你不觉得这么做是在反反复复揭自己的伤疤吗？”石敢当的回答是：“我总得为她做点儿什么。”石榴曾经多次提出要一起去，都被石敢当拒绝了。幸好，从三年前开始，秦阿姨会风雨无阻地陪着他。

想到这里，石榴不禁觉得自己尚未实施的计划有些过于残忍，她长按住手机里的变声软件，看着那个小图标抖动了好半天，最终还是没有点击删除键。

“等明天吧。”

第二天一大早，石榴就爬了起来，打开手机开始测试变声效果。

Andrew 从旁边翻身起来，说：“我听到了一个老太太的声音。”

“我听上去像我奶奶吗？”

“你奶奶的声音，是什么样的？”

石榴用手堵住他的嘴，说：“别说话，我的角色扮演计划要开始了。”

石榴拨通了石敢当的电话，用方言说道：“敢当啊，你当初和那个姓刘的结婚时，妈就觉得她比你大，不同意你俩的事。可你不听，非要娶那个老女人。那姓刘的也是福薄，生了个闺女就死了。这些年，妈给你介绍了多少个人，为了你的事操碎了心，你就是不听。你呀，听妈一句劝，趁着还能行的时候，再娶一个老婆生一个儿子，让妈将来能安心闭眼睛。”

“妈，我都说了多少遍了，刘璃翠那是我媳妇儿，是我爱人，你不要一口一个姓刘的。我的事我自己做主，你管不着！”

石榴听到石敢当的回答后，眼睛当下就湿了。

十几分钟后，外面传来了摔门声：“石榴你给我出来！你长本事了啊，大清早的就会装神弄鬼戏弄你老爸了！”

石榴想要的就是石敢当气急败坏的效果，她正要出门却被Andrew拉住，他在她耳边用气声说："你的演技很好，等你身体好了，我们也玩一下角色扮演的游戏。"

"我这不是闹着玩，我这是办正事呢。"

18 丁克牙医是熊孩子

石榴走出卧室，对着坐在客厅吹胡子瞪眼的石敢当说："原来你也不喜欢被你妈管着呀。"

"废话，你爸我都五十几的人了，还要做老妈的乖宝宝吗？"

"你女儿我都快三十岁的人了，还要做老爸的乖宝宝吗？"石榴笑嘻嘻地反驳了回去。

石敢当用手掌摩挲着自己的脸，说："你自己看看你干的事，大清早假装成你奶奶吓唬我，这是快三十岁的人干的事？你明知道，你奶奶不喜欢你妈，也一直想要个孙子，这事是我心里的一个疙瘩，你还非要提。"

石榴当然知道奶奶背地里怎么骂自己的母亲，也知道她有多不待见自己这个孙女，除了这些以外，她还知道自己的声音和奶奶年轻时几乎一样。

但如果说几个月的儿牙医生经历教会了她什么，那就是有时候只有用熊孩子的办法——制造一个大场面吸引父母的注意，让父母顺着自己的思路想问题、提出自己的要求——才能取得好言好语达不到的效果。在坚持丁克这件事上，石榴决定做个熊孩子，用熊孩子的方式，来扭转石敢当的思维。

“可怜了你妈，走得那么早，还要天天被婆家人骂。”石敢当说这话时，眼里全是哀伤。

石榴看着他的表情，有些不忍心，但她同时又劝解自己，如果不能让老爸意识到过度干涉成年子女的人生选择是不对的，那么他们父女俩终究还是会为了自己不生孩子的事闹出大矛盾。石榴深吸了一口气，说：“爸，你有没有想过，如果你当初听了奶奶的话，没有和我妈结婚，那你现在的人生肯定会更圆满。”

“我原本是没去想这个问题的，但是你奶奶见一次说一次，逼得我不能不想这个问题。”石敢当站起来，对着客厅墙上的结婚照说，“我还真想过，假如我提前知道你妈妈会在三十岁生日前一个月意外离开，我会在二十七岁的时候丧偶，那我也还是会选择和你妈结婚。她带给我的幸福，是谁都取代不了的。”

这是石榴听过的最朴实也最感人的情话，但是在感动之余，她也还是知道追忆亡妻的老爸是最没有防备的，她继续向前推进话题，说：“可是，奶奶毕竟是你的亲妈，你常常和我说做儿女的要孝顺，你为什么不顺着她呢？”

石敢当走向厨房，说：“来，咱们边做早饭边聊。老爸觉得吧，父母生我养我，‘孝’当然是对的，但是‘顺’却不一定对。

一方面，老一辈的观念跟不上时代，比如你奶奶，到现在都觉得只有孙子才是后人，孙女算外人，这种重男轻女的想法，我没必要顺着吧。另一方面，你奶奶看着我长大，知道我爱吃什么不爱吃什么，但她真的了解作为成年人的我吗？她当然不够了解，所以按照她的思路做出来的决定，不一定合我的心意，不一定能让我幸福快乐。”

“可是，奶奶常说她那么做都是为了你好。其实她说的也不全错，假如你在我妈去世后很快就再娶个老婆，也许你会更容易走出伤痛，过上幸福的生活。”“为你好”这种话，是石榴自己也不爱听的，但今天为了达到自己的目的，她却不得不用“为你好”做攻破石敢当心理防线的武器。

石敢当打鸡蛋的手停了下来，他叹着气说：“老一辈的人很难理解，圆满并不总是意味着幸福。我和你妈，虽然算不上圆满，可是我现在想到和她的过去，感觉到的更多是幸福，而不是痛苦。”

“所以，这么多年过去了，你没有后悔过你的选择，对吗？”

“对，我从来都没有后悔过和你妈妈结婚。”

“即便是你们结婚的时候，老爸你还不满二十四岁。”石榴再一次将话题推进。

石敢当点点头，说：“对，我那时候是年轻，但我始终坚信，那时候我做了这辈子最正确的选择。”

石榴此时此刻，特别想抱抱自己的父亲，可今天的任务还没有完成，她只能假装不开心地说道："爸，你知道吗？我生你的气了。"

石敢当将煎好的鸡蛋盛进盘子里，说："喏，你最喜欢的单面流心蛋。我的宝贝小石榴，为什么生老爸的气呢？"

"我气的是，你明明什么都懂，知道老一辈的话不一定是对的，知道做父母的不一定了解子女，也知道成年人可以做出自己不后悔的决定。可是到了我这儿，你还是把我当小孩子，听不进我的话。"

"说到底，你还是不愿意生孩子。"

石榴看着他的眼睛，坚定地点了点头，说："你坚持要和我妈结婚，和我坚持不生孩子，这两件事本质上是一样的。都是我们要违背父母的意愿，选择自己想要的生活。所以，你既然能做到我行我素，为什么又不允许我选择我自己想要的人生呢？"

"小丫头片子学精了，居然会利用我对你妈的感情了。"石敢当丢下锅铲，脱下围裙，走出了厨房。

在卫生间洗漱完毕的 Andrew，恰好听到了这句话，他冲上前去说："石先生，你不要生气，我觉得你们父女俩应该好好谈谈。"

石榴拼凑出一份早餐，递给 Andrew，说："拿出去吃，我老爸我自己搞定。"

"可是，我想帮你。"

"我们是亲父女，我们两个就算大吵一架，以后还是能和好的。"虽然现在考虑未来为时尚早，可石榴也不愿意让 Andrew 替自己打头阵，搞砸他和石敢当的关系，“你呢，要是闲着没事干，可以想想你喜欢什么样的角色扮演，在心里写个剧本。”

Andrew 笑嘻嘻地行了个礼，说：“我的首相大人，请允许我做您忠诚的保镖。”原来这家伙喜欢女首相和男保镖的戏码呀。

送走了 Andrew，石榴坐回到客厅，继续说道：“爸，我们必须好好谈一谈。丁克这件事，我是下定了决心，不会改主意的。我也知道你不赞成，但我现在请您用刚才的思路，站在我的角度想一想。你很早就失去了妻子，我很早就失去了母亲。我们俩是对方在这个世界上最亲的人，我虽然不能为了你改变我自己，但我希望我们能互相理解，互相支持。而不是互相逼迫、互相怨恨。”

“老爸并不觉得，我坚持和你妈结婚，和你坚持不生孩子，这两件事性质相同。我和你一样，也是学医的，我知道生孩子对女人来说是一件又苦又累的事，但老爸的意思是，希望你老了以后，有个孩子可以照顾你。”

提到丁克，养老问题肯定是绕不开的，石榴不打算回避这个问题，也不打算硬着头皮说没有儿女的老人一定能过好晚年，她只是说出了自己的想法：“我也不能保证，靠我自己能过好晚年生活。但我可以确定的是，如果不生孩子，至少在今后的二十年里，我可以过上我自己想要的生活。人生苦短，不一定非要为了最后那几年，赔上年轻时的好日子吧。更何况，你和我妈生下我，也不全是为了给自己养老吧，你们应该是发自内心地喜欢孩子。”

石敢当说："我们当然是因为喜欢孩子，所以才生了你。但是老爸一直不能理解，怎么会有人不喜欢小孩儿呢，小孩子多可爱呀。"

石榴不能说小孩子不可爱，只是她对那种可爱是无感的，她只好说："人和人是不同的，就是有那么一部分人不喜欢小孩儿。人的一生中，有很多选择都可以修改，比如结了婚也可以离婚，无非就是付出一些精神和物质上的成本。但生孩子不同，生孩子是一个没有退路的选择，生下了孩子就要为他的一生负责任。所以我觉得，强迫一个不喜欢小孩儿的人生孩子，对大人和小孩儿都不好。"

石敢当长叹一声，说："你让老爸好好想想吧。"

转眼之间，距离发现子宫内膜不典型增生，已经过去三个多月了。石榴送走最后一个小患者，开始向熊洵汇报这周的工作情况。

熊洵听完后，拍着手说："你刚来我们科的时候，我还以为你坚持不下去呢，真没想到你现在居然也成了一位合格的儿牙医生。"

"合格？"

"优秀优秀，石博士现在是哄孩子小能手，是优秀的儿牙医生。"

"这还差不多。主任，我下午请半天假，我要去拿复查结果。”

“好，准了。”熊洵大手一挥答应了。

“石榴姐姐先别走，你帮我看看这封信写得怎么样。”是熊一鸣的声音。

石榴接过粉红色信封，发现这居然是一封情书，熊一鸣这个熊孩子，还没放弃自己吗？读到第二页结尾处——“谨以此献给我挚爱的路遇桐”，石榴终于松了一口气，问道：“路遇桐是谁？是你们班的小女生吗？”

熊洵抢答道：“这个路遇桐，是熊大参加机器人比赛认识的，是个初二女生。我们家熊大呀，偏爱姐姐型。”

石榴揉揉熊大的脑袋，说：“信写得不错，但是你现在还小，还是好好学习吧。”

下午，石榴坐在方医生面前，惴惴不安地等待着命运的二次宣判。

方医生看完报告，和一个主任医师探讨了几句，说：“目前看来，孕激素治疗的效果很不错，你不需要做手术切除子宫，以后每半年做一次检查就可以了。我们再观察六个月，如果情况没有恶化，你也可以备孕了。”

石榴谢过她，说：“我本来就没打算生孩子，现在也已经说通了我爸，所以今后没有怀孕的计划。”

方医生停顿了一下，说：“这样也好。”

走出医院后，她远远地就看到了 Andrew 拖着个巨大的行李箱走了过来——他前些天回了趟英国。

一个见面吻之后，Andrew 拿出一个信封，说:“这两所大学，有和你研究方向相关的博士后项目，这里是资料。再过几个月，我就要回英国了，你能陪我回去念书吗?”

石榴还没说什么，Andrew 又补充道:“等我读完博士，我们就回中国，我知道你不喜欢在国外长居。”

“好。”石榴答应了，又补了一句，“我爸和秦阿姨出去度蜜月了，家里没人。”

Andrew 一秒入戏:“我的首相大人，前方发生了骚乱，请您跟随我去安全屋避难。”

“上校大人，安全屋有些冷，你能为我取暖吗?”

“大人，保护您是我的职责。”

……

谈笑牙医
与谢耳朵

01 谈笑牙医

谭笑盯着墙上的巨幅海报发呆，那海报上清清楚楚地写着：著名脱口秀演员塘子突袭羊城，没有人能躲过他的笑气核弹！

自从在口腔医院的元旦晚会上讲过“眉毛医生”的段子后，谭笑已经以练习生的身份说了三个多月脱口秀了。在俱乐部前辈的帮助下，她每周参加两到三次开放麦训练。但开放麦现场的观众人数一般只有数十位，而这一次，俱乐部为这些新人演员争取到了在塘子的专场开始前做热场表演的机会。

塘子的表演晚上八点半才开始，但他风头太盛，才刚到下午一点钟，观众席的上座率就已经接近三成，也就是说，这个可以容纳两千人的场子，已经来了五六百位观众。

谭笑抽了张纸摁了摁脸上的汗，默念了几句：台下的都是大西瓜，都是大西瓜。

“嘟囔什么呢？”说话的是俱乐部老板张三，“谭笑，我记得你前几天说这周要参加研究生复试，是周几呢？”

谭笑低头撕扯着手里半湿的纸巾，说：“面试就在今天下午。

但是没事，您这边把我放在第一个上，复试那边我求了老师把我安排在最后一个，赶得及的。”

“你确定？考研这么大的事，你就不怕赶不上面试？我现在就给你叫车，赶快走吧。”

谭笑看了看手表，一点十二分，她捏紧拳头说：“这稿子我都磨了两个月了，今天这样的机会也不是天天都有。”

张三一拍桌子，说：“成，我原计划等观众来了一半之后再开始，算了算了，你现在就上，讲完赶紧回学校。”

张三对着镜子理了理头发，就要上台去做主持。谭笑急忙补了句：“别说我今天要参加考研复试，我不想要同情分，我想要观众的真实反应。”

一分钟后，张三下台，谭笑上台。

这是个小型话剧场的舞台，前方一束追光灯打过来，照得谭笑看不清台下的观众，但她知道，大约有一千只眼睛正聚焦在她身上。

别紧张别紧张，台下的都是大西瓜，都是大西瓜。谭笑的老爸说过，怯场的时候，就当台下坐着的全都是大西瓜。

谭笑今天要讲的段子叫作《谭氏果业二公主》，是一个将经典“玛丽苏”小说桥段和土俗元素结合起来的段子。在以往的开放麦训练中，她一直试图用高冷做作的演绎给这个表演增添反差感，以达到一本正经搞笑的喜剧效果，但她也常常忍不住笑场。

这一次，她拿下话筒，翘脚坐在高脚椅上，故意抬眼看着上方，冷冷地说道：

“大家好！我叫谭笑！你们也可以叫我的全名，谭·琉璃殇·冰月·安吉丽娜·蓝汐·笑。”

也许是因为现场的观众大都比较年轻，又或者是观众对于谭笑的期待值很低，这个玛丽苏名字的梗一出口就引起了一轮爆笑。让现场观众至少笑一次，这个目标轻而易举地就达成了，谭笑放松了下来，继续说道：

“和在座的各位一样，我曾经幼稚地以为，我只是广州市番禺区解放西路 138 号北海水果批发市场 A 区 9 号摊位老板兼搬运工谭国庆的二女儿。

“直到小学五年级的一天，我的班主任高血压发作，住院了，他说他想要一间单人病房。

“班长小明的区长爸爸去找了医院院长吃饭。

“少先队大队长小红的总经理妈妈给医生包了个大红包。

“语文课代表小丽的作家爷爷在报纸上发表了一篇文章，题目叫作‘绝症教师的遗愿清单——住单人病房’。

“可是他们都失败了。

“这时候，我的父亲，广州市番禺区解放西路 138 号北海水果批发市场 A 区 9 号摊位老板兼搬运工谭国庆，出手了。

“他肩挑、背扛、手拎，一口气带了十个熟透了的榴莲进了班主任的病房。

“（语气加重）十分钟后，班主任左边的瘫痪病人能动了，班主任右边的植物人病人醒了。

“十五分钟后，班主任拥有了全院唯一的单人病房。”

第二个梗，重点在于榴莲的臭味上。虽然前面的铺垫有点儿长，观众冷场的时间有点儿长，但这个梗还是讲出了“笑果”，大部分观众开始欢呼大笑。谭笑知道，她应当让观众享受一会儿，于是停顿了几秒钟，继续说道：

“从那一刻起，我知道，我变了。

“我不再是柏树小学五年三班的一名普通同学，我是柏树小学班长兼少先队大队长兼语文课代表。

“我也不再是谭笑，我是谭 · 琉璃殇 · 冰月 · 安吉丽娜 · 蓝汐 · 笑。

“我是尊贵的谭氏果业集团嫡出二公主。”

脱口秀表演中，演员将前面用过的梗再用一次，称为“call back”，这是一种会让观众感觉比较高级的搞笑手法。因此当谭笑一本正经地讲出“谭 · 琉璃殇 · 冰月 · 安吉丽娜 · 蓝汐 · 笑”和“尊贵的谭氏果业集团嫡出二公主”这两句时，观众们都很给面子地笑了。

“光阴似箭，日月如梭。”

这八个字一出口，观众爆笑，这是谭笑没有料到的，她也被感染得险些笑出声来，但这位尊贵的谭氏果业集团嫡出二公主还是守住了职业素养，继续以高冷做作的语气讲了下去：

“很快，我上初中了。

“在我十三岁的雨季里，出现了两个男孩儿，他们分别叫作男主和男二。

“开学的第一天，我桌上的香蕉皮如同命运的弧线一样滑落，男主一脚踩了上去，摔进了我的怀里，他说：‘女人，你成功引起了我的注意。’

“就在他书包里的零食撒在我身上的那一刻，我就知道，男主，这个校门口欧阳零售集团的嫡长公子，是我命中注定的霸道总裁。

“但是，当我知道他的名字是欧阳·查尔斯·詹姆斯一世·流觞·国涛的那一刻，我就知道我们的爱情注定不能走向 happy ending（幸福的结局）。

“终于，女二，东方·灵佑·伊丽莎白·安娜贝尔·龙井绿·茶出现了，她抢走了我的男主。

“我向我的父亲哭诉。

“我的父亲，我那慈悲又威严的父亲，四十五度角仰望天空，说：‘（语气加重）琉璃殇·冰月·安吉丽娜·蓝汐·笑，我骄傲的二公主，天热了，该让欧阳集团破产了。’

“从此以后，男主家的小卖部再也没有进到过又沙又甜的大西瓜，他家的市场份额很快被学校对面的林氏小卖部抢占。

“我，谭氏果业集团嫡出二公主，用我的权力与荣耀，让背叛我的人付出了代价。”

谭笑渐入佳境，整个表演的节奏也找到了节拍，引得现场笑声不断。她甚至做出了静音的动作，示意观众继续听下去。

“最终，我还是懂得了什么是爱。

“我选择了男二，他家世平平，他的名字很短，叫李小伟。

“他不像欧阳·查尔斯·詹姆斯一世·流觞·国涛，他没有剑眉星目，他也不玉树临风。

“但他是学习委员，他会借作业给我抄。

“有一天，我的父亲谭国庆去进货，哦不，去商业谈判。

“我偷偷把李小伟带回了家，我们躲开了我妈，我们反锁了房门，我们拉上了窗帘，我们关上了灯。”

讲到此处，谭笑停顿了至少五秒，给了观众联想的时间。当她注意到前排观众的表情逐渐暧昧起来的时候，她知道时机已到，继续讲道：

“在黑暗中，李小伟吃了一整个榴莲、三斤山竹、两斤车厘子，还把六整盒蓝莓塞进了他的书包。

“李小伟，他不爱我，他爱的只是我谭氏果业集团嫡出二公主的身份。

“我，谭·琉璃殇·冰月·安吉丽娜·蓝汐·笑，从出生的那一刻起，就注定孤独。”

谭笑放下麦克风，在观众的欢呼声中转身离开。她在心里默念道：掌声再大都不要回头，因为真正的公主从不留恋掌声！

刚一走下舞台，谭氏果业集团二公主脚一滑，就摔进了一个人的怀里，那人邪魅一笑，说：“女人，你成功引起了我的注意。”

谭笑抬头，撞上了塘子小眼睛里发出的万丈光芒。

02 迟到考生的惊险面试

“你这个段子嘛，对观众要求挺高的，需要他们懂玛丽苏小说的梗，所以说不是在哪儿都能响。不过呢，对于一个新人来说，能讲出这种效果，已经算是有天赋了。”塘子一边开车一边说着。

谭笑从没想过自己竟然能和当红前辈坐在一辆车里，哦不，是当红前辈亲自开车送她。可手机里的消息一条接一条，让她无心享受这高规格待遇。

刚刚转到修复科做了科室教学秘书的钱鑫，不断向她发来消息：

签到的时候你不在，科教科陈老师生气了。

面试比以往几年速度要快不少，快轮到你了。

我打听了一下，你最想选的褚院长是今年的大热门，已经有四个人选他了。

……

谭笑看着车窗外并不算畅通的地面交通，暗暗后悔不应该答应塘子送她，就应该去坐地铁的。可前辈亲自开车送这件事，对一个新晋脱口秀练习生来说是一种难得的荣耀，谭笑没法儿拒绝。

塘子大约是没注意到谭笑的表情变化，还自顾自地在说："你应该知道吧，讲脱口秀不只是背稿子，稿子写得好，只能说成了一半。还有另一半，是在表演上。你今天这场的演法，也能算及格，但要是能加入一些贱兮兮的表演，给观众一种欠揍的感觉，没准儿就能炸场了。"

塘子在台上表演时语速总是快于一般脱口秀演员，没想到他在生活中也是如此。

"哎呀，咱们才刚认识，原本应该多鼓励鼓励你的。但是呢，我是真的觉得你有天赋，才忍不住想带带你。咱们再说说人设哈。"

塘子似乎并不打算给谭笑回应的机会，继续竹筒倒豆子般讲道："现在很多偶像明星会立人设，为的是有特色能让人记住。其实咱们讲脱口秀也一样需要人设，你比方说我，我这人嘴贫欠揍学历低，就是观众对我的记忆点。你呢，目前看来，你这个水果批发行二公主的人设也挺好的。再者呢，把玛丽苏这样一个游离于现实生活之外的元素拉进现实，本身就有些荒诞的效果，可以尝试深挖。"

"嗯嗯。"谭笑点点头，她并非不爱听这些，相反，她很感激塘子这样一个成功的前辈能为自己做如此全面的分析和指导。但现在，她的全部注意力都在已经迟到的复试上，无暇他顾。

"对了，你是牙医？你这个职业在我们脱口秀行业里好像没有过的，可以尝试写一写职业相关的段子。但是要怎么切入呢？这个我一时半会儿想不到，得靠你自己琢磨。"

“谢谢塘子老师，我以后试试。”

“别介，叫什么老师呀，叫哥。我九四年的，你九几的？”

“九八。”

车子驶入医院附近两百米处的支路上，谭笑看了看不远处倒计时还有八十七秒的红灯，道了一声谢就跳下车狂奔而去。

进入医院科教楼五楼，科教科陈科长正抱臂站在电梯口瞪着眼：“谭笑，上哪儿去了这么晚才到？”

“我……”谭笑支支吾吾，不敢说自己是因为讲脱口秀才迟到的。

陈科长没给她找借口的机会，直截了当地说：“其他同学都面试完了，面试组老师们都等你二十分钟了。你要不是本校的学生，我都可以直接判你缺考，取消复试资格。”

“对不起，陈老师我知道错了。”

陈科长转身大跨步，将她带进了考场。

全英文的自我介绍是早就背熟了的，谭笑微笑着背了一遍，准备迎接后续的提问。

“你的首选导师是谁？”首先发问的是刚刚从院长位置上卸任的褚院长，他现如今虽无实权，但威严仍在。

第一个问题看似简单，但细想起来却十分棘手。钱鑫已经告诉她，褚院长是今年的大热门，已然不能再选了。可其他导师在学生中的热度排名如何，谭笑一无所知。恰逢今年学校明文禁止考生在复试前私联导师，所以她目前手上没有任何导师给的橄榄枝。

谭笑把整个修复科的导师都理了一遍，说：“我想选洪流洪老师。”

其实谭笑口中的这个洪流，就是此前因为在夜店穿女装跳热舞被全院议论的洪副院长，如今他已经爆冷升职做了正院长。

按一般思路，新晋正院长肯定是研究生争抢的热门导师。所以谭笑这样选其实有赌的成分。她第一赌的是因为女装跳舞事件，绝大部分学生对洪流有看法，所以不愿意选他。第二赌的是，被正院长淘汰的学生，其他老师接手也不算是没面子。

坐在台下的洪流发言了，说：“说说看，为什么要选我？”

谭笑在本院实习的这一年里，对洪院长的第一印象就是那个女装热舞，第二就是他在种植牙大行其道的今天，依然坚持钻研利润率极低的活动义齿，有一种别样的叛逆感。

谭笑心想，如果单纯谈学术，自己一个本科生在大佬们面前难免错漏百出，倒不如另辟蹊径，讲讲信仰。她连忙组织语言，以“口腔修复良心”为核心，讲了讲在这个时代坚守活动义齿的意义。

但与此同时，谭笑也知道这样的讲法会得罪某些一头扎进种植牙领域里的老师。

一番话毕，褚院长点评道：“高考满分作文式答案，说不上来哪里不好，但就是有点儿浮，不踏实。”

修复科主任立刻补刀：“年轻人应该跟上时代主流。”

看样子，洪流虽然当上了院长，但是在医院高层中的人气远不如褚院长。

这一把是要赌失败了吗？谭笑急得手心直冒汗。但她猛然想起，脱口秀俱乐部老板张三说过，如果一个场子与你气场不和，可以先盯住一个反馈较好的观众，调动他的积极性，依靠他的正向反馈坚持下去。谭笑想到这里，抬眼盯着洪院长，暗暗乞求他能为自己说句话。

几秒钟后，洪院长果然开口："我倒觉得，你这个能力不是坏事，将来写论文肯定有优势。"

这一句话点醒了谭笑，她立刻回应道："各位老师，我在读大二的时候，就联合几个外校的同学，一起创办了'口腔医学生信息小报'这么一个公众号。我自己做主编，带领大家搜集有关学习笔记、学术进展、考研动态和就业信息等内容的材料。我们团队从零做起，如今这个公众号已经有上万关注者了。去年十一月，我还组织过一场线上研讨会，并将研讨会成果整理总结成了一篇两万字的《口腔医学生成长指南》。"

"口腔医学生信息小报"这个公众号在口腔圈子里早就出名了，但高层领导们大多都不知道谭笑就是主创。这个信息一抛出，立刻引起了面试官们的注意，他们对谭笑的印象似乎也从一个"迟到者"的负面形象中扭转过来了，面试的气氛渐渐变得轻松了起来。

十分钟后，面试完毕，谭笑被请了出去。

等待了片刻后，面试官们纷纷离场，谭笑从楼道里瞥见洪院长正在用慢动作收拾材料，显然是在拖延时间，于是她也假装蹲下来系鞋带。

很快，洪院长走了出来，低声问道："谭笑，假如说在同一时间段，我给你安排了一场全国学术会议的汇报，你们俱乐部给你安排了一场大型脱口秀演出，二选一，你选哪一个？"

"我应该会选脱口秀吧。"

03 如何把胖子跑步写成段子

目送洪院长走远后，谭笑问在小会议室里收拾现场的科室秘书石榴："老师，我是不是要被刷下去了？"

石榴看了谭笑一眼，又迅速回避了与她的眼神接触，轻声说："不管别人怎么说，我看洪院长还是很喜欢你的。"

"可是，面试打分也不取决于他一个人，其他老师会不会都给我打低分？"

石榴盯着缓缓卷起的投影幕布，悠悠道："别担心啦，再怎么说你也是本校学生。"

谭笑知道她话里隐含的意思，她是想说面试官们应该会适当将天平向本校学生倾斜一下。考研复试时适当照顾本校学生，这在很多院校算是一种潜规则。谭笑本科期间的成绩虽然不足以保研，但也算得上是中等偏上水平，在医院实习时表现也还不错，想来被淘汰的可能性也不是很大。

但今天是周二，正式的复试成绩要在本周五才出，预录取名单更是要等到月底。谭笑越是反复推敲自己的处境就越是着急，也越发后悔自己在今天这样重要的日子还去讲脱口秀。

“笑笑，你先不要想这么多，至少考研这场恶仗你算是打完了。”石榴很会安慰人，她接着说，“为了庆祝，我给你订了个语音聊天男友，帮你排忧解虑，没准儿还能帮你脱单呢。”

“谢谢老师，我……”话还没说完，谭笑的手机蹦出了微信语音电话的界面，是塘子打来的。

“喂，塘子哥，您找我有什么事?”

电话那头传来语速极快的声音：“你面试结束了吧? 你听好了，现在马上到我演出现场来，我中场休息五分钟，那五分钟你来讲，要讲新段子。”

“可是我……”谭笑想说我没有新段子了，那边却已经挂断了。

“台上一分钟，台下十年功”这句话，对于脱口秀演员来说也是完全适用的。不懂行的人们总以为脱口秀演员浑身上下除了嘴，全是幽默细胞，随时上台能讲新段子。但事实并非如此，脱口秀演员的段子，基本上都需要经过反复的表演和打磨，最终才能定型。一连串与主题契合的定型小段子组合在一起，才能形成专场演出。所以，目前在电视综艺里大火的几个脱口秀演员，也常常在线下讲段子，其实就是为了在观众的反馈下反复打磨自己的稿子和表演。

现在，谭笑要在塘子这样一个成熟脱口秀演员的专场中，面对上千人做中场休息表演，而且要讲新段子，着实是个巨大的挑战。

但这也是个可遇不可求的大机遇，谭笑来不及细想，对石榴说："谢谢老师的礼物，我有事先走了。"

石榴在后面喊着话，好像是说她在选语音聊天男友，热销的霸道总裁、高冷男神和暖心奶狗人设的语聊男友都被预订了，她只能订一个"科学怪人谢耳朵"型的。这话谭笑听见了，但完全没听进去。

一头扎进地铁站后，谭笑看到一个胖子正叼着煎饼果子狂奔。这个胖子为什么要跑呢？他叼着煎饼果子的样子还真是有点儿好笑呢。顺着这个思路想下去，谭笑蹲在地铁里写出了一个段子。

她低声念了一遍，花费了七分钟，笑点也不够密集。而在即将面临的表演中，她最多只有五分钟时间，而且她要面对的还是被塘子抬高了笑点的观众。这版稿子，显然还需要修改。

地铁到站了，在去往剧场的路上，谭笑在心里盘算着，讲演的语速在每分钟一百到二百字不等。表达平静或是哀伤的情绪时，多用每分钟一百字左右的语速；而表达兴奋或是欢快的情绪时，语速可能高达一分钟二百字。如果取中间值，按一分钟一百五十字来算，谭笑需要一个六百字左右的文稿。

到达会场后，塘子上前来说：“稿子准备好了吗？”

“写了初稿，还得改。”

“OK，那你边化妆边改吧。”谭笑没考虑到还要化妆，她也不认为脱口秀演员上台前一定要化妆。可这毕竟是塘子的主场，她不好辩驳。谭笑原计划在自己熟悉的俱乐部同好们面前讲几遍，让他们给参谋着改改，可那几个人闪了个照面就不见了，谭笑只能抬着脸，在化妆刷的缝隙里对着手机改稿子。

晚上八点半，塘子专场脱口秀正式开讲，现场气氛一刻高过一刻，谭笑要面对的压力也是一浪压过一浪。

终于，轮到谭笑上场了，她依旧在心里默念了几遍大西瓜，大步流星走上了舞台。

“哈喽！大家好，我是你们的城市运动解说员谭笑。

“我们看到，人行道上有一位身穿白色羽绒服的青年人正在系鞋带，我们就称他为一号选手吧。

“一号选手在大夏天还穿着羽绒服，一定是想要锻炼自己的耐力吧。

“一号选手缓缓地站起身来，他一定是要脱掉羽绒服开跑了。

“哦不，那不是羽绒服。

“（减慢语速）一号选手只是个穿着白色背心短裤的胖子。

“（加快语速）胖子起跑了，胖子超越了一位拄拐老太太！

“胖子加速了！胖子现在和高跟鞋女白领并驾齐驱！

“一辆敞篷三轮车开过来，挡住了胖子。那车上坐着一个人，穿黑色外套，戴黑色大檐帽。

“哦，那是一辆卖山东杂粮煎饼的车子。

“煎饼小车加速前进，胖子又回到了我们的视线中。

“胖子加速了！胖子赶上了！胖子和那小车车同步匀速向前跑着！”

谭笑讲到这里时，心里的紧张感原本已经消解了大半。可没想到，前排一个体型较大的观众“嘘”了一声，大喊：“你歧视胖子！”观众席的气氛骤然降到了冰点，可谭笑整个段子的笑点都与胖有关，而且就在两句话以后就有一个爆梗。谭笑停了下来，几乎想要跳下台逃走。

“哥们儿，听笑话嘛，放松一点儿。您鼓这么大劲儿，是想靠听段子减肥吗？”是塘子的声音，他此话一出，又引得全场爆笑。谭笑快速调整了心态，为了巩固观众记忆，重复了先前讲过的两句，继续讲道：

“煎饼小车加速前进，胖子又回到了我们的视线中。

“胖子加速了！胖子赶上了！胖子和那小车车同步匀速向前跑着！

“车上黑衣黑帽那人头也没回，说：‘大街上不许卖巨人型棉花糖。没收工具！罚款两百！’

“（减慢语速）穿黑衣戴黑帽那人，是城管。”

城管这个梗点燃了全场的笑点，整场气氛又回到了两分钟前塘子在台上时的样子，谭笑添了几分信心，继续从从容容地讲道：

“胖子大喝一声：‘吆吆，切克闹，煎饼果子来一套！’

“城管大吃一惊：‘臣妾做不到呀。’

“胖子大喊：‘拿勺！舀面！倒！抹开！大哥你抹圆一点儿，哎对对对，哎就这样，哥你再给我加个蛋，哦不，加两个蛋！’

“城管抬头，问：‘胖成这样，还要两个蛋？’

“（停顿两秒，减慢语速）胖子大喊：‘你往大海里倒一盆水有影响吗？’

“城管说：‘没有！’

“胖子说：‘加蛋！’

“红灯停，绿灯行，黄灯亮了等一等。车停了，煎饼做好了。

“胖子啃了两口煎饼，开始打字发朋友圈（谭笑做出打字的动作）：

“生命在于运动，只有迈开腿……

“换行，省略号。

“只有迈开腿，才能张开嘴，吃到城管哥哥亲手做的山东杂粮煎饼！

“谢谢大家，我是谭笑！”

在转身下台的那一刻，谭笑再一次得到了被掌声送下台的荣耀。

晚上十点，整场表演结束，谭笑正打算向塘子道谢，他却挥一挥手，跟一帮朋友走了。

谭笑独自走出剧场，远远地看见一个瘦高的身影向着自己的方向走来，不知何故，谭笑的脑海里冒出了“鹤立鸡群”这个成语。

果然，那身影在她面前停了下来，说：“你好，我是你的谢耳朵。”

“谢耳朵？你该不会是我朋友帮我订的那个语音聊天男朋友吧？”谭笑这话一出口，自己也觉得奇怪，她竟对这人没半点儿防备心。

“没错。我说你怎么回事？订了语音服务之后保持手机通畅，是基本常识吧？”

谭笑打开手机，果然看到了一连串未接来电。

“可是，”她说，“语音服务也不用见面吧，再说了，你是怎么找到这儿来的？”

那谢耳朵答非所问：“我只有今晚有空，现在开始计时，聊两小时后我就走。”

夜里十点，突然出现在一个素不相识的女孩儿面前，要求对方一次性和他聊完两小时。这操作，是要把乙方玩成甲方吗？什么鹤立鸡群，什么毫无防备，谭笑对他的好感瞬间全无。老话说，有些人“相见不如怀念”，谢耳朵这样的人吧，应该叫“说话不如沉默”吧。

04 图灵测试试涂凌

谭笑借着剧场门口的灯光，仔细端详起眼前这个陌生人，方才后知后觉地发现自己起先对他的好感全部来自于他的外貌。

作为一个彻头彻尾的“颜控”，谭笑的审美点不在浓眉大眼的浓颜男子上。相反，她喜欢淡颜男生，眉毛不宜过分浓，眼皮也最好不要太双，鼻子自然不能是塌的，但如果鼻梁太高，又会显得高冷不可接近。眼前的这位谢耳朵正是这样的长相，满脸写着温柔、和气与人畜无害。

谭笑为了避免自己忍不住犯花痴，在心里默念了几遍：老龙恼怒闹老农，老农恼怒闹老龙。农怒龙恼农更怒，龙恼农怒龙怕农。

两人走到了剧场门口的保安亭边，谭笑特意停在保安的视线里，再次问道：“说，你到底是怎么找到这里来的？”

谢耳朵挑眉道：“说了你也不懂。但请你记住，大数据时代没有隐私。”

“你可以不跟着我吗？”看在颜值上，谭笑打算给他最后一次机会。

谢耳朵抱臂道：“不可以，我只有今晚有空。”

谭笑摊摊手，说了声“抱歉”，走进保安亭，对着那个与自己父亲年纪相仿的保安道：“叔叔，有个神经病缠着我不走。”

那保安看了屋外的谢耳朵一眼，说：“闺女你放心走，叔帮你。”

一刻钟后，谭笑独自蹦到了地铁站。夜班地铁班次少，她站在屏蔽门外，盯着玻璃门映出的影子孤芳自赏：哦，瞧这光芒万丈的脸庞，一定是流落民间的公主殿下吧。

地铁即将进站的语音提示将谭笑从自我陶醉的幻想中拉了出来，她这才注意到，身边站着一个瘦高的谢耳朵。

“噗，看你那充满无知的表情，真好笑。想知道我怎么过来的吗？”那谢耳朵语速极快，几乎不给谭笑插话的空隙，就继续说道，“上过小学吧，最简单的数学题，小明走路上学，一小时走一千米，半小时后小明的爸爸骑自行车，以一小时三千米的速度追他，从家到学校……”

听到这里，谭笑大喊：“你有病吧！”

“没有，我妈带我去检查过。”

连回答都与《生活大爆炸》里的谢耳朵一模一样，谭笑无奈道：“拜托，‘中二病’要不得，没事不要学电视剧台词。”

“我没有学电视剧台词，也从不看电视剧。电视剧那种东西，是给你们这种智力发育仅限于人类平均水平的人看的。”

谭笑赶在地铁门发出即将关闭的警报声中跳进了地铁车厢，没想到那谢耳朵居然也跟了上来，她挪到带着警棍的地铁巡检人员附近，压低了声音说："难不成，是那几个美国的编剧躲在你家门后面，每天观察你的生活，才写出了《生活大爆炸》剧本吗？"

那人又嗤笑一声说："哦，我常常忘记与低智商人群相处是多么快乐的一件事了。你个小可怜，当然没有美国编剧躲在我家门后面，世界上部分相似是抄袭，剩下那部分，就是巧合而已。"

地铁里人多势众，谭笑并不怕他，只是和颜悦色地与他商量，说："你看你最近也没空，要不那个语音聊天订单你就当是完成了吧，我也不会找你老板退款的。"

说完这话，谭笑明显地察觉到对方的瞳孔尺寸在一瞬间有了微妙的变化，于是补充道："我还可以让下单的那个朋友给你个五星好评。"这下总应该可以了吧？

"天哪，你真是不能理解什么叫契约精神吧。我用你这种人能听懂的语言试着给你解释吧。就是说，我收了你的钱，我就必须为你服务，否则我会寝食难安的。"

谭笑听了这话，也不想回答，即刻就在班级群里发了个消息：谁还没睡，来校门口地铁站接我一下，急急急！

半分钟后，手机就强有力地振动了几下，让谭笑倍感安心。

"你不回答我，算了，我说你听也算聊天。"这谢耳朵开始自言自语："0、1、1、2、3、5、8、13、21、34、55、89、144、233、377……"

"你干什么呢？向母星发射信号？让他们派个UFO来接你？"

"UFO指的是Unidentified Flying Object，不明飞行物，既然

已知是从我母星飞过来的，又怎么能叫不明飞行物呢?”

谭笑愕然:“所以，你真的有母星?”

“哦，你愚蠢的样子，还真有点儿可爱呢。”

哦，你说话的样子，还真万分欠打呢。谭笑这么想着，却并没说出来。还有三站才到学校门口，谭笑忍不住想要逗逗这个自视甚高的谢耳朵，于是她用手机搜索“图灵测试”，照着念道：“请给我写出有关‘第四号桥’主题的十四行诗。”

谢耳朵回答:“抱歉，我不会写十四行诗。”

谭笑继续念下一个问题:“34957 加 70764 等于多少?”

对方即刻作答:“105721。”

谭笑继续问:“你会下国际象棋吗?”

“是的，我会。”

谭笑盯着手机屏幕上的下一个问题，那个问题涉及到国际象棋中的棋子方位表述，她不确定怎么念才对。

“你要问的下一个问题是，我在我的 K_1 处有棋子 K；你仅在 K_6 处有棋子 K，在 R_1 处有棋子 R。现在轮到你走，你应该下哪步棋?”那谢耳朵自问自答，“我的答案是：棋子 R 走到 R_8 处，checkmate（将死）！所以，你的结论是?”

谭笑突然觉得这个人没什么可怕了，她笑着说:“我的结论是，你是个具有人工智能的机器。”

“又一个典型的概念应用错误。你刚刚问的几个问题是阿兰图灵给自己的图灵测试定下的模板问题。图灵测试的意义在于测试一台机器是否能够以假乱真的人工智能，而不是测试人是否为机器。”

谭笑顺着他的话问：“那你说，怎么能确定一个人是人，而不是机器呢？”

“这个嘛，你们学医的有办法，解剖开来看看，脑子里装的是脑组织还是芯片。”

“那么，我能解剖你吗？”

“哈哈哈哈，你犯蠢的样子，真的好玩极了。当然不能。”

地铁就要到站了，谭笑灵机一动，抓住谢耳朵的左臂，在他肘关节内侧用力一捏，说：“手麻了吧？你给我老实点儿，不然的话，我还可以让你全身麻痹不能动弹。”

那谢耳朵眼珠子转了半天，才低声说：“早知道，该去选修临床医学的。”

谭笑出了地铁站，远远地就看到两男一女三个同学从校门口走过来。

因为医学生常常在医院值夜班的关系，所以医学院是没有夜间禁止出入的规定的，只是出门仍需要用学生卡打卡登记。谭笑快步走着，可那谢耳朵却迈开长腿跑到门口，从口袋里掏出一个卡片刷开了门。

谭笑追上去问：“你是本校的？大几？哎，不对，你看着不比我小，研几了？”

“我不是本校学生，我毕业于巴黎高等师范学校。”

“还高等？就是个三流大学吧。”谭笑平常不会把这种话当面说出来，可这个谢耳朵似乎已经激发了她的吐槽潜质。

“我不是本校学生，我毕业于巴黎高等师范学校，我在这所大学工作。”

“做什么的？职业抬杠大师吗？”

“不是不是，我做动力系统研究。”

看来是个校本部的研究员吧，谭笑换用和缓的语气说：“动力系统啊，不错不错，现在什么新能源汽车挺火的，你做这个应该很赚钱吧？”

谢耳朵再次“扑哧”一笑，说：“哦，无知的小可爱呀，动力系统属于数学学科，不是汽车动力问题。”

谭笑和三位同班同学面面相觑，说：“那个，我到了，你回去吧。”

话音刚落，一辆七座商务车急刹车停在他们几人面前，驾驶位上一个年轻女子探出头来，说：“涂老师，您该回家休息了。”

“可是我还没忙完呢。”

“涂老师，您知道您自己睡不够会变成什么样子吧？”

那谢耳朵乖乖坐上车，说：“好吧，小青，给我和这位谭笑女士安排个一小时的电话会议。”

谭笑正想拒绝，那女子递过一张名片来，说：“抱歉，我导师不太懂人情世故，吓到您了吧？这是他的名片，背面有我的联系方式，您有事就找我。”

“导师?”谭笑借着汽车的灯光，看清了名片上写着：涂凌，教授/博士研究生导师。

车子扬长而去，留下四人在晚风中半张着嘴，查学校官网。

原来那个巴黎高等师范学校不是什么三流大学，而是出过十三位诺贝尔奖获得者和十五位菲尔兹奖获得者的世界名校。而这位谢耳朵也不是什么精神病患者，而是二十九岁就获得了具有“数学界诺贝尔”之称的菲尔兹奖的数学天才，也是Z大重金聘请回来的正教授。

妈妈咪呀，谭笑不禁感叹：“这一天的戏剧性足以证明我就是这世界的女主角，是这世界的小公主!”

05 天底下最倒霉的“再来一瓶”

“没想到我们小白云也有这一手。”男同学小剑拍着谭笑的肩膀说。

谭笑因为平胸，大一一开学就收获了“飞机场”的称号，因为她极力反对这个绰号，同学们就将直截了当的“飞机场”变成了需要脑筋转个弯的“白云”，白云机场的“白云”。

小剑继续贱贱地笑着说：“我们这些人，硕士三年，博士三年起步上不封顶，熬到四十岁估计才能拿个副教授职称，你可倒好，你转身就傍了个全校最年轻正教授，小弟佩服!”

谭笑瞪了他一眼，说:“就那个冰山机器人的死样子，白给我我还不要呢。你喜欢你可以试试，现在不正流行‘兄弟情’嘛。”

另一个女同学明溪出来打圆场:“谭笑，你晚上去哪儿了？你不知道别人都去找老师吃饭去了吗？学校不允许学生在复试前私联导师，现在复试结束了，战斗却还没结束，大家都铆足了劲儿往前冲呢。”

谭笑定神一想，这才意识到出来接自己的三位同学都是保研党，看来考研党的战斗还远远没有结束。

“可是，我怎么没听说过呢?”谭笑很是疑惑。

小剑给了她一个“这你都不懂”的眼神，说:“你从前是圈内小灵通，想打听什么事你都知道。最近这小半年，你写段子、讲段子、听段子，你自己想想你有多久没和大家一起玩了?”

这话倒没错，不是大家不带谭笑玩了，是她自己淡出了医学生的圈子。但如果说自己因为被边缘化而难过，就显得太不潇洒了，谭笑做出毫不在意的样子，淡淡道:“没事啦，总不至于因为我没有去给老师送礼请老师吃饭，就不录取我吧。”

聊到这些时，一行人已经走到了宿舍楼下，谭笑感叹一句“明日愁来明日愁”，便谢过那三位，回宿舍洗漱了。

……

研究生录取名单出来了，谭笑不理解为什么要用贴告示的方式来公布录取结果，而且还把那字调得像药品说明书那般大小，害得一众学生都拿个放大镜，像一群考古学专家一般眯着眼睛在看。谭笑找了好几遍，终究还是没有找到自己的名字。

咚咚咚，敲门声响起，谭笑翻身醒来，才意识到自己刚刚做了个落榜的噩梦。

门外一个似乎有点儿熟悉的女声问道："谭笑学妹在吗？"

谭笑一边翻身下地应门，一边想着今天得把考研复习资料卖掉冲个喜。当实力不足以给人信心时，迷信便会占上风。

谭笑开门一看，是昨晚来接谢耳朵涂凌的女生小青。

"学姐，现在才五点四十分。"现在才五点四十分，她一个博士生是怎么进本科宿舍楼的？谭笑揉揉眼睛，这才注意到她头顶有两片树叶，想来又是来给涂凌办事的。谭笑踮脚拿起树叶，道："你翻墙进来的？你确定不用换个导师？"

"我老板这个人，表面上超级'龟毛'，但相处久了，你会发现他还挺可爱的。对了，说正经事，你不是有他的电话男友订单吗？他现在有空，叫我约你视频聊天。"

同为女性的本能告诉谭笑，小青喜欢涂凌。没睡醒的脑子果然转不动，谭笑听到自己直愣愣地说："你喜欢他对吧？可是你们是师生关系，你要是换个导师说不定还有机会呢。"

"我要是换个导师，我都没机会见他。"小青的眼神里飘过一秒的失落，却很快回过神来，摆摆手说，"快换衣服和我下楼，我给你订好了早餐。"

"你们师生俩，是不是都不知道正常人几点钟起床？"

小青深鞠一躬，算作是道歉，可她嘴上却说："学妹，你只有两个选择。第一，跟我下去，坐在车里和涂凌视频聊天。第二，他亲自过来，缠着你聊完剩下的一小时。你自己选。"

谭笑巴不得快点儿甩开涂凌这个不通人性的橡皮糖，只能随手抓了件外套，跟着小青出去了。

进了小青的车，谭笑发现后排被改造成了仅能坐一个人的超豪华休息室，她坐在自动加热的按摩椅上吃完了早饭，眼前的电脑果然卡在六点整准时响起了"滴滴滴"的声音。

几秒后，涂凌的脸跳进了显示屏，谭笑不得不承认，在那张脸出现的一瞬间，她自己还是心动了一秒的。可是很快，就见涂凌指着身后的白板，说："谭笑同学，今天我来为你简单介绍一下动力系统。"

"学妹你看，我们涂老师多帅。"小青挤在椅子扶手上，捧脸看着涂凌痴痴地笑着。

谭笑心想，他要是个哑巴，还真算得上帅。不过天底下就是有啥锅配啥盖的事，这小青倒真的蛮适合涂凌这种"机器人"的，如果能把这俩人撮合成一对，也不失为一件趣事。

既然决定撮合他们俩，谭笑决定用自己的"有理取闹"来衬托小青的乖巧惹人爱，她跷起二郎腿，说："我是客户，我应该决定对话的内容。"

"可是我每天早上都要讲一小时基础理论，来唤醒我的大脑。"

"你喜欢什么样的女生？你觉得小青怎么样？"

“可是我每天早上都要讲一小时基础理论，来唤醒我的大脑。”

“你看她把你照顾得多好，和她在一起肯定会很幸福。”

“可是我每天早上都要讲一小时基础理论，来唤醒我的大脑。”

一段鸡同鸭讲的对话，以谭笑的放弃为结局，视频那头的涂凌唠唠叨叨地讲了起来：“你有没有想过，银河中的星系、河流中的鱼群、管道里的流水，这些随着时间而发生变化的体系，在数学中应该怎么计算?”

“没有。”谭笑决定和他抬杠到底。

“涂老师快讲快讲。”小青倒是很给他面子。

“和一般人类的理解不同，所谓动力系统，即dynamical system，是数学上的一个概念。它的意思是，在一个动力系统中，存在一个可以用数学模型描述的固定规则，这种固定规则解释了几何空间中的一个点随着时间演化的问题……”

这一刻，谭笑明白了一句话，没有任何努力是白费的。自己苦练多年的半睁眼睡觉大法，此时派上了用场，在谭笑睡过去之前，她听到的最后一句话是小青说：“老师，用法语讲，你讲法语超性感。”

谭笑困倦的大脑无力去思考一个机器人一般的呆子为何会给人“性感”的印象，她只知道，一觉之后，涂凌发出了他那张嘴所能表达出的最动听声音：“时间到，下课。”

谭笑合上电脑，跨过发痴的小青，逃回了自己宿舍。

再次醒来，已是上午十点，谭笑拿起手机，看到屏幕上有这样一条短信：恭喜您获得本店“再来一瓶”大奖！

再来一瓶算什么大奖。正当谭笑要忽略这条信息时，却发现全文是这样的：

恭喜您获得本店“再来一瓶”大奖！奖品是由我店提供的语音叫醒服务包周套餐，您的甄选“语音男友”（谢耳朵）将为您提供为期一周的免费语音叫醒服务。奖品即日起生效。

06 当天才遇见谭氏果业二公主

“哦嚯嚯嚯嚯嚯！哦嚯嚯嚯嚯嚯！”

谭笑万万没想到，涂凌，一个赫赫有名的青年数学家，他的笑声竟会如此魔性。她憋着笑抓拍了一段视频，威胁说要发到网上去。

“哦嚯嚯嚯嚯嚯！哦嚯嚯嚯嚯嚯！”涂凌依旧放肆地笑着，还把手机递了过来。

谭笑看到，手机上是一个六十二秒的短视频，视频播放量已经上百万次，评论里全是“哈哈哈哈哈哈”。

谭笑开口道：“我和你说啊，这个视频是根据我讲的段子改编的。”

“你不是个口腔医学生吗？”

“我是，但我也是新手脱口秀演员。”

涂凌若有所思，道：“所以，偶尔你会放下伟大的医学事业，去做喜剧？”

“没错。”

涂凌起身，口中念念有词地数了数自己的手机、钱包、钥匙、手表等物件，确认无误后，微低着头说：“再见，不，再也不见，我要让我妈给我换一个客户。”

谭笑没想道，自己居然就这么轻而易举又莫名其妙地甩开了这个高智商黏人精，但她又没忍住问道：“为什么呢？我哪点惹到你了？说出来，我记下来，以后一定坚持。”

“我妈是一位栋笃笑演员，我爱她，但我讨厌她的喜剧事业。”

作为脱口秀爱好者，谭笑自然知道栋笃笑就是粤语脱口秀。

在前天上午收到“再来一瓶”大奖之后，谭笑立刻联系了小青，拿她单恋导师涂凌的把柄相要挟，解密了整个语聊男友事件。

原来，涂凌的妈妈担心儿子常年不与人相处，可能会出精神问题，于是干脆就开了个主营语音陪聊服务的网店，每隔一段时间，她都会把指代涂凌的“谢耳朵型”上架，“卖”给懵懂无知的顾客。而石榴就是恰巧碰到了“谢耳朵”上架的那个时间点，并把这份大礼买下送给了谭笑。之后的“再来一瓶”大奖，也是涂妈妈特意给涂凌创造与外人交流的机会。

谭笑眼见涂凌已经走远，就悄悄地把他没吃的那份甜点移了过来。当谭笑享用完甜品时，她的余光瞟到了熟悉的身影。

“我又回来了。”涂凌自说自话地坐下来，看了眼自己的甜品，说道，“你别用这种眼神看着我，即便是我，也是有弱点的。”

“所以，你的弱点是，你怕你妈！噗哈哈哈哈哈！你怕你妈！”

“她逼我，她逼我出来和你聊天。”涂凌说这话的样子，像极了对着幼儿园老师撒娇的小孩子。

谭笑眼珠一转，说：“你可以尝试着叛逆一点儿呀，比如说做点儿你妈妈不喜欢的事情。”

“让我想想，我妈喜欢我和人聊天，不喜欢我一整天都在研究数学。那我可以不和你聊天，坐在这里研究数学。完美！牙科妹，你居然也有聪明的时候！”

我当然有聪明的时候，我聪明到可以关上你这个天才机器人的语音开关，只是你没必要知道这一点而已。谭笑美滋滋地想着，又用自己的手机搜到了“胖子跑步”视频，转发给了塘子，说：试验成功，师父请受徒儿一拜。

塘子回复：平身吧。现在你明白我前天说的话了吧？

这“试验”又是怎么一回事呢？这可得说回前天晚上了。彼时，塘子把谭笑叫去了一家清吧，要求她再表演一次“胖子跑步”的段子。

谭笑照做了，可当她再一次讲完“胖子跑步”那个段子后，笑声却像冬天里的蛐蛐声一样——听不到。她不懂，为什么同一个段子在两个不同的场合讲，观众的反应会完全走向两个极端，她看着在台下等待的塘子，投去了求助的眼神。

塘子耸耸肩："我既没有要求上一个场子的观众必须捧场大笑，也没有要求今天的观众憋着不笑。这两种反应，都是真实的。"

谭笑很是费解："为什么呢？难道我讲得真的不好笑？"

"也不能说完全不好笑，毕竟上一场观众的反应还是很热烈的。"塘子歪头分析道，"你嘛，属于表演优于文本的那一类喜剧演员。你没什么偶像包袱，放得开，在台上虽然看得出紧张，但你不会怕表情丑，所以表演效果还算不错，能给段子加分。"

"然后呢？"谭笑尝试讲脱口秀以来，塘子是第一个愿意主动指导她的成熟演员，谭笑自然抑制不住要抱住大腿狂"啃"。

塘子比划着说："咱们来分析一下你这个胖子跑步的段子。我想，在你的设想中，第一个笑点应该是观众发现预设中的跑步爱好者是个胖子，但一个胖子在跑步这一点，应该只能作为铺垫，算不上笑点。第二个笑点是胖子本来跑得很慢，却突然发力加速了，因为他看到了吃的。胖子看到好吃的会去追，这也是一般人意料之中的，不能说很好笑。"

他停顿了一下，等待谭笑点头示意明白了之后，才继续讲道："第三个点，是车上的人误以为胖子是巨型棉花糖，你这么说是想让观众知道这个人肥胖的程度，对吧？第四，车上的人居然不是小吃摊主，而是城管。三和四虽然都在意料之外，但实际上还不能说是笑点，还是铺垫。到这里为止，你的铺垫真的太长了。”

谭笑细细想来，他的分析的确切中了要害，忙问：“然后呢?”

“然后，亮点来了。”塘子继续说道，“接下来你讲了胖子让城管给他摊煎饼，这个还蛮好玩的。这一段还出了个金句，就是‘往大海里倒水有影响吗’那句。这句其实不错，但还需要观众自己在脑子里转一个圈，你不妨自己把这个逻辑连成闭环，你就讲：胖子说往大海里倒一盆水有区别吗？城管说没有。胖子说往我身上加俩蛋有区别吗?”

“有。”谭笑忍不住抢答，“城管说那你就会变成拥有四个蛋的男人。”说完她立刻就后悔了，一是因为国内脱口秀圈子里默认讲荤段子是走捷径，不提倡开下三路玩笑。更重要的是，她很珍惜塘子给自己的指导，不希望把他们的关系弄尴尬。

但塘子只是低头笑了几声，继续说道：“总之，还是把笑点弄得直接点儿吧。继续往后说，发朋友圈的那段，需要观众有发这种结尾反转朋友圈的经历，才会有共鸣，所以部分人听了会觉得莫名其妙。”

谭笑点头如捣蒜。

“但这些都是小问题，整个段子有一个共通的基本问题。我问你，你写这个段子的灵感是什么?”

“是我看见一个胖子跑步的样子很好笑，继而想象了这么一个画面。”

“对，画面，问题就出在画面上。”塘子大手一挥，说，“你在网上看小孩子摔倒的视频都会笑吧，因为视频可以直接呈现出窘态。这个胖子跑步的段子，你自己想象的时候也是有画面的，所以你觉得好笑。第一次演的时候，你面对的是一群会花半天时间看脱口秀专场的观众，那批观众的注意力是高度集中的，你说什么他们都会跟着去想，所以效果还不错。但大部分时候，观众不会去想象那个画面，也自然领会不到其中的很多笑点。”

塘子在台上表演时语速就偏快，在台下说话时更像是开启了二倍速播放一般。谭笑虽然能理解他的意思，但还是有疑问：“照你这样说，那岂不是说脱口秀表演先天有短板，比不过视频？”

“也不能说是短板，应该叫限制吧，有些故事内核是幽默的，但不适合做脱口秀表演，更准确地说，是不适合新手脱口秀演员去讲。”

听到这里，谭笑不免有些沮丧。

塘子拍拍她的肩，说：“其实这并不意味着这个故事就是失败的，我们来做个试验。”

“试验？”

塘子拽着谭笑的袖子，将她带到一个卡座，指着最边上的男子说：“这位是昆哥，专做搞笑短视频的，你把胖子跑步这个段子卖给他做脚本，让他拍个视频出来，我们看看效果如何。”

就这样，谭笑稀里糊涂地以一千元的价格把自己这个段子卖出去了。也因此收获了比一千元稿费更有价值的一课：画面感过强的段子不适合新手。

短短一周内，谭笑的生活中闯入了两个性格迥异的天才。换作是一般女生，一定会在他们的天才力威慑下缩手缩脚。可谭笑不同，此时此刻她不禁在想，我拿到的难道真的是人世间罕有的玛丽苏女主剧本？我谭氏果业二公主谭笑，难道真的是“天选之女”？

07 “你以后要做涂凌老婆的”

谭笑自己也觉得费解，她竟然会一而再再而三地答应同涂凌见面，听他念“数学经”。

可现在，他分明就在讲自己的宿敌，一个印裔英国籍呆子数学家。

——我手上有几张栋笃笑门票，半小时后开演，懂粤语的来。

谭笑看着手机上跳出来的消息，左耳朵灌进几个数学名词，什么黎曼曲面、全纯函数、莫比乌斯圈，直听得她头疼。

“原来，左耳朵进右耳朵出，还真挺疼的。”谭笑说出一句俏皮话来，喜剧演员的本能让她满怀期待地等待着笑声，然而涂凌只停顿了一秒，又巴啦巴啦地讲了下去。

“今天就到这儿吧，我要去看演出。”谭笑说着，默默在心里鄙视自己，她竟然让“颜控”这种人类低级本能控制着自己，像个鹌鹑一样乖顺地听涂凌念经。

涂凌拿起桌上的鸡蛋形计时器，说："聊天时间还有半小时，我陪你一起去。"

谭笑对着手机发语音道："帮我留两张票。"

"两张？"涂凌"扑哧"一笑，"我不去看演出。"

两人起程，谭笑忍着一路魔音贯耳，终于到了演出场馆门口。

涂凌站在原地自顾自地说着话，并不理会谭笑的道别。直到计时器发出鸣叫声，他才噤声三秒，继续说道："时间到，任务完成，我走了。"

"再来一瓶"大奖兑换完毕，想必以后也没有机会再和他见面了吧。终于要摆脱这个磨人的小天才了，谭笑竟然有几分舍不得这张脸，于是提议合影。

"我为什么要和你拍照？有什么好处吗？"

"留个纪念嘛。"

"这个脑袋可以留下一切记忆。"涂凌指着自己的脑袋说完这句，"哼"了一声，说，"我的错，你们凡人的记忆力，还是靠照片留存吧。"

咔嚓，只需一秒，合影完成。原来高智商数学家拍照也会比剪刀手啊，可是那张面无表情的扑克脸搭配剪刀手，怎么看都觉得别扭。

谭笑将视线从手机上移开，才发现涂凌已经走远了。谭笑还来不及体味当下的情绪，就被一个"包租婆"打扮的阿姨吸引了视线，她认得这个"包租婆"，她的脸就印在门票上。栋笃笑说到底就是粤语的脱口秀，谭笑当然想要去搭讪这位有本事开专场的前辈。

可“包租婆”一阵风一般从她身边扫过，用粤语高喊着：“乖仔，唔好走，留低嚟睇演出。”

谭笑不是本地人，虽然从小生活在这里，但也听得懂她在叫自己儿子留下来看演出。谭笑回头一看，原来那“包租婆”的儿子，竟然是涂凌。

“唔济（不好）。”涂凌说粤语的时候，突然间就有了人味。

但终究，涂凌还是和谭笑并排坐在第一排中间的位置，等待演出开场。

观众席灯光调暗，舞台中央的灯亮起，可第一个说话的却不是涂凌的母亲，而是涂凌本人，他用普通话大声喊道：“谁有笔和纸？我需要重新计算。”

谭笑看到“包租婆”一脚踏上舞台，又退了回去。半分钟后，她将几张纸甩在了涂凌胸前。

于是乎，原本应该由一位喜剧演员完成的栋笃笑表演，变成了一场近似于各自为政的小品演出。一个扑克脸数学家蹲在舞台中央，伸长了脖颈趴在高脚椅上，借着舞台的灯光旁若无人地在稿纸上写写画画。另一个主角包租婆站在一边，泰然自若地开始了自己的表演：

“当我仲系一个细路女嘅时候，我老窦讲，每个女都要一个男人。”

谭笑发现，她还是需要将粤语在自己的脑子里翻译成普通话，才能更好地体会，于是开始做无声同声传译：

“当我还是一个小女孩儿的时候，我老爸说，每一个女人都需要一个男人。

“于是，我找了一个老公。

“我老公，怎么讲呢，他赚的钱还没有他吃的屎多。

“别误会，他不吃屎，更不赚钱。

“我不慌，当我还是一个小女孩儿的时候，我老妈说，每一个女人都需要不止一个男人。

“于是，我有了另一个男人。

“一九九七年，索罗斯狙击香港股市。

“最关键的一场战役，电脑崩溃，不能计算。

“这时候，我的第二个男人出场，分毫不差地完成了计算，替我赚来了第一间楼。

“这个男人，是我儿子。那一年，他八岁。”

谭笑自然知道这是个基于现实编出来的段子，但还是跟着全场观众一起大笑，而故事的主角涂凌，却依然在舞台中央奋笔疾书，似乎并没有听到“包租婆”说了什么。

接下来的段子，几乎全都与涂凌有关，谭笑听到结束，才意识到演出的名字就叫作“我个仔天下第一”。

“包租婆”下台后，谭笑厚着脸皮追去了后台，却见她一进化妆间就忙不迭地开始卸下自己那一身经典“包租婆”打扮。

“您不喜欢‘包租婆’这个形象？那为什么还要打扮成这样子？”

“包租婆”回复谭笑说：“冇办法啦，观众钟意我咁扮靓。”

还没等谭笑再说什么，她又用普通话说：“哦，你不是本地人哦。我刚说没办法啦，观众喜欢我这么打扮。”

“那个，阿姨好！我是谭笑，脱口秀爱好者。您有时间的话，能不能教教我？”

“冇问题啦，你以后要做涂凌老婆的，我当然愿意教你。”

你以后要做涂凌老婆的。谭笑被这句话噎到了，一时语塞。

“叫我绿姨就好。”

“绿姨好！绿姨，您误会了，我和涂凌没什么关系，纯粹是因为我学姐拍了电话男友订单，才见了几次面。”这话一出口，谭笑就后悔了，好端端的，提“电话男友”做什么？万一绿姨一时兴起，再送谭笑一个“再来一瓶”大奖，那她岂不是甩不开涂凌这块脸蛋靓、嘴巴臭的牛皮糖了？

“你还年轻，不懂男人。你知不知，男人最后娶的老婆，都和他老妈一个样，所以才叫新娘嘛。”

这话谭笑没法儿接，她只能把话题转移到单口喜剧上面去，和绿姨聊起了爱好。

剧场里信号本就不好，后台更像是进了互联网荒漠一般，谭笑和绿姨聊了近半个小时，方才走出剧场，重新找回了与世界联通的信号。

手机一阵乱响，谭笑点进“考研交流群”，看到了一个名为“预录取名单”的电子表格，可她反反复复翻了三遍，都没有找到自己的名字。

谭笑，一个“985”大学医学生，考自己本校的研究生，落榜了。

08 天才前辈都负我

“我没考上，我没考上！可是我从来都没想过会考不上啊！我都没有去找工作。

“我现在也找不到什么好工作了吧。

“不过现在卖口红很好，我可以去做商场导购。

“但是我这个破手，我肯定会不小心把口红涂到顾客牙齿上。

“不过没关系呀，口红粘牙齿多半是因为牙齿前凸，做个矫正就好了呀。

“哦天哪，我做个导购还要赔钱。

“算了，我还是去饭店端盘子吧。

“然后客人点了个韭菜炒蛋，我说先生看您这牙周情况，不建议您点韭菜，会塞牙的。

“然后，我就会被老板开除。

“完了完了完了，我……”

“你讲什么呢？我妈问你晚上要不要一起去吃饭？”

谭笑无措的胡言乱语被涂凌打断，她才终于能直视眼前的坏消息了。

“涂凌，我没考上，我没考上研。”

“没关系的。”涂凌扶着她的肩膀，指着来来往往的人群，说，“在数学上，我自己是万中无一的天才。但我发现，你们这些普通人，也是天才。你看这些人，你们可能考试挂科，你们也可能升职无望，但你们都能这样日复一日、年复一年地带着遗憾生活下去。你们普通人的天赋，就是能容忍生活的不顺。”

“容忍生活的不顺？这算哪门子天赋！”谭笑本以为涂凌身上承载着人性的那一部分总算是要觉醒了，却没想到他说出这样的话来“安慰”自己。

“OK。我换一种说法。”涂凌俯下身，看着谭笑的眼睛说，“研究生招生计划是早就定好的对吧？如果你没有考上，那就有另一个人考上了，也就是说，这个世界上拥有硕士学位的牙医并不会少一个。所以，你考不上对于这个世界没有影响，坦然面对吧。”

这个人究竟有没有心？如果剖开他的胸膛，是不是只能看到一堆电路板？谭笑强忍着捶他的欲望，重重地说道：“要是有人对你说，如果你不拿菲尔兹奖，也会有另一个数学家拿到奖，所以你拿不拿奖对这个世界来说毫无意义。你听着这种话，开心吗？”

“哦嚯嚯嚯嚯嚯！哦嚯嚯嚯嚯嚯！”涂凌大笑不止，直到谭笑掐了他的手臂，方才停下来。他板着脸说，“典型的类比错误。我是世界上第一个通过综合分析数论、齐次动力系统、拓扑学和表示理论，解决了算术对象分布等方面长期存在的问题的数学家。我的存在对这个世界来说，意义重大。再说一遍，意义重大。”

谭笑都气笑了，涂凌这种自带优越感的发言将她从“颜控”的幻想中彻底拉了出来。看到绿姨朝着他们走来，谭笑跑步奔过去，说：“绿姨，拜托您以后不要送我什么‘再来一瓶’大奖了，我消受不起。”

“涂凌，过来，道歉。”绿姨没有回答谭笑的话，而是要涂凌道歉。

“但是，妈妈。你还没有了解事情经过呢。”

绿姨定定地问：“你们刚刚吵什么？数学问题吗？”

涂凌摇头。

绿姨继续说：“如果是数学问题，我们所有人向你道歉。其他问题，一定是你做错了。”

涂凌转头道：“谭笑，对不起，我做错了。”

“就这样吧，我走了。”这道歉虽然不怎么真诚，但谭笑也无心再去与他掰扯。

但她转身后，却还能听到涂凌母子的谈话。

绿姨：“你错在哪里？”

涂凌：“妈妈，我怎么会知道？我又没觉得我自己做错了，我是好心安慰她。”

转身之后，该去哪儿呢？原本，在谭笑的设想里，是绝对没有考研失败这个选项的，她此时应该正在和考上的同学们吃庆功宴才对。又或者是在水果市场接受整个市场的欢呼和掌声。可现在，无论是回学校还是回家，她都是一个失败者的形象。这种真实的窒息感紧紧地包裹着谭笑，让她想要以光速逃离。

可是，要逃去哪里呢？

脱口秀俱乐部的群消息提示在手机屏幕上闪烁，谭笑点进去，是大家在塘子的深圳专场巡演舞台上的合影。演出就在两个半小时后，现在去还来得及。

低沉的轰隆声从地铁一直延续到高铁上，谭笑听着前座刚学会说话的小孩儿反反复复地重复着“妈妈，妈妈”，想起来已经整整三十岁的涂凌也还是像个孩子一样叫母亲为“妈妈”。

三十岁的巨婴型天才数学家，原本就是个很好玩的话题吧，既然他惹了我，就不妨拿他写成段子，狠狠地吐槽一番。这样想着，谭笑在手机备忘录里写了起来。

轰鸣声再次从高铁转上地铁，又变成了单车划过空气的风声，谭笑终于赶在塘子演出开始前十分钟，来到了现场。

“塘子哥，能让我上场吗？我又写了新段子。”

塘子抬眼问：“你那个考研结果不是今天出吗？怎么样，考上了吧？”

就这么一句漫不经心的关心，谭笑的眼前就起了水雾。

“没，没考上。所以拜托一定要让我上场，我现在真的很需要一些掌声和鼓励。”

“没考上研，你难受吗?”

“这还用说吗？当然很难过，我的计划完全都被打乱了，我现在都不知道接下来该做什么了。”

塘子的小眼睛直直地盯着谭笑问:“那你有没有想过，你为什么会落榜?”

“我初试成绩中等偏上，但复试分很低，主要是扣在面试上了。大概，大概是因为面试那天我迟到了吧。”

塘子站了起来，拽着谭笑的手到了隔壁其他演员休息室，对着一屋子的脱口秀演员说:“马上开演了，废话不多说，我直接说结论。从现在开始，任何人都不许带谭笑去训练和演出，线上线下都不许，开放麦也不行。”

现场有几个相熟的朋友，站起身来想要说什么，谭笑见状立刻躲在塘子身侧的视觉盲区里双手合十求助。

可塘子扫了一圈，补了句:“如果谁偷偷带她被我知道了，那就一起出局，从此以后也别想着跟我混了。”那几个人就黑着脸坐下去了。

“你……是要封杀我?”

“对，从现在开始，为期一年。”说完，塘子就大步走开了。

谭笑追上去说道:“我知道你是为了我的学业，可是我可以做‘斜杠青年’呀，白天学习准备二战，晚上去讲脱口秀，这两件事可以不冲突的呀。”说着，她掏出手机，补充道，“你看，这是我在路上写的稿子，我觉得比之前的都要好。”

塘子伸手挡了谭笑递过去的手机，说：“没什么商量的余地，你走吧，一年之内不要来找我。”

“为什么？”

塘子没有回答。

当谭笑带着满腔的不解和愤怒离场时，演出刚刚开始，上千名观众的掌声幻化成生活的铁拳，一拳又一拳地打在了谭笑的脸上。

09 口“绿”不容易撞色

谭笑的三个室友，一个保研本校，两个考上了本校。在这个周六的早晨，她们都提前去导师门下报到，参加组会去了。

谭笑其实早在六点不到就起床了，她偷偷潜出宿舍，在开水房里低声背了半小时单词，做了三篇阅读理解，这才悄悄回到寝室补觉。

在名校的坏处就是，周围几乎没有人考研落榜，差点儿的也是考个本校的研究生去读。所以考研二战这种事，谭笑是羞于提起的，只能趁着室友们都没醒的时候偷偷复习。

才刚刚重新入梦，梦里又是自己在面试的场景，谭笑爬起来，下意识地说了句“我恨脱口秀”，成功地把自己吓到了。

自己真的恨脱口秀吗？

还来不及细想，敲门声响了。

是小青。

“学妹，涂老师他想要和你认真道个歉。能不能请你下楼一趟。”

他愿意道歉，自然还是要给个面子的。可现在，谭笑已经知道涂凌是个会把母亲喊作“妈妈”的大孩子了，对他全无半分敬重，脸也没洗，就套了外套出去了。

大孩子站军姿一样杵在宿舍门口的老榕树下，双手捧着一个包装精美的盒子，抬着眼也不知道在看什么。

谭笑走到他面前，逗他说：“给我准备了什么礼物？是你的菲尔兹奖奖杯吗？”

“喂，那个奖杯不能送人的。”

“那我就不能原谅你。”

涂凌双眼一垂，谭笑险些又要心软了，可他又抬起眼，对小青说：“你来处理。”

小青对谭笑说：“我们涂老师很不擅长道歉，你就别逗他了。”说完，又推着涂凌让他把礼物递给了谭笑。

谭笑拆开包装，是一支口红。

再打开盖子，竟是一支绿色的口红。

谭笑拧出整管绿色的膏体，对着涂凌扬了扬。

“我没说错吧，女孩子们都喜欢口红。”涂凌这话是对小青说的。

“你也知道这叫口红呀，那这是什么色？你红绿色盲吗?”

涂凌讪笑着看了一眼小青，回头说：“红色的口红哪个女生没有，买这个颜色不会和其他人撞色。”

“哎哟，你可真是个小机灵鬼呀，谢谢啊。”

“不客气。”

涂凌说完这话，转身扬长而去，留下小青在原地解释：“我们涂老师等下有个很重要的会议，我们先走了。”

“没事没事，我也要去参加集训，拜拜!”说完这话，谭笑站在原地沉默了足足五分钟，她说的集训是脱口秀俱乐部一周两次的集中训练，如今，她也不被允许参加了。

谭笑木木地吃过了早饭，背起书包进了图书馆。

可图书馆里已经全部换成了下一届考研生，每一本书的背脊上都换成了下一年的年份，明晃晃地提醒着谭笑的失败。

因为考过一回的缘故，一本笔记从头翻到尾，也不过才消耗小半天时光而已，谭笑停下了，心里开始默默划分脱口秀圈子的势力地图。

塘子最近应该是准备联合华南地区的脱口秀演员开公司，所以华南地区确实是他的势力范围。上海的那帮脱口秀大佬们，应该不会顾忌塘子对自己的封杀令吧。

不如，二战就考到上海去。在新的环境中重新开始自己的脱口秀事业，倒不失为一个办法。

可上海的那所学校，实力不在Z大之下，作为外校非应届生去考，胜算也不大。谭笑如此这般盘算着，还是打算先找前辈取取经，问问那所学校的招录情况吧。

手机才刚一打开，谭笑就被另一则消息吸引了，著名脱口秀女演员斯斯的新书签售会明天晚上举办，地点就在学校不远处的商场里。

斯斯与塘子原本就是同事，但斯斯以女性身份从男多女少的脱口秀圈子里杀出来，知名度和商业价值并不在塘子之下，想来她不会理会塘子那幼稚的封杀令吧？如果能在签售会上获得斯斯的青眼相加，谭笑的脱口秀生涯也许还能继续下去。

谭笑的嘴角才刚刚翘起，现实就给她狠狠浇了一盆冷水，签售会的入场券早已全数售罄。

签售会的票要上哪里去搞，谭笑毫无头绪。可她想起曾听带教老师贾南方说过，说她自己看过一本网络小说，叫什么《自己买房的女人》，作者就是学口腔的。口腔的圈子这么小，找到那位作者的联系方式想来也不是什么难事吧。

果然，半小时后，谭笑加到了一个名叫杨柳的作者的微信。

她开门见山地表明了来意，可对方却说：哇哦，终于和脱口秀圈子接上线了，我一直都想写一个关于脱口秀演员的故事，你能不能给我提供点儿素材呢？

谭笑自然是答应了。

手机屏幕上的“对方正在输入……”持续了好久，才出来一条新消息：其实，怎么说呢，我也只是个在网上写连载的小透明作者，我也没出过书，不知道签售会的票要怎么搞。我刚刚找出过书的作者前辈们问过了，她们都不认识那个出版社的编辑。但是呢，还有个办法，就是得砸钱。

谭笑屏息回复：要砸多少钱？超过五千我就放弃。

杨柳回复：准备五百块就够了，你去办签售会的那个书店买十本斯斯的书，说要在网上给她做新书推广，用这个做条件应该就能要到一张入场券。

谭笑谢过了杨柳，又忍不住问：图书市场居然已经低迷到这种程度了吗，买十本书就能引起出版方注意？

那边发来了一段唉声叹气的语音："斯斯是名人，她的书预估销量不会差，所以得买十本。如果将来我出了书，有人买三本我都想当面谢谢人家呢。"

只这么一句话，谭笑瞬间就对这个素未谋面的作者有了一种惺惺相惜的亲近感，她和自己一样，都是顶着"不确定"三个大字在追梦呢。

奔波忙碌之间，太阳和月亮悄摸摸地进行了交接班，谭笑在月影下拿着一张签售会的入场券蹦回了宿舍。

谭笑刚一进门，几个室友就带着一脸八卦迎上来，指着她的书桌挤眉弄眼。

书桌上是一个金光闪闪的礼包，谭笑拿起礼包上的信笺，上面写着：

经过我妈妈提醒，我意识到女孩子一般都不喜欢口绿。喏，这是给你的新礼物，祝你一夜好梦。

涂凌留

10 这礼物女生收到都哭了

在打开礼物盒的那一瞬间，谭笑就知道这个小夜灯在购物网站上的关键词一定包括“浪漫、梦幻、少女、创意”等词汇，也一定会有商家在商品图上打上“女生收到都哭了”这样的字样。

室友萌萌凑过来感叹：“典型的理工男礼物，但重要的不是送什么东西。”

“而是心意对吧？”谭笑接话。

“什么鬼心意？心意那玩意儿不值钱的。”萌萌挤着眼说，“重要的是送礼物的人是谁，涂凌这款嘛，大概就是学术圈百年一遇的金龟婿了吧。”

谭笑轻轻推搡着她，说：“萌萌，你要是喜欢你上呀，我给你联系方式。这个扑克脸死脑筋大话痨自负鬼，我不喜欢。”

话虽这么说，但这灯是可以无痕固定在墙壁上，感应动作启动的，作为半夜起床用的小夜灯是极好的，谭笑还是把它固定在了自己床边的墙壁上了。

辗转反侧良久，终于入梦。光怪陆离的梦里突然出现一个爆破的水龙头，谭笑迷迷糊糊地醒来，想要爬下床去卫生间。

宿舍灯的开关在门口处，以往每次起夜，谭笑都要往头上套一个矿工灯，以防摔着。可今天不一样，她现在是一个拥有梦幻、浪漫、创意、少女小夜灯的精致女孩儿了，谭笑看着床头挂着的矿工灯，在黑暗中无声地“啧”了一下，翘起嘴角爬了起来。

起身后，小夜灯果然亮起了幽蓝的光，照得谭氏果业二公主心里美滋滋的。

可窃喜才不过几秒，就传来了隔壁床室友的尖叫声，惊得谭笑从扶梯上摔了下去。

谭笑坐在地上，揉着屁股抬起头来，这才看到宿舍天花板上映照着一张幽蓝色人脸，虽然不甚精细，但从那个不可一世的贱笑来看，毫无疑问就是涂凌本人的脸。

“涂凌我×××××！”

不宜公开书写的骂声此起彼伏……终于，整间宿舍在小夜灯粉身碎骨的声音里安静了下来。

谭笑再次钻进被窝后，却再也睡不着了，她满脑子想的都是明天如何骂涂凌才算是发挥好了，想着想着都已经打开手机，搜索数学家趣闻轶事，准备从专业角度写个稿子痛斥涂凌。可恍然又想起明天下午就是斯斯的签售会，而自己的一鸣惊人定制段子却还没有写呢，于是默默在心里念了三遍：世界如此美妙，我却如此暴躁，这样不好，不好。之后强逼着自己睡下了。

第二天一早，谭笑爬起来猛灌了一杯咖啡，就开始写准备在斯斯签售会上讲的段子。正因为想要引起斯斯的注意，谭笑想要尽可能地把斯斯的梗融进稿子里，这样写起来反而容易了许多，几乎是一气呵成写了出来。

稿子落定，压抑在后脑勺的那股怒火又冲了上来，谭笑一冲动，就拨通了涂凌的电话。

“昨晚睡得好吗?”涂凌的第一句话竟然是这个，还伴随着几声与他天才数学家身份完全相悖的傻笑声。

“你是怎么想的? 居然在小夜灯上定制了你自己的脸。”

“这样的话，你永远都忘不了这个礼物是我送的，对吧?”涂凌的声音听起来好像是求夸赞的幼儿园宝宝。

与这样的人争论，又有什么意思呢，谭笑把昨晚上想的那些又搞笑又犀利的段子憋了回去，说：“算了，跟你说这些有什么用，以后不要再送我礼物了。就这样吧，后会无期。”

发泄了怒气之后，时间似乎过得格外快一些，当精心打扮过的谭笑站在商场大厅里时，却看到一群人手忙脚乱地在替换印着斯斯照片的广告牌。

谭笑上前询问，得到的答案是：斯斯突发疾病，签售会取消，改成了某个漫画家的读者见面会。

谭笑翻了翻自己的手机，果然漏看了通知。

看样子，老天真的把脱口秀的大门死死地给她关上了。

谭笑攥着手里的稿子，在原地呆呆地站了好半天，才被现场工作人员唤醒了："您好！签售会临时改成了漫画家商周的《第三瓣唇》读者见面会，如果你愿意的话，也欢迎留下来参加，这是我们免费赠送您的书籍。"

这漫画，竟是关于牙医的，谭笑胡乱翻了几页，在角落里找了个位置坐下了。

很快，改头换面的签售会就开始了，漫画家商周讲着自己的创作故事，听得谭笑颇有感触，频频点头。

或许，也可以临场想几个与牙医有关的段子呢。谭笑这么想着，就开始在漫画的扉页上提笔写了起来，等她回过神来时，已经是读者提问的环节了。

有读者问："听说你至今还在做牙医，请问你如何平衡漫画与工作？"

谭笑也想要问这个问题的。

"没有办法平衡。"台上那位与谭笑同行的漫画家说，"至少对我来说，工作和爱好没办法做到两全其美，只能取舍。你看，我本科毕业三年了，我的同班同学很多都读了研，马上要拿到名校硕士学位了。而我，没有论文，没有职称，这辈子与公立医院无缘。但我不后悔，因为我真的很喜欢画漫画。"

没有平衡，没有两全其美，只有取舍。也许有一天，谭笑自己也会面临像牙医漫画家这样的取舍吧。自己的选择会是什么，当下的谭笑无法得到答案，她只知道，台上的这个人放弃了很多才走到了今天，这是他的主场，自己不应该为了自己的脱口秀梦想去喧宾夺主。

想到这里，谭笑更好奇这本漫画的内容了，于是便翻开了这本意外收获的漫画，当她看到页脚处出现“89”这个数字时，耳边响起了漫画家温柔的声音：“嗨，你还没找我签名呢。”

谭笑递过书，漫画家打开扉页沉默许久，写下了一行字：段子不错，好笑的，加油！

中国人习惯用老天爷这个词来代表命运的发言人，可他分明就是个爱捉弄人的小孩子，谁又能想到，在这场换了主角的签售会上，谭笑居然留到了最后一个。

直到现场的桌椅都被撤走，一切恢复如常，谭笑才走出了大厅。

叮叮，手机响了几声，来自涂凌的消息一条接一条跳了出来：

——二十分钟内回宿舍，收礼物。

——这回绝对是你喜欢的。

——就算不喜欢，也必须说喜欢。我长这么大还从来没在任何事情上失败过！

（涂凌撤回一条消息。）

“呵，幼稚鬼。”

11 板砖拍进心坎里

好奇心真是一种奇妙的东西，为着涂凌口中的“这回绝对是你喜欢的”礼物，谭笑居然跳过晚饭直接回了宿舍翘首等待。

果然，二十分钟后外卖员如约而至，给了谭笑一个沉甸甸的纸袋和一个暧昧的微笑。

纸质厚重的袋子上系着丝绒材质的缎带，袋子里装着精巧的木质盒子，盒子里铺着厚厚一层七彩糖果，谭笑不自觉翘起嘴角，冲到洗手间用七步洗手法洗净双手，深吸一口气，缓缓地拨开了那层糖果。

嗯……好像有什么不对?

不，一定是打开方式有问题!

谭笑合上盖子，再次屏息打开，并没发生什么炫目的变化，那盒子里躺着的，依然是几秒钟前看到的那块红砖，上面刻着几个大字“人类搞笑砖员纪念砖”。

涂凌所谓的“这回绝对是你喜欢的”礼物，是一块砖，一块刻了字的砖。

由于这份礼物过于别出心裁，以至于让谭笑本人陷入了深思，难道她给人的印象就是一个喜欢板砖的女生吗?

“咚咚咚。”敲门声响起，谭笑左手拿着板砖念念有词地去开了门。

“Surprise!（惊喜！）”门口是站得笔直笔直的涂凌。

本能让谭笑拿着板砖的左手扬了起来，医学生的素养又让她把手收了回去。如何施救被钝器击伤的患者，谭笑心里没底。

“看你爱不释手的样子，一定很喜欢吧？”涂凌贱兮兮地说道，居然还生硬地挤了挤眼睛。

“数学天才大周末没事干吗？”

“我翘了我老妈的演出，来看你收到礼物的反应。我虽然不懂世俗人情，但我想一个男人在母亲和你之间选择了你，总该得到一句谢谢吧。”涂凌说得振振有词。

谭笑忍不住想逗逗他：“也就是说，如果我和你妈同时掉水里，你会救我，对吧？”

“我妈？你要知道，脂肪的密度很小的，她在水里大概率会直接浮起来。”说完，涂凌上下打量着谭笑，说，“建议你也吃胖点儿，就不怕掉水里会淹着了。”

谭笑缓缓扬起板砖，直到捕捉到涂凌恐惧躲闪的眼神，方才停下来，说：“谢谢教授的礼物。不过给你个小建议啊，如果你还想娶到老婆的话，可不要再给女孩子送这种礼物了。”

“老婆？你当我是谁？爱因斯坦吗？”涂凌摆手窃笑。

谭笑不懂，这是什么梗？

“OK，上课时间到。”涂凌一本正经地解释道，“爱因斯坦的第一任妻子是一位出生于塞尔维亚的数学家和物理学家，爱因斯坦曾亲口说过，我需要我的妻子，她能为我解开数学上的难题。”

“所以呢?”谭笑问。

涂凌面带骄傲地说：“我不像爱因斯坦，我在我的专业领域里不需要伴侣来帮忙。”

面对自负至此的涂凌，谭笑的内心产生了一种迫切的责任感，她得压制下涂凌的过度自信：“哦吼，这话从一个在舞台上改论文的数学家嘴里说出来，我怎么就不信呢。”

“是个人都会犯错。”涂凌的声音减弱了下来。

“犯错的人也好意思自比爱因斯坦？不对，是犯错的人也好意思看不上爱因斯坦?”谭笑说完这句话，也觉得攻击性太强了些，可这个涂凌就是能激起谭笑最真实的那一面。

“为什么这样说我？我又不是机器人，我也会伤心的。”

这涂凌，竟然昂着头往回憋眼泪，谭笑一时手足无措。

“走，跟我下楼，我不能在女生宿舍太久。”

谭笑被他拽着袖口往楼下走，那袖口处的方寸间，涂凌的体温隔着空气蔓延了过来。

宿舍楼下的榕树枝繁叶茂，把那路灯的光掩埋在枝叶间，可借着缝隙里漏出来的光，谭笑还是能分辨出涂凌脸上难掩的委屈和失落，于是她选择噤声，静静地等待他开口。

“在数学上，我从未犯过错误。但前天，我接到了一个电话，是期刊编辑打来的，他们在我的论文里发现了错误。人是会犯错，但我不是人，不是，说错了，我不是那些人，我是从不犯错的涂凌，圈内人称二十一世纪图灵。这个图灵是英国数学家阿兰图灵的图灵。”

谭笑作为一个考研失败的本科生，是无法真正理解一个顶级数学家对错误的耐受程度的，她只能安慰道：“没事的，犯了错改过来不就好了？”

“可是你知道吗？我小时候没学会骑自行车，长大了也没学会开车。我没有任何特长和爱好，数学是我唯一擅长的东西。我没有办法去想象，假如有一天我的天赋丢失了，我变得错漏百出，再也不擅长数学，那我不知道我还能做什么。”

谭笑第一次觉得，眼前的这个人，不是一台写满数学程序的机器，而是一个活生生的人，一个陷入自我怀疑的人。她放下一直拿在手上的板砖，安慰道：“可是即便是从今天起，你不再从事数学研究，你的成就也没有几个人可以比肩。”

说完这话，谭笑觉得自己作为一个外行，能说的终究还是太浅，她脑海里浮出一个面孔，于是继续说道：“你的学生，小青，她应该能理解你，我想你可以找她说说心里话。”

“不，她不行。”涂凌低着头说，“小青她，太过于崇拜我，她将我奉作神明。一个神明，如何与他的追随者交心呢？”

原来他心思细腻至此，谭笑暗暗感叹，自己竟真的错看了他。

谭笑看着眼前这个孩子般脆弱的数学家，尝试着以平辈的心态说道：“我不懂你们搞数学的，我就说说自己吧。你看我，也算是口腔专业五大名校生，说起来也是人人羡慕的。但我不还是考研落榜，灰溜溜地躲在学校里准备二战。但是呢，失败和丢脸是暂时的，等我研究生毕业后，我一样是名校硕士，一样让人羡慕。”

“你这是自我麻痹，据我所知，医学圈子里鄙视链层次分明，考研二战在你的简历上是抹不掉的失败。”

这个涂凌，冷漠无情的一面又回来了。谭笑摸了摸手边的板砖，说：“得了吧你，咱俩现在都是个失败者，半斤八两的，八两你就不要嘲笑半斤了好吗？”

敞开心扉的两个人在灯下聊了好久，当谭笑抱着那块红砖走回宿舍时，竟也觉得心里的包袱轻了些。与陷入失败阴影的数学家比起来，考研失利的痛苦似乎也轻了几分。看来这个板砖，还真是个送到心坎上的好礼物呢。

12 “请一定要拒绝我的告白”

在辅导员办公室门口，谭笑微笑着向秦天天招了招手。

秦天天，班上绩点第一的学霸，原本申请到了牙医学专业排名世界前列的伦敦大学国王学院，却因为家里突发经济变故，无奈只能放弃留学，接受保研本校。

人生大概就是由无数个不如意组成的吧。

而讽刺的是，一个人的不如意，又偏偏可能是另一个人的梦寐以求。谭笑看着秦天天失落的眼神，暗想如果自己能拿到保研本校的机会，大概早就高兴得蹦上天了吧。

“谭笑，还不快进来。”辅导员在办公室内喊着。

谭笑早就知道，辅导员此次召唤的目的，是要她找个工作签好三方协议，以确保学院的就业率。

辅导员念念叨叨讲了半天车轱辘话，给了谭笑两个选择，一家二甲医院和一家连锁民营单位。

“谢谢老师，但我打算直接准备考研二战，不工作了。”

“谭笑，老师就直说了吧。老师平常对你关照也蛮多，我们做辅导员的，就是考核毕业生的升学率和就业率。你既然不能给咱们的升学率做贡献，那就帮老师一把，贡献个就业率吧。”

谭笑试探着问：“是只要能签三方协议就可以吗？不是医院或者诊所也可以吗？”

辅导员想了想说：“理论上，任何企事业单位都可以。”

任何企事业单位都行！正好，谭笑需要一个借口，一个联系塘子的借口。

谭笑字斟句酌地编辑了好半天微信，又一个字一个字地删掉，拨通了塘子的电话。

“喂，哥，我想请你帮个忙。”

对方不应声，谭笑连忙解释道：“不是求你让我去讲脱口秀，我听说你开了公司，能不能让我挂靠一下，给我签个三方协议。”

“你不打算上班？”

“嗯，准备考研二战。”

“OK，我这边不给你发工资。但是我得做严格遵守《劳动法》的守法雇主，我还要给你交社保呢。”

“社保的钱……”谭笑不敢承诺自己出钱交社保，毕竟一个大学毕业生在家白吃白住就已经够丢脸的了，又怎么好意思伸手向爸妈要钱呢。

“社保的钱，你自己赚。我那个做搞笑短视频的朋友，还挺喜欢你的段子的，以后你还可以继续给他供稿。”塘子说完就挂了电话，随后又发来一个深圳的办公地址，连带一行言简意赅的文字：到这儿来签你那个什么协议。

下午两点，谭笑拿着辅导员早上塞给她的三方协议，站在了“塘子喜剧工作室”门口。

谭笑站在原地恍惚了好半天，直到看到塘子向自己招手的那一刻，她才确信了一点——他还是愿意帮她的。

略带尴尬的寒暄过后，塘子自己拿出公章敲在了三方协议上。

“盖章签字完成，你回学校吧。”

这逐客令下得直截了当，可谭笑还是想要问：“为什么之前在脱口秀圈内封杀我，现在又愿意帮我了？”

谭笑注意到，塘子的脸上慢慢浮现出了暖色调，他回答的语气也是温柔又郑重：“因为你要考研哪。”

“你怎么这么关心我考不考研？你是我爸吗？”谭笑的思维被自己这句玩笑话带偏了，她忽然想到，塘子虽然不比她大很多，但还真有那么点儿言情小说里所谓“爹系男友”的样子呢。只是，想这个做什么呢，他又不是谭笑的男朋友。

“我是替你高兴呢。”塘子说，“你选择了继续考研，这是对的。脱口秀不能当饭吃，你还是好好做你的牙医，以后业余玩玩脱口秀就好。”

“所以，你并不是要封杀我，只是逼着我选择你认为正确的路，是吗？可是你又如何得出定论，我会选脱口秀呢？”

塘子示意谭笑坐下，打开电脑，转过屏幕，对谭笑说：“因为你太像她了，不是简简单单的形似，是灵魂和性格的神似。”

电脑开始播放一个视频，从清晰度来看应该不是最近几年录制的。

一阵掌声过后，一个纤瘦的小个子女生迈着与她的腿长不太相称的大步伐，走上了舞台。

“嗨，大家好！我是大鱼。

“你们上大学的时候做过兼职吗？

“这边有观众做过，你们一般都做什么兼职？

“发传单、做家教，对吧？这些都是很普通的兼职。

“我不一样，我大一的时候，演过戏。

“演什么呢？演霸道总裁。

“有观众问了，你一个女的怎么演霸道总裁？

“我演的呀，是网线那头的霸道总裁，是每天用QQ叫客户起床的那个人。

“每天早上我起床后，都要打开手机，给我聊天页面的每一个客户发一句：女人，还不快快起床，带着你的惊世美貌占据我的心。

“中午给她们发：女人，快去吃饭，学校食堂被你承包了。

“周末给她们发：女人，你知不知道，有一个男人想带你去时尚时尚最时尚的美特斯邦威。

“在这用文字取悦女人的行业里，我从一群男人中脱颖而出，成了销售冠军。

“人常说：男追女隔座山，女追男隔层纱。

“要我看还得多加一句，女追女，隔个啥呀。

“这份兼职给了我一年承包两次美特斯邦威的机会，美特斯邦威，女人的衣柜。”

听到这里，塘子感叹：“这场是我们第一次接商业合作，金主爸爸是美特斯邦威，他们倍儿满意。”谭笑注意到，塘子的声调极不平稳。

“但这个反串霸道总裁的兼职，也潜移默化地改变了我。我最近喜欢上了一个男生，当我第一次见到他时，我邪魅一笑，对他说：‘男人，你成功引起了我的注意。’

“每当他从我身边经过的时候，我都想把他逼到墙角，给他一个爱的‘壁咚’。

“有一天，他朝我走过来，我注意到地上有个香蕉皮，我的心里响起了魔鬼的声音：踩到它，踩到它。男人，只有这样，你才能走进命运的旋涡，跌进霸总的怀抱。

“他踩到了香蕉皮，也跌进了我怀里，可是我不是偶像剧里的霸道总裁。”

讲到这里，大鱼扬手挥舞着自己打着石膏的手臂，镜头一转，定格在了额头缠着绷带的塘子身上。

几分钟的表演结束，谭笑转头看着塘子的表情，瞬间就懂了，问道：“这个大鱼，她是你女朋友吧？”

“是，活着的时候是。”

听到这样的回答，谭笑不忍追问，只能手足无措地看着他。

塘子盯着电脑屏幕上那个定格的影像，说：“也没什么不能说的，就是个韩剧一样的狗血故事。两个追求共同理想的人爱上了并肩向前的队友，梦想让他们觉得有情饮水饱。可她病了，我们却连医保都没有。我爱脱口秀，她也爱，可脱口秀害了她。”

谭笑连忙解释：“对不起，问了你的伤心事。但你不用担心我，最开始的时候，我以为自己绝对能顺利考上研，所以就误以为脱口秀对我更重要一些。可考研失败后，我发现我根本就不能承受人生前途未卜的不确定性，我还是想考研。”

“答应我一件事。”塘子冷不丁地说，“假如有一天，我向你告白，拜托一定要拒绝我。”

“你会向我表白吗？”

塘子没有回答，只是再一次点开了大鱼的脱口秀视频。谭笑皱了皱眉，在观众给大鱼的掌声中退了场。

13 当四大名著主角变成牙医

“大家好，我是口腔医学院的谭笑。

“假如四大名著变成四家口腔诊所，你会选哪家去看牙呢?

“你说货比三家，先看看。

“你走进西游口腔，唐僧检查了你的牙齿，说：‘施主，你得了急性牙髓炎。请你两个月后再来看牙。’

“你说：‘都急性了，怎么还要等两个月呢?’

“唐僧双手合十，说：‘急性牙髓炎时，你的牙神经还是活的。阿弥陀佛，贫僧乃出家之人，不宜杀生。’

“这时，孙悟空冲过来，一棍子敲碎了你新装的种植牙，大喊：‘没有一颗假牙能逃过俺老孙的火眼金睛!’

“猪八戒见状，说：‘大事不好，师父要被抓走了。大师兄你回你的花果山，我回我的高老庄，沙师弟回他的流沙河，咱们分了行李各奔前程吧!’

“你说：‘我也没见着沙和尚呀。’

“白龙马跑过来说：‘咱这西游诊所有他没他不都一样嘛。’

“你转身来到了三国医院，这里没有院长，三个科主任带着他们的小弟们正在抢地盘。

“你悄悄听着，这三人要瓜分你的二十八颗牙齿，左上颌牙归曹操，左下颌归刘备，右下颌归孙权。

“曹操想要攻占右上颌，刘备请教诸葛亮，说：‘丞相，没有足够的牙胶尖，咱们如何占领这右上颌的领地呢？’

“诸葛亮摸着胡子说：‘我有一妙计，曰草船借尖，在这患者的右上颌牙齿上开个洞，诱使那曹贼放尖进去。’

“你落荒而逃，躲进了对面的水浒诊所。

“你刚一进门，鲁智深捏着你的下巴看了看你的牙齿，转身拿出一块生肉丢在治疗盘上，说：‘这十斤精肉，用牙齿切作臊子，不要见半点儿肥的在上面。’

“你哭喊着说：‘臣妾做不到啊！’

“鲁智深说：‘这牙留不得，得拔！’说着，卷起袖子就伸手过来了。

“你捂着嘴问：‘徒手？拔牙不是要用钳子吗？’

“鲁智深嘿嘿一笑，说：‘客官听说过倒拔垂杨柳吗？说的正是洒家。’

“你想来想去，红楼医院里的人肯定温柔，于是就挂了贾宝玉的专家号。

“贾宝玉果然温柔，问了半天病症，还问了你嘴上的口红色号，这才打算给你检查。

“可护士来报，住院部的林姑娘又哭了。

“贾宝玉走的时候丢下一盒病历，说：‘给你撕着解闷，撒得好，再撕响些。’说完就走了。

“你正要离开，远远地传来笑声，王熙凤走过来说：‘姑娘别恼，我们园子里新来了一位叫刘姥姥的进修医师，人虽粗俗，但手艺那可是拔尖儿的，我家巧姐的乳牙可都是她拔的呢。’

“你问王熙凤：‘这刘姥姥收费贵不贵？’

“王熙凤说：‘倒也不多，拔一颗牙交一盘茄鲞的钱。’

“你捂着钱包逃出来，心想，看来口腔医院那个叫谭笑的实习医生还挺好的嘛。

“谢谢大家，我是谭笑。

“获取更多脱口秀快闪活动资讯，请扫我T恤上的二维码关注公众号‘谈笑间烦恼灰飞烟灭’，谢谢！”

讲完后，谭笑默默退到角落，与经典文学读书会的会长交换了一个眼神。就读书会成员的反应来看，这场将四大名著与看牙结合起来的脱口秀表演还算是成功的，那会长也笑着邀她下周再来。谭笑答应了，忙忙拿起外套奔出去，冲向了最近的一辆共享单车。

考研复习自然是在按计划执行，但谭笑并没像她在塘子面前所说的那样放弃说脱口秀。相反地，她另辟蹊径，选择在诸如学校社团活动现场、猫咖、茶社，甚至是电影开场前的影厅内，当众讲三五分钟的段子，她称之为“脱口秀快闪”。

与脱口秀俱乐部组织的开放麦不同，这种脱口秀快闪场地不固定，观众也不一定对脱口秀感兴趣，甚至都不会认真听讲，这些都给快闪制造了难题，但即便是这样，谭笑还是乐在其中。

踩着单车破风向前的时候，谭笑有一种自己打败了命运的错觉，这种错觉促生了肾上腺素，她在热血的冲击下想着下一场该讲什么段子。

下一场演出的邀约是今天下午才收到的，主办方是学校的美剧社。为了增加演出机会，谭笑自然是答应了，可四大名著这个段子显然不适合在美剧社的角色扮演活动上表演。

踩着单车构思段子的时候，谭笑与一位《破产姐妹》里的服务员 Max 擦肩而过，自行车勾到了 Max 的橙色裙摆。

“对不起对不起，我可以赔钱。”谭笑连忙道歉。

“没事，我带着口腔深部缝合联系套装呢，等会儿缝两针就好。”

“哦。”

等等，哪里有些不对劲！谭笑的脑子在风中死机了好几秒，才反应过来这位身穿性感服务生制服裙的，居然是个男的！

谭笑在原地尴尬地笑了笑，再次踩上单车，越过那位“男破产姐妹”，终于在五分钟后到达了美剧社的活动现场。

才刚走进去，谭笑就撞到了两个把短袖套在长袖上面的“谢尔顿”。

有了，既然活动参与者都扮成了美剧经典人物，那就讲假如

《生活大爆炸》的几位主角变身牙医的段子吧。

拿定主意后，谭笑在会场找了好半天，才把美剧社会长从一大堆《行尸走肉》的“丧尸”中找了出来。

“会长，我什么时候上场。”

“本来安排你第一个上，结果临时来了个大咖讲笑话，之后还有个女装大佬破产姐妹要跳舞，你就排第三个吧。”

这么一来，写稿子的时间还是很充足的嘛，谭笑找了个相对安静的角落，拿出小本子写了起来。

不知过了多久，她听到一阵又一阵的欢呼声：“谢耳朵！谢耳朵!”

抬眼望去，台上果然站着一个明黄色长袖上套着红色短袖 T 恤的瘦高男子，整个一西红柿炒蛋的配色，惹得没吃晚饭的谭笑不自觉地吞了吞口水。

进门时碰到的那两个“谢尔顿”，一个是绿色短袖，另一个是蓝色。也就是说，这个四五十人的场子里，有大于等于三个“谢尔顿”。这么看来，《生活大爆炸》简直就是九零后的《老友记》嘛。

“Hello everyone, I'm Sheldon Lee Cooper.（大家好，我是谢尔顿 · 李 · 库珀。)”

这位演员只说了这一句，就引得现场哄堂大笑。

谭笑暗想不好，自己刚写的段子该不会和这位撞梗了吧。为了看清楚这个人，听清楚他的话，谭笑走上前去，却惊奇地发现台上的西红柿炒蛋版谢尔顿竟然是涂凌!

“我是世界上最年轻的菲尔兹奖得主。我妈……”

“菲尔兹奖就是数学界的诺贝尔，老师你要这么说大家才懂你有多聪明。”

谭笑看清了在台下做补充说明工作的女孩儿，是涂凌的学生小青。

“OK，我换个说法，就智商来说，我是全场最有资格扮成谢耳朵的人。

“而我的母亲，是一位栋笃笑演员，俗称讲笑话的。

“我……”

谭笑正竖起耳朵等待着涂凌的段子，却见他箭步飞过来，冲到了她身后。

谭笑回头一看，只见涂凌整个儿扑在塘子身上，他俩中间夹着一束无辜的鲜花。

“你俩什么情况?”谭笑问。

“这个小眼睛变态要偷袭你。”涂凌的声调很高。

“什么偷袭，我是来表白的。谭笑，做我女朋友吧。”塘子拿着那束已经被压成饼状的玫瑰花说道。

“什么——”

14 “逗比”与呆子必有一战

谭笑木然地接过塘子手中的饼状玫瑰花束，又闪电般地塞了回去，“塘子哥，我不能做你女朋友，你对我来说就像是哥哥一样。”话一出口，谭笑才意识到这句“像哥哥一样”像极了渣女发言，可这确实是自己的真心话。

“你听到她的回答了，快走快走。”涂凌挥手强行送别塘子，又招呼着围观人群说：“Show Time（表演时刻）！演出继续！”

谭笑旁观着涂凌，对于一个不擅交际的社恐数学家来说，能做到这样已经是很难得了。可他身后的路已经被形形色色的围观群众堵死了，他想要强行挤回舞台，却被一个乱入美剧社的“绿巨人”举起一只翠绿的巨手推了回去。

这边塘子又发言了：“谭笑，我知道我之前和你说过，要你拒绝我的表白，但那时候，我还没完全看清我的心。”

许是人群有些吵，又或许是脱口秀演员的习惯，塘子说这话的语气虽然软，但音量却不小，谭笑能感觉到现场瞬间安静了下来。几秒的寂静过后，响起来的是一曲烂俗而又叫不上名字的浪漫乐曲。

“和我在一起吧，我会打下一座脱口秀的江山，与你并肩统治。”塘子和着音乐说。

这中二病晚期的台词，谭笑听得直尴尬，可围观群众却开始高呼：“在一起！在一起！”

“塘子哥，你现在还爱着大鱼吧，我想你不是真的喜欢我，而是想她了。”在聒噪的人群中，谭笑只能选择最简单的表述来说明自己的感受。

塘子答：“谭笑，终我一生，我都会爱着大鱼，可我也会爱你。她已经离开这世界，所以你会是唯一感受到我的爱的人。”

这话渣中带理，谭笑一时不知该如何辩驳，只觉得有个番茄炒蛋配色的人从自己身边挤过来，横在她与塘子之间，说：“作为本校教授，我命令你离开校园。”

“小朋友别闹，别以为你穿成谢耳朵的样子你就是教授了，就算真的谢耳朵来了，那他也管不着咱们这儿的事对吧。”塘子说着话，推了一把涂凌，没推动。

“这是涂教授的证件，他的确是本院教授。”一张通行卡被递到了面前，谭笑顺着那手臂看过去，定位到了挤在人群中的小青。

塘子脸色一转，笑说：“教授大人行行好，让小的表白完再走吧。”

“不可以，你不能向她表白。”涂凌说完，又转身对谭笑说：“这个人不好，你不可以答应他。”

“不答应我，难道答应你？”

“我，我……”涂凌在这个问题面前，变成了主板短路的机器人，呆在原地一动不动。

谭笑无奈："你们两个别闹了。塘子哥，我真的对你没有男女之间的感情。涂大教授，我原本也没打算答应他。"

谭笑眼见着涂凌的脸色转忧为喜，还像个孩子一样对着人群中的小青比了一个"V"。

好戏即将落幕，人群眼见着就要散开了，小青冲出来大声说："大家别走，这个谢耳朵不是本院教授。我们两个都是男主请来的演员，因为女主她特别喜欢喜剧，所以我们是来帮男主演戏的。你们看，多浪漫，多般配！在一起，在一起！"

谭笑没法儿不注意到，小青这句话里，把谭笑定位成了"女主"，把塘子定位成了"男主"，也许是因为大众都有男女主必须在一起的潜意识，所以人群又围了过来。

这个戏剧性转折给了塘子信心，他这回索性直接单膝跪地，说："谭笑，我知道我心里有一道白月光，我也知道对女生来说没办法轻易接受白月光，但是你可不可以给我一个机会，让我证明我对你的心意？"

这一烂俗又浪漫的场景，将现场气氛调动到了最高潮，也把谭笑逼到了死角，她仰望着天花板，开始组织残忍却又真心实意的拒绝语。

你是个好人，但是我不喜欢你。不行，太烂俗了。

你很好，可是我配不上你。不行，太贬低自己了。

围观群众的欢呼声越来越响亮，谭笑也越来越焦心。她一向不喜欢当众告白的桥段，一是有一种被气氛赶鸭子上架的感觉，二是在这种情况下拒绝也显得更为残忍了。

该怎么办呢?

“我看不下去了。”伴随着这一声音的，是一只手抓住了谭笑的手腕，谭笑跟着那只手挤出人群后，才发现拉她出去的正是扮成《破产姐妹》女主角的男人。

“谢谢谢谢，哥你是哪个院系的?”谭笑问。

“我吗? 我口腔医学院的。”

这声音有点儿熟悉，谭笑抬头看了看这位男版破产姐妹的脸，原地呆了好几秒，才喊道:“洪院长? 你是洪院长!”

那人点点头。

也就是说，原本只是想来讲一段脱口秀的谭笑，在众人围观的情况下被当红脱口秀演员塘子表白，又亲历了青年天才数学家匪夷所思的插手，最终被差一点儿就成为自己硕导的洪院长“救”了出来。谭笑愣在原地，不知如何是好。

“年轻人生活可真是丰富多彩呀。”洪院长打破了沉默。

“您老人家的生活也很有趣的嘛。”谭笑想都没想便脱口而出，说出来之后才自觉有些不合适，可看洪院长的脸色，他似乎也并没什么不悦。

“小谭呀，你今年还考研究生吗?”洪院长语重心长的关切与他那一身艳丽女装的打扮十分不和谐，逗得谭笑险些笑出声来。

“嗯，我已经在准备二战了，我……”谭笑原本想说我还是想报您的研究生，却又怕唐突了。

“好好考，初试成绩出来后记得发给我。”洪院长留下这句话，蹬上共享单车绝尘而去。

这时候，塘子已经走到近前了，涂凌虽然被小青拖着，却也往她的方向来了。谭笑长叹一声，也打开手机解锁了共享单车，追着洪院长的背影逃掉了。

在逃离“逗比”与呆子碰撞出的修罗场时，谭笑听到身后传来涂凌的声音：“塘子，我们谈谈吧。”

15 玛丽苏女主可不好当

很快，塘子表白事件就过去一周了。

在这一周内，谭笑眼见着“塘子表白”的新闻被网络上各家媒体、营销号疯转，却又迅速被“塘子女友”的话题盖过，让谭笑感到庆幸的是，这里的女友指的是大鱼。

而涂凌那边，虽然自从表白日之后，两边像是有默契一般没有联系对方，但谭笑还是在学校的各个群里看到了涂凌上课讲笑话的视频。诚然，他的笑话都有点儿冷，但他这个人讲笑话这件事本身就很好笑了。

呆子和“逗比”的生活看起来都充实有趣，而谭笑自己却一直躲在图书馆复习。写完一篇英语大作文后，谭笑满意地拍了照，打算发给她的英语小老师——拿到名校录取通知书的同班同学秦天天。

手机才刚开机，就接连跳出好几个未接电话提醒，分别来自秦天天、某本地座机号码和一个上海的手机号。

犹豫了几秒钟，谭笑还是最先回拨给了秦天天。

“谭笑，超级好消息告诉你，我收到了一笔来自学校内部的奖学金，我的天哪，我真的是太幸运了，我可以出国了！知道家里出事后，英国那边的录取通知书我没有直接拒绝，请他们帮我保留入学资格。其实我当时只是单纯不死心而已，但没抱什么希望的，没想到居然等到了奖学金！啊啊，我好开心啊。啊，谭笑对不起，我没有要炫耀的意思，我打给你是想说我的名额空出来后，本校应该会有补录取，你联系研招办问问哈。”

秦天天一口气说了这么多，都没给谭笑插嘴的机会，谭笑待她兴奋劲儿减了些，道了谢才挂断了电话。

正因为知道了这事，再回头看未接电话时，谭笑发现打了两次电话的本地座机号码的前几位和辅导员办公室电话相同，想来很可能就是研招办打来的。

谭笑满怀着希望打过去，得到的信息是：她是落选者中分数最高的，所以这个空出来的名额优先给她，只是需要她自己联系好导师，获得导师的同意。

本校所有导师的招生情况，谭笑早就了然于胸，稍作推想，她就知道洪院长那里大概还有名额，也只有他对自己的印象还算比较深。想到这里，谭笑立刻编辑了邮件，颤巍巍地发给了女装大佬洪院长。

发完邮件，谭笑又给那个上海的手机号回拨了回去："请问您是?"

"你好，请问你是谭笑吗？我是笑掉牙喜剧社的演员经纪人，我看到了你的演出视频，想找你聊聊。"电话那头是个很温柔的姐姐的声音。

笑掉牙喜剧社！那可是圈子内一流的公司，很多知名脱口秀演员都是从那里走出去的，谭笑强压着兴奋，询问细节。

"是这样的，我们公司呢，在筹备举办新人训练营。我这边希望你能参加我们的线上面试，面试的内容主要就是讲脱口秀，主题自定。如果面试通过，就可以参加训练营，训练营是不收学费的。在训练营中表现优秀的学员，可以成为我们的签约艺人。我们的签约艺人呢，最开始可以在线下演出，可以做幕后编剧，之后还有机会参加我们的线上节目，成为面对全国观众的演员。"

能拿到这样的机会，自然是幸运的，谭笑满口答应了，并约定了大后天上午的面试。

挂掉电话后，谭笑看到了邮箱 APP 上的小红点，打开一看果然是洪院长的回复，他居然秒回自己的邮件：

谭笑你好！

很高兴收到你的申请。请在近一年的 *JOURNAL OF*

DENTAL RESEARCH上选择一篇文献，阅读并做汇报，时间就定在后天下午，你下午四点半来门诊找我。

谭笑回复了邮件，这才觉得兴奋中隐含着不安。不论是学业还是脱口秀，她梦寐以求的机会都来了，可又都来得太快了。在短短一周时间内完成两件事，会得到期待中的好结果吗？还是说两边都会搞砸呢？二选一是不是更明智些呢？

要是能有个人说说这些烦恼就好了，谭笑这么想着，打开了联系人列表。塘子是脱口秀圈元老，找他求助自然有用，可一来与他的关系已经因为那次突然的表白变尴尬了，二来塘子和笑掉牙喜剧社也算得上是对家，找他似乎也不太合适。

生活中的其他亲友，听到她面对学业和爱好的选择时，一定都会劝她选“钱”途无限的学业。

想来想去，也只有一个涂凌，因为太过高傲，所以没兴趣干涉谭笑的选择，又因为太过聪明，所以谭笑在他面前反倒不用计较自己是否显得蠢笨了，反正怎样都不会比涂凌更聪明。只是，这个人醉心数学，就连社交都要靠他母亲的“电话男友”服务，此前种种交集都并非涂凌自愿，他又怎么会有兴趣听自己絮叨呢？

如此这般乱想了一通后，谭笑拍拍脑袋，自说自话地骂自己：“又犯蠢啦，哪还有时间纠结这些，还是赶快回宿舍拿电脑做洪院长安排的作业吧。”

回宿舍的路上，谭笑看到几个工人正在食堂楼安装巨幅广告画，谭笑看到了涂凌母亲绿姨扮作包租婆侧身抱臂大笑的半身照印在那广告上，她旁边露出了番茄炒蛋配色的衣袖，谭笑走上前去问："您好！请问这是什么广告呀？"

"数学系的一个年轻教授，要和他妈妈一起办一场演出，讲笑话。但是不知道咋回事，数学系教授的第一场演出居然要在医学院这边办。"安装工人一边答话，一边掀起了广告的一角，那穿着番茄炒蛋配色衣服的，正是涂凌。

看到这里，谭笑下意识说出了一句古早网络流行语："这又是闹哪样？"

拧着眉毛走开几十米后，谭笑又折回来，看了看演出时间，恰好在她面试笑掉牙喜剧社的第二天晚上。

这一个上午，时钟刚刚跳过十点半，就已经发生了这许多的变化。谭笑不禁感叹，谭氏果业二公主的段子原本只是个套用玛丽苏小说的笑话，没想到她竟真的像跳进了玛丽苏小说里一样，人生起起落落全在一瞬间。可这玛丽苏女主，似乎并不好当呢。

16 一定要做选择吗？

从洪院长的诊室出来时，谭笑一步三回头，试图用拖延来换取自己想知道的答案，可洪院长并没有明确表态，只是说："回去等消息，我五分钟后还要面试下一位候选学生。面试后我会按照既定的标准打分，按分数选取补录学生。”

既然如此，谭笑也不好多说什么了，只能再次致谢退出。

迈出这道门，笑掉牙喜剧社的面试就自动从待办事件中跳到了第一位，虽然时间紧迫，但把过去的段子整理修改一下也不是不可以。可在此之前，谭笑总觉得心里有个萦绕心头悬而未决的问题。

她敲开诊室的门，问道：“洪老师，我也不知道有没有机会成为您的学生，但是，我还是有个问题想要问您。”

“哦，关于口腔修复的问题吗？你尽管问，老师尽力解答。”

“不是的，老师，是一个比较私人的问题。”谭笑看了看在一旁做助手的几个学生，用力咬了一下自己的下唇，继续问道，“洪老师您知道的，我喜欢讲脱口秀，虽然我水平一般，但我就是喜欢，没有办法放弃的那种喜欢。我想问的是，如果带着对脱口秀的爱继续做医生，想要二者兼顾，那是不是意味着我不是一个合格的医生？”

“果然，这个问题必须由我来回答啊。”洪院长看起来并没有不愉快。

一旁的研究生见状，找了个借口就要走，被洪院长挥手拦下了，谭笑听他继续说道：“前一段时间，我的另一面被曝光。那时候你们怎么想？肯定是觉得丢人丢大了，仕途也必定受影响。事实上，在我最初知道自己女装跳舞的视频被公开的那一刻，是慌乱无措的。可是这种焦虑感只持续了一小会儿，我就释然了。更确切地说，我体会到了前所未有的自由。我一没有违法乱纪，二不是心理变态，我就只是个喜欢穿女装的男人而已。这有什么吗？穿着打扮又不影响医术，对吧？”

谭笑从未想过，洪院长竟然能如此坦然且公开地谈论自己女装大佬的身份，但这个问题在她的认知里一直都是敏感问题，所以一时也不知道该作何反应。

洪院长继续说道：“合格的医生其实只有一个要求，那就是好好看病，其他的都无所谓。”

“一心不能二用，我怕我的爱好耽误科研。”谭笑也说了自己的心底话。

“科研？小姑娘，且不说很多的科研工作者创造的都是‘学术垃圾’。就说现如今，整个行业已经给医生加上了科研和教学的担子，这个担子能挑起来，那自然是好样儿的，可如果一个医生除了看病别的都不会，那他是不是个好医生？”

看来洪院长并不赞同全体医生搞科研的做法，谭笑趁机补了一句：“老师，我报的是专业型硕士。”

洪院长笑着点点头，说：“好，知道了。年轻人别老想着没日没夜地泡在医院，外面好玩的事多了去，去玩去闹，去青春吧。”

“去青春吧”，这句虽然是个病句，可谭笑觉得这话美极了。

口腔医院的门口，向来车如流水，可谭笑的视线才刚移到门口，就看到了两个年轻男子，一人垂手站立目不斜视，宛若一根光秃秃的树干，另一人左顾右盼神色飞舞，活像个要爬树的猴子。

无须细看，自然是涂凌与塘子了。

他们为什么要等在这里？谭笑现如今已经有些怕“逗比”与呆子的双重袭击了，可此时此刻六只眼睛已经对上了，显然无路可逃。

谭笑灰溜溜走过去，擦肩而过的时候挥了挥手，打算蒙混过关，可还是被拦住了。

塘子笑说：“涂凌大教授脱口秀首秀在即，请我来润稿，你也一起吧。”

“你们两个什么时候关系这样好了？”谭笑问。

塘子答：“不打不相识。”

涂凌答：“利用最优资源。”

去往学校的路上，三个人一路无话，还是塘子最先在食堂楼下打破了沉默，说：“要不咱仨先吃个饭吧，这大学食堂我还从来都没吃过呢。”

“好，那就请二位吃一下我们医学院二食堂的低配版佛跳墙。”

等佛跳墙的几分钟里，先是涂凌落座，谭笑坐在了他对面，塘子顺势便坐在了谭笑旁边。涂凌见状起身，挤在了谭笑另一边，谭笑借口拿筷子，又跳出来坐在了他二人的对面，可那涂凌竟然又黏了过来。

“算了，不玩这种小孩子游戏了。”塘子一个人独自坐在对面，笑嘻嘻地说，“大教授，其实坐在这里才能看到笑笑的脸呢。”

笑笑？谭笑起了一身鸡皮疙瘩，险些跌下椅子。

涂凌半起身，似乎想要挪到对面去，但好像又不想表现出被人戏弄的窘态，于是又撇着嘴坐下了。

“笑笑，笑掉牙喜剧社的面试，你准备得怎么样了？要不要我帮你看看稿子？”塘子满脸写着热忱。

“谭谭，我也可以，不，我妈也可以帮你。”涂凌也不甘落后。

“笑笑，我的水准你是知道的，他妈就，他妈，不是，我没有要骂人的意思，我就是说名师才能出高徒。”

“谭谭，我妈从业二十余年，在栋笃笑圈子里排名前列。”

“笑笑，我曾经跟笑掉牙喜剧社也很熟悉，我了解他们的喜好。”

“谭谭，我妈的笑话扎根本土，更有地域特色。”

……

几番舌战下来，塘子显然已经不耐烦了，他对涂凌说：“你妈你妈你妈，涂凌，多大的人了还靠老妈。”

“好啦，你们别吵了。”谭笑只好开口，“没错，这次面试是很重要，可是不管成功还是失败，都需要由我自己来完成。我今天跟你们过来，只是想看一下涂凌的彩排。不过，涂凌你怎么突然就要讲脱口秀呢？”

还没等涂凌回答，低配版佛跳墙上桌了，随之而来的还有三份甜品。食堂师傅放下甜品，指着远处说：“那边的靓女送的。”

秦天天！谭笑顺着食堂师傅的指示，看到了同班同学秦天天。

“谢谢天天，可是你为什么要请我吃东西呢？”谭笑问。

“才不是请你，我是请两位慈善家呢。”秦天天说着，指了指旁边的两位男士。

谭笑细问了才知道，原来是涂凌和塘子两个人五五分出了奖学金给秦天天，空出了本校的研究生名额，给了谭笑这个补录的机会。

“你们……谢谢！”谭笑又惊又喜，全然不知道该如何表达自己的感激了。

“笑笑，我只是想为你做点儿什么。”

“谭谭，我觉得你二战一定能考上。我出钱，只是不想输给他。”

……

饭毕，塘子陪着涂凌去做彩排前准备了，秦天天坐在一旁说：“谭笑，看起来你还没有在做医生和讲脱口秀之间做出选择呢吧？”

“何必做选择，趁着年轻，都试试吧。”

“那这两个人，你选好了吗？”秦天天问。

谭笑本能地想要否定，可他们两个的情感哪是两句话就能否定得了的？于是转移话题：“彩排要开始了，先看演出吧。哎对了，他们给了你多少钱当奖学金，我记下来。”

只见涂凌还是那一身西红柿炒蛋配色的短袖套长袖，站在台前，手足无措地开讲了：

“大家好！我是涂凌，可能在座的各位对我的认知都是大奖得主、数学天才、青年教授。”

“哎哟喂可别嘚瑟了吧，谁认识你啊。”这是塘子的声音。

“但今天，我是以一个新手脱口秀演员的身份站在这里。我为什么要尝试着讲脱口秀呢？

“因为我认识一个女孩儿，她讲脱口秀时整个人都会散发光芒。

“因为我有一个讲栋笃笑的母亲，她演出时总是格外开心。”

“你还认识一个塘子，他讲脱口秀就没有冷场过。”又是塘子的声音。

“所以，为着这两个人，我想试着感受一下脱口秀的魅力。

“好了，我要开始讲了。注意，台下所有上我高数课的同学，必须笑，不笑考试挂科。

“嘿嘿，刚刚那句不是威胁，是笑点一。

“嗯，历史上有一位来自东北的著名数学家，你们知道是谁吗？

“是欧拉，因为东北人爱说‘欧啦’。”

“这什么破梗，涂凌你给我滚下来。”还是塘子的声音。

涂凌怯生生地停了下来，谭笑正想去解围，手机却响了。

“谭笑，是我。”是洪院长，谭笑屏息等待着，只听电话那头说，“我们刚刚算了一下，你的综合排名排在补录名单第一位，可以录取。不出意外的话，明天上午研招办就会电话通知你。老师提前告诉你，好让你今晚能安心睡个好觉。”

电话挂断后，谭笑脱口而出：“涂凌，我考上了，补录成功了！”

在这一刻，她明白自己原本不确定的心意原来早已向某一方倾斜了。

番外

和牙医谈恋爱是什么体验

Part 1

“人们穷尽一生，追寻另一个人，与其共度一生，这是我一直无法理解的事情。或许是因为我自己太有趣，所以无须他人陪伴。因此，我祝你们从彼此身上得到的幸福，同我给我自己的一样多。这是《生活大爆炸》中，主角谢尔顿在朋友婚礼上的致辞。曾经，我也十分认同这段话。”涂凌像参加诗朗诵的小学生一样，一板一眼地说出了这段话。

校长眼睛都没抬一下，冷冷地说：“涂大教授，到我办公室里来就是为了背台词？”

谭笑憋着笑，暗示涂凌礼貌地对待校长。

涂凌看了谭笑一眼，继续说道：“通常情况下，我都知道我自己该说些什么。但是现在，我无法用言辞来描述我的心情。我想，因为你，我不知所措了。不是被困在幽灵公馆电梯里的那种不知所措，而是好的那一种。即便我无法说出我的感受，但我会用我的一生来表达我对你的爱。”

校长听到这里，站起来，走到谭笑面前，低声说：“涂凌他是不是脑子出问题了。我早就说过，他这样的人，迟早会疯掉的。你看，需不需要我给他放个假?”

尽管校长的声音很低，但涂凌还是听到了，他白了校长一眼，说:“刚才那段话，是《生活大爆炸》里谢尔顿在自己婚礼上对妻子说出的誓词。校长，虽然你的智商比我低 ，但是和普罗大众比起来，你也是个天才。照你这么说，早晚有一天，你也得疯。”

校长气得吹胡子瞪眼，说不出话来。

谭笑拧了拧涂凌的胳膊，最近她在用奖惩结合的方式训练涂凌的情商。

涂凌立即道歉，说:“我刚刚那句话，逻辑上没有任何问题。但是根据女王拧我的力度，我知道我错了。对不起，我向您道歉。”

谭笑发誓要成为脱口秀女王，于是慢慢地，她在涂凌口中的昵称就变成了女王。

谭笑暗暗感叹，照他这样越描越黑地说下去，事情还没说清楚，他们就要被校长轰出去了。于是，谭笑鼓足勇气，上前一步，说:“校长，我是口腔医学院在读硕士研究生谭笑。我和涂凌在一起属于师生恋，所以我们来找您，是想要告诉您我们两个是自由恋爱，我们之间不存在教授胁迫学生的事情。我们把这个情况告诉您，是希望能在您这里备个案，不希望引发什么误会。”

校长一副“我早就知道”的表情，谭笑正想着要说些什么来告别，却看见校长的表情变了，他用手捂着嘴，眼里泪盈盈的，用颤抖的声音说："快，快说我愿意。"

谭笑回头，见涂凌单膝跪地，手里捧着戒指。

"我愿意，我愿意！"

涂凌说："我还没问呢。"

"那，那我不愿意，你重新问。"

"不，你愿意。"

校长塞过来一张券，说："我朋友新开的餐厅，在小蛮腰105层，这是免费餐券，你们小两口儿去庆祝下。"

Part 2

在伦敦大学做博士后半年多，石榴还是第一次回国。

飞行途中，Andrew一直拿着一张巨幅世界地图在研究。

"瓜娃，你看，广西离石敢当爸爸家也不远，我们去那里吃螺蛳粉吧。"

这个半外国人，普通话自带塑料味，叫石榴大名都像是"石又"，偏偏"螺蛳粉"这几个字，讲得是字正腔圆，重口味吃货本性暴露无遗。

石榴指了指地图上的中国，又指指三个岛的英国，说："中国地大物博，广西看着不远，实际上也不近呢。我们先回家，过几天带你去螺蛳粉的老家柳州，让你顿顿嗦粉。”

Andrew 咽了咽口水，乖乖点了头。

回到家才刚进门，石敢当就问：“半年过去啦，母性的光辉有没有照耀到我家靓女啊？”

又是催生的老调调，石榴索性都不回答这问题。

反而是 Andrew，板起脸来，认真地说：“石爸爸，生不生孩子是‘石又’自己的事情，请不要再问这样的问题了。”

“好好好，你现在有女婿撑腰了，我不敢说了。我去做饭，今晚吃佛跳墙。唉！”石敢跟石榴说完，叹了一口气，进厨房了。

石榴丁克的决心虽然不会动摇，但她还是心疼老爸的，于是进厨房卷起袖子，一边打下手，一边说了些在英国的访学日常。同为牙医的父女俩，聊着聊着，竟然说起了专业。

石榴说：“我在伦敦大学，做的是年轻恒牙牙髓再生，目前进展还算顺利，但是想要出成果，还得多待几年。”

石敢当说：“年轻恒牙牙髓再生？这技术要是真的成熟了，以后我们种植科要被你们偷掉大半的病号咯。”

石榴打趣他：“财迷老爸，都快六十了，该考虑退休了。”

说起专业，石榴猛然想起，自己答应了科主任熊洵，去科里做一次学术汇报，时间就定在今晚。石榴说明了缘由，换上鞋子就要走，Andrew 也非要跟上。

“你去干什么？你不是有牙科恐惧症吗？”

“但是我没有牙医恐惧症，相反，我有牙医喜爱症。”

“那等我回家再喜爱也不迟啊。”

“我记得你说过，那个小男孩儿，熊大，也参加汇报。”

没错，熊大最近在自学错颌畸形早期矫正了，熊洵为了鼓励他，也让他参与学术汇报。所以Andrew这是吃了醋，要防着熊大这个少年老成的熊孩子呢。

到了医院，石榴才刚进会议室，一个圆滚滚的熊大就冲了过来，这孩子胖了些，更可爱了。

“石榴，听说你在做年轻恒牙牙髓再生，我写了篇综述，给你当参考。”

半年不见，这孩子越发长进了，以后一定会是个了不起的学者。石榴接过他递过来的文献，还没来得及看，就听到熊洵的声音传来：“小孩子写的东西，算不上多好，但是我看着也能发中文核心了。”

石榴暗暗感叹，十一岁的孩子，竟能写出中文核心期刊水平的论文，这在大部分学校，读硕士都可以毕业了。

汇报如期展开，也很快就结束了。毕竟这次汇报，一是为了给异国归来的石榴接风，二是为了给认真学习的熊大表现的机会，学术汇报只是个由头罢了。

会后，众人聊得火热，Andrew特意坐在石榴和熊大之间，将他们隔开了。

熊洵想着儿子正在长身体，就出门给他买了K记儿童套餐。Andrew注意到，这熊大狼吞虎咽地扒拉完儿童套餐，就一直隔

Andrew望石榴，几乎要变成“望榴石”了。

Andrew见了，问他：“熊一鸣，对于英国文化，你有兴趣吗？”

熊大回答：“只要是我不知道的知识，我都有兴趣。”

Andrew正襟危坐，讲道：“那我就给你讲讲如何做一个gentleman，也就是绅士。儿童套餐，你的，我想要吃，但是不能吃，这是绅士。儿童套餐送的玩具，你的，我喜欢，不能拿走，这是绅士。我旁边这位美丽的瓜娃小姐，我的女朋友，我的，你喜欢，也不能追求，这也是绅士。”

熊大吐舌，说：“别唬我，我知道你们英国除了绅士文化，还有决斗文化，喜欢同一位淑女的两位绅士，可以决斗。你，等我长大。”

石榴在一旁看着，只觉得他们都很可爱。

临别时，熊洵送了石榴一张餐券，说是小蛮腰105层新开的，最适合情侣约会。只是最近他家黄教授一心冲击级期刊*NATURE*，泡在实验室不出来，只能便宜石榴了。

“今晚我爸做了佛跳墙，主任你带上熊大，去我家吃饭吧，这餐券我们明天再用。”

Part 3

今天是孟真元母亲的生日，钱鑫带着一个月前就准备好的礼物，早早地就来到了生日会现场。自从她自己的生日会后，钱鑫就再也没见过孟家的任何人。

一想到生日会上真千金钱欣出场，自己这个假千金当众自曝冒名顶替的场面，钱鑫的脸就烧得慌。

让她没想到的是，孟妈妈一见到她，只字未提真假千金事件，反而让她看一本小说，一本叫作《妻子是连环杀手》的推理小说，作者是木一杨柳。

看来，孟妈妈用推理小说考验智商这个习惯，还真是一点儿都没变呢。

这个笔名叫木一杨柳的作者，正是钱鑫的本科同学。

孟妈妈指着手机说："看完它，然后推断一下后面的情节。如果能推出七八分准头，今年中秋，就请你爸妈和我们一起过吧。"

孟妈妈这意思是，如果钱鑫能通过推理小说测试，那么中秋节就会安排双方家长见面，也就等同于默许钱鑫和孟真元以结婚为前提交往了。

准婆婆考教一番，才允许准媳妇进门，这样迂腐的规矩，钱鑫是不喜欢的。但是孟家毕竟不是平常家庭，而且她自己理亏在先，所以钱鑫还是接受了这考验。

拿出手机打开 APP，钱鑫却傻眼了。《妻子是连环杀手》这本小说才刚刚发表了五万字，长篇小说怎么也要写十几万字吧，就凭这五万字的开头，能推理出什么呢。

孟真元在一旁耳语，说："你不是认识作者吗？问她呀。"

没错，只要问问作者本人，就什么都知道了，别说推出七八分准头，就是十分也不在话下。可是直接问作者，基本等同于考试作弊吧。钱鑫说："我自己想想看。"

宴会上，其他人推杯换盏、觥筹交错，唯有钱鑫抱着手机，比高考时还要紧张。为了不让其他人注意到她在男友母亲生日会上看手机，钱鑫甚至躲到了卫生间里。

可这老同学第一次写推理小说，谋篇布局却十分精巧，悬念设计也百转千回，钱鑫看完了那五万字，也没理出什么头绪来。

钱鑫唉声叹气地走出卫生间，却见孟真元就在女卫生间门口晃悠着，神色有些尴尬。

"怎么样？想出来没？"孟真元急切地问道。

钱鑫摇头。

"要不，还是问问作者本人吧。"

钱鑫摇头，她还是想坚守诚实的底线。她理了理妆发，打定主意，就去找孟妈妈了。

"阿姨，小说我看了。我只能想到，除了查找每一个案子的凶手之外，这本小说还有一条推理暗线，那就是刑警男主和杀手女主的感情变化。除此之外，我就想不到了。”

孟妈妈问：“除了女主角，似乎还有一个凶手，你能猜出来是谁吗？”

钱鑫摇头，她也看出来书中不止一个连环杀手，可那人是谁，她想不出。

孟妈妈拍拍钱鑫的肩膀，说：“好孩子，你通过考验了。其实我早就知道，这本书的作者是你本科同学。我只是想看看，为了通过考验，你会不会去问作者本人。”

钱鑫大喜，诚实果然就是最好的选择。

孟真元在他母亲背后比了个赞，说：“老妈你可真行，这事连我都瞒着。”

“你们两个好得蜜里调油似的，我要是告诉你，你肯定会告诉鑫鑫。”

生日会后，孟真元说：“我表姐在小蛮腰上开了餐厅，105层，咱们明晚去那儿吃饭吧，庆祝我们的关系被老妈认可。”

“好。”

Part 4

孟真元在小蛮腰105层的星光餐厅，对餐厅经理说：“我知道人多，但是你们老板是我表姐，能不能给一个双人桌呢?”

餐厅经理鞠躬致歉，说：“实在是抱歉，双人桌都订出去了，就算是老板本人来了，也只能去家庭长桌，和其他客人拼桌。”

钱鑫说：“算了吧，拼桌也行，风景都是一样的。”

两人被服务生领到长桌，钱鑫发现，在座的竟然都是熟人，有刚刚回国的闺蜜石榴，还有自己带过的学生谭笑，她们的身边，也都坐着各自的恋人。

钱鑫笑道：“看来，今天是口腔医院集体约会了。”

众人起身相互介绍了，又重新落座。这一回，牙医们坐在同一边，伴侣们坐在另一边。

牙医们聚在一起，自嘲着各自的恋人。

钱鑫说：“我家那位，酸奶霸总，平常温柔，有时候还真霸道呢。”

石榴挤着眼睛说：“有时候？什么时候？那时候吗？ Andrew只有在一个时候霸道，那就是反驳我爸催生的时候。”

谭笑耸耸肩，说：“那三位多好，你看涂大教授在做什么？拿菜单算数学题呢。”

Andrew 听到了她们的谈话，调笑说：“那你们几个换换？”

“不换。”三位牙医异口同声道。

石榴问几位伴侣，说：“那你们说说，和我们牙医谈恋爱，是什么体验啊？”

Andrew 抢答：“你这位儿科牙医，每次下班后和我说话，就像对小孩子说话一样，我比你小，但不是小弟弟呀。”

石榴会心一笑，“年下不喊姐，心思有点儿野”。

孟真元看着钱鑫说：“和牙医谈恋爱嘛，还要帮她救狗养狗。那比格犬，真的是太皮了，我现在啊，就是比格犬受害者联盟成员。可是能咋办呢，狗就是她亲儿子，打不得骂不得。”

钱鑫笑道：“我们白鼠比起其他比格犬，还算是乖的。”

涂凌举手回答，说：“和牙医谈恋爱，改变了我对牙医的刻板印象，我原以为医生都比较无趣。也改变了我的生活态度，我原以为，一个人生活就很好，现在才知道，两个人更好。”

涂凌答得一板一眼，像是做题一样。谭笑却很开心，因为对待爱情，他也是这般认真。

……

窗内佳人佳肴，窗外灯火星火，好一幅良辰美景。